文芸社セレクション

三池のものがたり

長崎 英範

NAGASAKI Hidenori

文芸社

目次

貞次《さだつぐ》のカルタ

はじめに

大牟田市には平成三年に開館された三池カルタ会館がある。これは、兵庫県芦屋市の滴翠美術館に一枚だけ現存している日本最古の天正カルタの裏面に、作者の在所と名前が「三池住貞次」と印刷されていることによる。

つまり三池が日本のカルタ発祥の地という訳である。貞次に関する資料は乏しく、なぜポルトガル文化のカルタが三池の地で花開き消滅していったかは、歴史の闇に深く沈んでいる。

一

天草灘は荒れていた。雨こそ降っていないが、空には黒雲が立ち込め風の音が凄まじく、船上では怒鳴るような声が飛び交っていた。

「何をしている……しっかり漕がないか……」

男は、舵を握りしめながら漕ぎ手を叱り飛ばしている。船は五間ほどの長さで中央に小さな帆柱が立っているが、もちろん今は帆が下ろされている。

船尾には屋形が設えられ、そこから船倉まで数段の階段があり、そこには十数名の男達が車座になって酒を飲んでいた。船の揺れは激しいが、片方の手で酒がこぼれない様に船徳利をしっかりと押さえながら、揺れに身を任せ、旨そうに湯呑を上げている。船底の一部には、鎧櫃《よろいびつ》や、鉄砲や弓矢、槍などの武具、食料や水桶などがしっかりと固定されて積み込まれていた。

「彦、次郎……、代わって来い」頭らしい男が言った。

名指しされた二人は「おう……」と威勢よく立ち上がると船上に上がっていった。

この船は十数名が乗り込み東シナ海を航海する為、四人がかりで漕ぐ大型の櫓がついている。その漕ぎ手二人の交代を命じたのだ。

二十半《はたちなか》ばと思える年恰好の男は、菊池義貞と名乗っている。義貞は十八歳のころから、親と思しき男と倭寇船に乗り込んで、明国の海岸地域で略奪と交易を繰り返してきた。

物心ついた時、側に居た親代わりの男が、よしよしと呼んで世話をしてくれていた。七、八歳頃になると水汲みや薪拾い、館の掃除など容赦ない仕事が待っていたが、腹いっぱいの飯と暖かい寝床があるだけで、よしは決して不満を抱いたことは無かった。一部の大人を除いては、みんな似たり寄ったりの暮らしぶりなのだ。

十六歳になったよしは背丈の高い筋肉質の頑丈な身体を持つ少年となっていた。何時ものように村落の裏山に薪を伐りに出かけ、山刀で太めの枝を落としていると、前方の草むらが揺れた。やがてガサガサと音がしたかと思うと、牙をむき出しにした猪がじっとこちらを睨んで今にも飛び掛かろうとしている。

よしはとっさの判断で密集した竹林に逃げ込んだ。密集した竹が、猪の行く手を阻んでくれると思ったのだ。しかし、人間が走り込める隙間なら猪も容易に突進できる。五、六歩、竹林に入ったよしは夢中で山刀を振り下ろし、竹を切り裂いた。枝葉の重みを利用し押し倒した竹の切り口を、猪に向けて繰り出した。竹は突進してくる猪の喉元に突き刺さった。猪は唸り声をあげているが、その場から動くことができないでいる。よしは駆け寄ると山刀を深々と猪の頸に刺し込み、猪が動かなくなるのを確認すると太い溜息を吐き、その場にどっと座り込んだ。

しばらく息を整えた後、数本の竹を切り倒し長さを揃えると、蔦《つた》を探し出してきて竹を組み合わせて橇《そり》を作り、その上に倒した猪を引きずり乗せると悠然とそれを引いて村落へ帰った。

「わっ……猪だ、猪だ……」

村の入り口にある畑で大根を抜いていた萬が大声を出して寄ってきた。萬は村落の長《おさ》である菊池邦貞の妹の子、姪である。

「よし兄《にい》……それはどうしたんだ」

よしより三歳年下の萬は、小さい時からよしと一緒に育てられ、何時もまつわりついていた。今では実の兄妹では無いことを判ってはいるのだが、よし兄と呼ぶのを変えようとしないのだ。

萬は、館へ走り込むと邦貞の手を引いて出てきた。

「よし、それはどうしたんだ」

「お館《やかた》、わしが仕留めたんだ……」

年端もいかない少年と思っていたよしの話を聞きながら、お館と呼ばれた男は感心したように「うーん」と唸った。ただ猪をたおしただけなら運が良かっただけだとも思えるが、その獲物をここまで持ち帰った手際の良さに感心したのだった。

お館と呼ばれるこの村落の長、菊池邦貞は、天文十九年（一五五〇年）に大友宗麟（当時は大友義鎮《よししげ》）と対決し敗れ去った菊池義武の一族と自称していたが定かではなかった。菊池軍に加わって戦った事は間違いのないところだろうが、仲間と逃れて三池地方の山中に隠れ住んだのだ。よしが猪を仕留めたのは、その戦から既に十九年の年月が流れていた。

　天文十九年の戦の頃は、日本と明との公式の貿易が途絶え、その隙間を縫うように私的な貿易が横行していた。これが時には武力をかざした海賊行為となり、大陸の住民は倭寇と呼んで恐れていた。明朝は押し寄せてくる倭寇に頭を悩ませていたが、倭寇の実態は、私的な貿易を目的とした中国人と戦国武将崩れの日本人の混成部隊で、実戦経験の豊富な武将崩れが優れた指揮官として活躍している事も多かった。

　しかも、天文十二年（一五四三年）にポルトガル船が種子島に漂着した事でも判るように、東南アジア・中国には、宣教師のみならず貿易商や、一山当てようと目論む無頼など、玉石混合のポルトガル人やスペイン人が押し寄せていた。

　ポルトガル人は、中国の富裕層がヨーロッパの毛織物や絹、東南アジアの香辛料などを高値で求めることを知り、中国沿岸に密貿易の基地を作り跋扈《ばっこ》する。当然のようにこれらの密貿易で栄えた中国沿岸の都市があり、倭寇船は季節風が吹く春三月から五月の頃、船団を組んで渡海しこれらの都市を荒らした。

　明はこの倭寇の討伐に将軍朱紈《しゅがん》を派遣するが鎮圧に失敗する。その機に乗じるように「嘉靖《かせい》大倭寇」と称される数年間にも及ぶ大規模な倭寇が発生する。

　この時期に初めて菊池邦貞は、有明海から天草灘に乗り出し中国沿岸を荒らした。

この時、邦貞三十五歳、「よし（後の義貞）」三歳であった。

　そもそも菊池水軍は、有明海を拠点にした明との交易で勢力を伸ばしてきた一派であった。大友一族が九州北部を掌握する過程の天文十九年の戦いでは、菊池氏と三池氏は結束して大友宗麟と戦ったが敗れ、邦貞がこの地三池の山中に逃れてから三年が経ち、邦貞とその一党は小さな集落を営んでいた。

　この間、邦貞は菊池一族の本来の姿である海洋族として、海に出ることを決心し事を起こしていた。三池から有明海に注ぐ大川を遡ること三里、残った百名たらずの勢力で、川岸から十間ほど離れた場所に直径十五間、深さ五間ほどの空堀を掘り、護岸のための灌木を植えた。幸い硬く船材に適したクヌギの木は豊富にある。大きな木を切り倒し手斧で形を揃え、縫い釘を使い板の幅を広げて、隙間は木の繊維に飯を練った糊で詰めていく。

　こうして、空堀の底で幅三間、長さ五間、深さ三間ほどの船が二隻仕上がっていった。二隻の船の間に空堀の岸から五間ほどの桟橋を作った。後は川から水を引くだけとなった。

　川岸から一間ほどを残し、幅三間半、深さ三間の水路を掘り石垣で固めた。残りの一間は有明海の干潮で川の水位が下がった時を見計らって一挙に掘った。潮が満ちてくると空堀の中へ水が三間の幅で滝のように流れ込んできた。二隻の船がゆっくりと浮き上がってきた。堀の岸で見守っていた邦貞ら一党の口々から「オウーオウー」と叫ぶような歓声が上がった。

こうして川岸を大きく刳《く》った堤に満々と水を湛え、長さ五間の船二隻が係留された。邦貞はこの船を指揮し、有明海を渡り天草灘から東シナ海を経て明に渡った。

倭寇には、薩摩、肥後、長門をはじめ、筑後、日向、博多等西日本各地の戦国武士崩れが加わった。各軍団は、大小さまざまな船を仕立て、一旦は薩摩の入り江に集結する。数百人が乗り込む大型船から十数名の小型船まで百隻を超える船が集まっている。

一団は、季節風に帆をはらませ更に南へ向かった。種子島からも数隻の船が加わった。

船団が明国沿岸に近づくと、自分らの存在を示すかのようにしきりに、のぼり旗を振りながら何十艘もの小舟が近づいてきて次々と倭寇船に加わっていく。現地に勢力をもち倭寇を偽称する一団が送り込んできた加勢だった。その内の一艘が邦貞の船に近づいてきた。

「吉安……、これらを束ねてくれ」

邦貞にはこれまで共に苦労を重ねてきた腹心の部下がいた。よしの父親の吉安であった。よしはこの時三歳、母親に抱かれて船出する吉安を見送っていた。

近寄ってきた小舟には十名程度の男達が乗っている。腰に刀を差してはいるが、その他の武器を携えていなかった。吉安は縄梯子を落としながら叫んだ。

「この船に乗り移れ……」

この際、十名の兵力増強は有難かった。片言の日本語は判るようだ。乗り込んできた男たちに手槍と弓矢を与え、吉安は「これで存分に暴れろ……」と言った。

倭寇の一団は必ずしも統制が取れている訳では無い。季節風に吹かれて沖縄、台湾を経て明国の南端、浙江省、福建省、広東省に上陸し、略奪に及ぶのだ。所謂、「切り取り勝手」の世界である。或るものは金目の物を我先に奪い取り、或るものは女を犯す。手向かう者は斬り殺す。阿鼻叫喚の世界が展開されるのだ。

その中にあって、菊池邦貞の郎党約四十名は、しっかりと互いに声を掛け合うなど、邦貞の下知の元に乱れの無い動きが際立っていた。

邦貞は、今回の初めての倭寇に当たって万端の準備を怠らなかった。船出前に一同に対し、「今回、倭寇に加わる最大の目的は、我ら郎党の基盤を確保することにある……」と話し出した。

「大友宗麟との戦いに敗れて四年、ひたすら山中に潜み従順することで事なきを得てきた。今後、大友氏に恭順して存《なが》えても、隠れ里の山人として忘れ去られることは必至だろう。幸い今、大倭寇が興り明国へ攻め入り、巨万の富を得る機会が生じている。この機に、菊池一族の本来の姿である海洋族として明国に渡る……」

邦貞は、細かい指示を出す。

「略奪する品は、絹糸、錦、銅銭、磁器、書画、漢方薬、古書、漆器とする……、無駄な荷駄は不要だ……」

邦貞は次々に、船を守る守備隊、略奪品を運ぶ荷駄係（荷車は解体して船で運べるように工夫されていた）、戦闘要員（三人一組で弓矢、手槍、刀を装備させた）を指名していった。


吉安は戦闘要員の指揮官で、六組十八名の菊池一族と加勢の中国人と思しき十名を巧みに動かした。戦闘要員の目的は略奪品を運ぶ荷駄係を守ることであり無暗に殺戮することでは無いと指示されていた。

この頃は、明の将軍朱紈が敗れ去った後でもあり沿岸の防衛は弱体化し、倭寇勢が上陸すると逃げ去ってしまい、何の抵抗も無く略奪の限りを尽くした。中国人の加勢を先頭に立たせ、吉安は易々と進んだ。

既に充分の略奪品を手にし、一旦沿岸に待たせている船に戻る途中、まだ荒らされていない土塀を巡らした富豪の邸宅に出くわした。吉安はその門を蹴破った。門内は静まりかえっていた。

「既に逃げ去ったか……」と手にしていた刀を鞘に納め、門内に押し入るよう右手を挙げ後続部隊に顔を振り向けた。

この油断がいけなかった。

邸宅の二階から数本の矢が、吉安とそれに付き従う加勢に降り注がれ、その一本が吉安の首筋を貫いた。吉安は「ウム」と唸り声をあげてその場に倒れ込んでしまった。

部隊後方に居た邦貞は吉安が倒れたとは気づかなかったが、いっこうに打ち込まない様子に、荷駄や戦闘要員を押し除けて前へ出た。

降り注がれる矢で門前に足止めをくっている部隊の先頭で、身体中に矢が突き刺さり倒れている吉安と三人の加勢を見た。

「吉安……」叫びながら駆け寄ろうとするが、矢がかすめ飛んでくる。

「ええい……、火矢を射ろ、松明を投げ込め、焼き尽くしてしまえ……」

邦貞はそう命令すると、右手に盾を取り、矢を防ぎながら吉安の身体を引きずった。

「吉安……吉安……」

何度も身体を揺すったが既に事切れていた。

邸宅が燃えかかると矢の飛来はぴたりと止んだ。プスプスと燻ぶり続ける屋敷内を隈なく探したが、矢を放った者達を見つけ出すことは出来ず邸内にも略奪するような目ぼしい品物は無かった。

「罠にかかったか……、どこかに屋敷の外へ出る抜け穴があるはずだ」

邦貞はぽつりと呟いた。倭寇に一泡ふかす為に、逃げ道を確保した数名の剛の者が手ぐすね引いて待っていた罠にかかったのだと思った。

「お館、あちらに空井戸が……」

「うん、無駄だ、追っても何もならん。吉安の敵は次の機会に討ってやる」

邦貞は歯を食いしばり涙を耐えた。


十四世紀後半（一三七〇年頃）から始まった倭寇の襲来は年に数回の頻度で十六世紀半ば（一五五〇年頃）まで続いていたが、これから一五六〇年までの十年間は、一五五五年の百一回を最高に凄まじい回数に及んでいる。邦貞が初めて倭寇に加わった天文二十三年（一五五四年）は九十一回に及んでいる。邦貞は初めての倭寇で、腹心の部下を亡くすという手痛い失敗をしてしまったのだ。邦貞は遺体を船まで運ぶと丁重な弔いの後、海に流した。

略奪品を満載した二隻の船は、穏やかな海にも恵まれて十日ほどの航海を経て有明海に着いた。

高台の見張り場からは満潮を待って停泊している船が良く見えた。「帰ってきたぞー」村落中を駆けて帰国を知らせる声が響いた。村人は家人の無事を祈りながら迎えの準備に余念がなかった。

満ちる潮に乗りながら大川を遡ることおよそ三里、堤の入口は約三間の幅で三間ほどの深さに切り込まれている。堤の中はさらに五間ほどの深さに刳り掘られている。入口まで潮が満ちると、幅いっぱいの船がゆっくりと堤の中に入っていく。時々「ガサッ……」と船底が削れる音がする。出航の時は余裕のあった水深だが、略奪品の重さで船の沈みが深くなっているのだ。

勿論、入港に関しては潮の大きさを考え水深を測りながら進んでいく。座礁することは無いと踏んでいるのだ。村落側の岸部から五間ほどの長さの桟橋が堤の中央に向かって取り付けられている。やがて二隻の船は、その桟橋の左右に係留された。

船に乗り組んでいる男達が船から下ろした荷車を組み立て、略奪品を積み込むと、一台また一台と村落の広場に進んでいった。荷車は十台を数えた。広場へ進む道には留守家族が出迎え、「ご苦労さまでした……」と頭を下げている。家人の無事を確認すると安堵したように手を振っている女や子供も見受けられた。

今回の倭寇で討ち死にした者は、吉安と明国人の加勢三人のみであった。吉安の妻である福はよしと手をつないで吉安の姿を探していたが、最後の荷駄が広場に着いても見えない姿に、よしの手を握る福の手に力が込められていた。

「母さま……、痛い」とよしは手を振りほどいた。

福の前にゆっくりと姿をみせた邦貞がよしを抱きかかえると、福に付いてくるようにと、顎で館の方を指した。

「ゆるせ……、吉安を討ち死にさせてしまった」

床に座らせた福に向かって、邦貞は吉安の遺髪を差し出した。気丈に涙をこらえた福の肩が小さく震えていた。

「以後は、この館に住まえ……」

邦貞はそう言うと、慰労と報奨、荷駄の取り扱いなど今後の方針を言い渡す為に広場に向かった。

二

こうしてよしが邦貞の館に移って十三年が過ぎ、十六歳になったよしが猪を仕留めたのである。

「うーん……、どうやって仕留めたのだ」

邦貞の問いかけに、よしは猪に襲われた顛末を話した。萬は眼を丸くして聞き入っている。

「そうか……、怖くは無かったのか」

「いやお館、とっさに竹槍で戦おうと思って繰り出したら、こいつが槍先に突っ込んできやがった」

　よしはその時の様子を淡々と話している。もっともその時の興奮が既に冷め切っているのだろうが、邦貞は、こやつはひょっとすると面白い男になるかもしれないと思った。

　翌日、邦貞はよしと福を部屋へ呼んだ。

「お呼びでございましょうか……」福の後ろによしが控えている。

「うん、考えてみればよしも十六歳になった。いつまでもよしでもあるまい。今日から義貞と名乗り俺の供に付け……、十八歳になったら明国へ連れて行ってやる。励め……」邦貞は、太刀と手槍、弓矢を義貞に与えて言った。

　この時邦貞は、もう一人の少年も呼んでいた。よしより一歳年上で、邦貞の妹の子、萬の兄でもある甥の邦友である。邦貞には子供がいなかった。正妻を数年前に亡くし、側妻もいるがいずれとも子を生《な》さなかった。

「俺には子種が無いらしい……」

　五十を前にした邦貞は、そう思い始めている。

昨年、邦友と改名した甥は邦貞になつき可愛くはあったが、心配な性格を持っているように感じていた。義貞は、茫洋としているようだが決断は早く果敢だった。それに反し、邦友は細かいところに拘り事を決することが苦手だった。

「二人、競い合って立派な武将になり、この菊池一派を盛り上げるのだぞ、よいな……」

邦貞は、二人が力を合わせてくれればと思いながらそう告げた。

邦貞が初めて倭寇に参加した後、年間に発生する倭寇の数は次第に減っていき、十三年後の今では四、五回までになっていた。邦貞は毎年のように一度は倭寇に参加していたが、この二、三年、倭寇の質が変化してきている事を感じていた。明国人の偽称倭寇が急激に減少しているのだ。

これは、明が二百年に亘って施行してきた「海禁令」が解除されたのが理由だった。つまり、貿易が可能になったのだ。海禁令が倭寇発生の大きな要因で、海禁令が中国人による密貿易を生み、密貿易の場で起こる様々な騒動が倭寇を引き起こすという考えが主流となった。正式な貿易が軌道に乗り出すと倭寇の発生は次第に静まり元和年間（一六一五年～）には終焉する。しかし、それは「よし」が義貞と名乗り始めてからおよそ五十年も後の事であり、この物語の時代背景では、発生件数は数回に減っても倭寇は綿々と続いていたのだ。

しかも、正式に貿易が開始されたといっても、日本への渡航や、硫黄、硝石、鉄、銅など火薬や武具などの原料や資材の貿易は禁止されたままだった。

明が貿易を禁止していた時代、邦貞が略奪した品々は博多や堺の富豪達に、もてはやされ高値で売り払う事が出来た。また、密貿易を繰り返していたヨーロッパ人も挙《こぞ》って手を回してきた。

明が貿易を許可すると、ポルトガル人やスペイン人が明の高質な品々を潤沢に手に入れ、日本に持ち込むようになり旨みが少なくなっていた。

義貞が十八歳になり、初めて倭寇船に乗り明に向かう船の中で、邦貞は言った。

「邦友、義貞、二人ともよく聞け、これまでの倭寇はいわば海賊だった。これからの倭寇は交易に重きを置かなければならない……」

この頃、国内は戦乱の真っただ中にあった。上杉謙信が敵対関係にあった北条氏康と越相同盟を結び、徳川家康は遠江《とおとうみ》掛川城に籠る今川氏真と対峙していた。そして織田信長は将軍足利義昭の後見人として力を表してきていた。

九州では、北部を大友宗麟が支配していたが、肥前で勢力を伸ばしてきた龍造寺隆信と薩摩の島津家とのせめぎ合いが続いていた。

この年（一五六九年・義貞十八歳の年）大友宗麟は、龍造寺隆信の侵出に動揺する肥前の小領主を鎮めるために、六万もの大軍を整え龍造寺が立て籠もる佐賀城を包囲した。城内の軍評定《いくさひょうじょう》では、この大軍に恐れ慄き、人質を出しての降伏か城を枕にしての討ち死にかと、諦めの気運が満ちていた。

この時、一武将が「この少数で、城内へ四方から討ち入られたら一溜まりもない、今夜、夜襲をかける以外に無い……」と主張するが賛同は少なかった。

しかし、その場に居た龍造寺隆信の母慶誾尼《けいぎんに》が武将たちを叱咤した。

「皆、敵の猛勢に気を呑まれて猫の前のねずみではないか。有無をいわず敵陣へ切り掛り、死ぬか生きるかいずれかを選ばれよ」

これが効いた……。龍造寺勢の運命をかけた夜襲が敢行された。不意を突かれた大友勢は混乱し潰走してしまったが、大友宗麟の本陣は無傷だった。龍造寺勢には本陣を攻撃するだけの力は無かった。

しかしこの今山の合戦に勝利した隆信は肥前に確固たる地位堡を築き、九州の三大勢力体制がしばらく続くことになる。

この大友宗麟は鉄砲の威力を認め、火薬の原料である硝石の入手に関しポルトガルの宣教師に相談を持ちかけている。

二十五年ほど前にポルトガル人が種子島に持ち込んだ鉄砲は、既に国内で製造され大量に出回り徐々にその威力が認められつつあった。

「邦友、義貞……、これからは鉄砲だ。鉄砲には硝石が欠かせないが、わが国では手に入れにくい。明やヨーロッパでは潤沢に産するという。我々は、これからは硝石を取り扱うぞ」

硝石は乾燥地帯、例えば中国内陸部や南ヨーロッパ、アラビア半島などで天然の物が産出するが、日本のように降雨が多く湿度の高い地域では産出しない。この硝石と硫黄と炭を混ぜたものが黒色火薬で、六世紀ごろに中国で発明された後、長年に亘って使われてきた。

邦貞は、火縄銃に火薬と弾を込め二人に渡した。邦貞は既に十丁ほどの火縄銃を備え訓練を重ねていた。

「あれを撃ってみろ……」

先ほど船から投げ下ろした空樽が十間ほど離れて浮いている。義貞は揺れる船の上から狙いをつけるがなかなか定まらない。帆柱に背中を預けると姿勢が安定し、船の上下の動きだけを感じることができた。照準は、樽を中心にして空中と海面の間で上下している。義貞は照準が樽の下部から上へ動く瞬間に引鉄を引いた。

「おっ……」邦貞が、思わず声を漏らした。弾の当たった樽はくるりと向きを変えた。

邦友は、片膝をついて船の揺れに応じ鉄砲を撃とうとしたが、船板が邪魔で樽を狙う事が出来ないでいた。さんざん迷ったようだったが、鉄砲を船板に乗せると身体を立ち上げ引鉄を引いた。弾は外れた。邦友は唇をかみしめ口惜しがって義貞から眼を逸らした。

二人が初めての倭寇に参加したこの年、永禄十二年（一五六九年）は広東に四回の倭寇が押し寄せたと記録されている。この頃になると明の防衛力も強化され易々と略奪することは難しくなっていた。邦貞の一団は、巧みに鉄砲を活用して明兵を追い払うが苦戦が続いた。

鉄砲は、太刀や槍に比べて遠方より敵を倒せるが、遠くなるほど当然命中率が悪くなる。しかも接近戦になれば、弾込めに時間がかかり踏み込まれてしまう。邦貞は一人の鉄砲撃ちに二人の弾込め役を付け三丁の鉄砲を任せ三組を組織した。三丁の鉄砲は間断なく火を噴いたが、なにせ数が少なかった。

戦いが一段落した時、「やはりこれからは、これでは駄目だな……、今後の我が一党の為には……」と呟いた。五十歳になった邦貞は、武力での略奪に代わる確固たる交易方法を確立する必要を確信した。

邦貞は十五年に亘る倭寇生活で、ポルトガル人が銀を欲しがっていることを知ると、略奪品を銀に換え蓄えていた。この頃、日本では銀の産出が盛んになり、世界の三割以上の銀を生産していた。しかし国内の通貨は銅貨で、まだ銀は通貨として一般に流通してはおらず、中国の銅貨との交換の手段として用いられていた。またポルトガル人との交易で最も喜ばれるのもこの銀であった。

邦貞はポルトガルの貿易商を通じて、硝石と銀の交換交易をすることを考えた。武力での略奪は元手いらずでも次第に危険が増し旨みが少なくなってきている。元手となる銀の蓄えはある。鉄砲の普及とともに硝石の価値が上がっていく事は見えている。あとは、交易相手を見つけるだけだった。

ポルトガル人が貿易目的で中国に来たのは六十年ほども前の事であり、密貿易基地となる沿岸都市がいくつかあった。中でも浙江省寧波《ニンポー》はポルトガル人千二百人を含む三千人が、知事を頂点とした統治制度をもって治められており、あたかもポルトガルの支配地でもあるかのような様相であった。

邦貞は邦友、義貞の他十名程度で寧波に渡った。武力をかざして押しかけて相手を刺激することを避けたかったのだ。しかし鉄砲をはじめとした武装は怠らなかった。油断をするといつ海賊として寝返ってくるか知れたものでは無いのだ。

街には千戸ほどの家があり、警察、病院、町役場などが完備されている。邦貞は、まず役場に出向き片言のポルトガル語で用向きを伝えた。するとその男は、「アレッサンド……」と大声を張り上げた。

何事かと邦貞達は身構えたが、現れたのは二十歳ほどの青年だった。

「なんの用事ですか……」青年は異国人特有の訛りのある日本語を話した。日本語の判る男を呼んだのだ。

「硝石を買いたい、代価は銀で支払う……。硝石を扱う貿易商を教えて欲しい……」

アレッサンドと呼ばれた青年は、役場の男に通訳をしたようだった。

「どれくらいの量が欲しいですか……」

心あたりがあるようだと思った。

「とりあえず……十石ほど」

「とりあえずは……なんですか。十石はなんですか」

話が通じないのだ。

「お前は米俵を知っているか……」

「はーい、知っていまーす」

「その米俵で二十個の硝石が欲しい……」

米二俵が一石、一俵が五斗（五十升）と言われた時代である。

黒色火薬は、硝石六割に硫黄二割、炭二割を混合して作る。二十俵の硝石があれば、三十俵以上の火薬を作ることができる。大戦ならともかく小競り合いなら十分な量だろう。

アレッサンドは邦貞達を一軒の商館に連れて行った。アレッサンドは主を「カルロス……」と紹介して用件を告げてくれた。

紹介された大柄で赤ら顔に鼻ひげを生やした男は、邦貞の値踏みをするように、椅子に座ったまま尊大に胸を反らした。

「銀はどのくらい用意してきたかと言っています」

「十分に用意している。硝石は一俵、幾らかと聞け……」

カルロスは、一俵で銀百二十五匁《もんめ》（五百グラム弱）だと言った。

邦貞はニヤリと笑った。

「高すぎる……、わが国では最も貴重な米一俵が、その半分の値で買える」

と言った。最初から不当に吹っ掛けられるとは考えていた。硝石一升が米一升の価格くらいかとは、邦貞が最初から頭に描いていたものだったが、カルロスの言い出し値からするとそれでは収まらないかと思った。おそらく、しばらくは小刻みな価格交渉が続くだろうと考えていた時、カルロスが言った。

「日本で一番貴重な米と同じ値段で買うと言うのだな……、そうか、よかろう……」

カルロスは、そう言ったあともアレッサンドに何か話しかけていた。

アレッサンドは後で邦貞に告げた。カルロスは細かい交渉をせずに自分の国の一番貴重な物と硝石を同じ価値だと言い切った男の度量に感心し、細かい交渉は不要だと思ったのだと。

「ご苦労だったな……」邦貞はアレッサンドに一握りの切銀を渡した。

この時代日本では、銀は鋳造された銀貨として流通はしていなかったが、銀板や切銀が、その重さを計ることで一部通貨として使用されていた。

こうして邦貞は、硝石を手に入れる道筋を作った。硝石は国内で、高値で売れた。

硝石の交易が順調に進んだことで、邦貞の村落には、思わぬ影響が現れてきた。倭寇の時と違い、海に乗り出す男衆の数を減らすことができるのである。

倭寇では一人でも多くの人手が欲しかったが、交易では時々起きる「八幡船《ばはんせん》」と呼ばれた海賊に備えるだけの兵力でよかった。

倭寇は大陸での陸戦が主で海戦はほとんど行わない。陸戦では時として戦端が広がり過ぎ多くの兵力が必要となり、さらに船の守りとしての兵力も必要となるので国元から一人でも多くの兵士を連れて行きたかった。

交易では八幡船と出会った時、船を守り相手を退散させるだけで良い。邦貞は銃眼を付けた鉄板を用意した。襲われた時、人が鎧を着けるように、その鉄板を船板に取り付けるのだ。そして銃眼から鉄砲を撃ち続ける。

八幡船は、目指す船に矢を射かけながら近づき船に乗り移り狼藉を働く。遠方から鉄砲を撃ち続ける邦貞の船には容易に海賊船は近づけず、何度か撃退していた。

こうして村落に残った男衆が、田畑を広げる、有明海に出て漁をする、柿や栗の木を育てる、家を整える、水路を作る……、そして硝石を売るだけではなく火薬も作り始めた。

三池という地名は古代から「三毛」「ミケ」の名で知られていたが、大牟田という地名が明らかになるのは徳川時代になってからであった。その頃のこの地は、山あり川あり、海ありで、気候も温暖、平野は地味肥え大水田があった。海岸沿いには半里に亘って老松が茂るきれいな松原が広がり、風光明媚、山紫水明で天災が少なく人情豊かな地であった。徳川幕府は、東の三池藩、北の柳川藩、南の肥後藩と有明海に囲まれた、この大牟田の地を天領に指定し代官所を置いて統治した。豊かな魚貝類と広い農地、代官の善政もあり村民は平和で豊かな暮らしを営んでいた。

このように語り残されている暮らしぶりが、まさに邦貞を長とする村落の暮らしぶりであった。

義貞が二十二歳になった時、萬は十九歳。義貞にまつわりついていた面影はなく何処か距離を置いている。海に出ない時期は義貞も野良仕事をするのだが、一年ほど前まではすぐ側で一緒に土を耕したり草取りをしていた萬が、ずっと離れた畑で働くようになっていた。

それは一年半ほど前に邦友が嫁を貰った頃から激しくなった。

周りから一度「次は義貞の番だ……、萬、おまえが貰ってもらえ……」などと囃し立てられたことを気にしているのだった。その時、萬は身体が熱くなるのを感じていた。

邦友は、大友宗麟の家来衆で肥後国飽田郡《あきたぐん》鹿子木庄《かこぎのしょう》の鹿子木氏の娘を娶った。鹿子木氏は菊池氏の流れを持つ一族である。萬は、邦友の妻はつとはひとつ違いで嫁いできた直後から「姉様」と呼んで親しくした。

はつは活発で何事にも興味を示す性格のようであった。邦貞の村落からは時折、小舟で大川の引き潮に乗って有明海に漕ぎ出し、干潟になるのを待って貝やタコ、蟹、潮だまりに取り残されたウナギやコチなどの魚貝類を獲り、満ち潮に乗って帰ってくる。満ち潮に乗りながら釣竿を垂れていて大物を釣り上げる時もあった。

ある日、はつが萬に、自分もやってみたいと言い出した。

「へえー、でも大変よ。半日以上も海の中に居るのよ……大丈夫」

「何が……」

「……お小水……」萬は声をひそめた。

「えっ……」しばらく考えていたが「大丈夫……何とでもなるわ」はつは、何としてでもやってみたいと思っているのだ。

それを聞いた義貞は、「ハハハ……」と笑ったが、良い潮の時に連れて行くと約束をした。

少し寒くなった頃の有明海は旨いものが獲れる。大潮の日は、日頃乗り入れない沖合まで潮が引き、思わぬ獲物に有りつくことが期待できるのだ。

その日義貞は、萬とはつ、小舟の漕ぎ手一人を連れて有明海に出た。晩秋の空は青く澄み渡っていたが、そよ吹く風は肌寒かった。干潟に居座った船から降りて獲物を探すのだが、十歩四方も歩き回ると、大きな平貝が十枚も獲れるのだ。貝に小型の鳶くちを喰らわせ次から次に引き抜いた。潮だまりに押し網を差し込むと蟹や魚類が獲れる。蛸穴と思しき穴に腕を肩まで突っ込むと蛸が吸盤を巻きつけてくる。一時《いっとき》（二時間）もすると小舟の三分の一ほどが獲物で埋まった。

「おい……もう良いだろう。俺たちが乗れなくなるぞ」義貞は笑いながら言った。

船に乗って満ち潮を待った。義貞は船べりに身をゆだねて眠っている。船の周りに潮が満ちて来て、漕ぎ手が懸命に櫓を動かしているが船がなかなか浮き上がらない、船底が潟《がた》に密着しているうえに獲物の重さがかかっているのだ。

「よし兄……起きて……」萬が義貞を揺り起こした。このままでは船に海水が入ってくると思ったのだ。

「うむ……、どうした」身を起こした義貞が漕ぎ手に聞いた。

「へえ……、船が浮かないんで……」

「よし、お前はそのまま櫓を漕いでいろ……萬とはつはしっかり掴まっていろ」そう言ってから義貞は、船べりを両手でつかみ足を踏ん張って、船を左右に揺すぶった。

『ガバッ……』という音を立てて小舟は弾けるように浮き上がった。


ここから村落までは一時以上はかかる。

「冷えてきたな……」四半時《しはんとき》（三十分）も進んだ時、義貞が呟いた。船の周りに霧が発生したかと思うとあっという間に包まれてしまった。

船の周囲、二間ほどしか視界がきかないのだ。白い真綿のような霧にすっぽりと囲まれた静寂の空間が不思議でもあり神秘的でもあった。

「これじゃ……どっちに漕いだら良いか判らん……上げ潮だから沖に流されることは無いと思うが……」漕ぎ手が不安そうに呟いている。

「こっちの方へ漕ぎ出せ……」義貞が言った。

指さす方に船首を向けて漕ぎ出したが、義貞は船首に座って紐で吊るした鉄片をじっと見ながら方向を示している。

「それは……」萬が珍しい物を見るように聞いた。

「ノウン（ポルトガル語で磁石）と言うようだ。ポルトガル人にもらったのだが、こっちの先が常に北斗を指すんだ」

貰った後で星空を眺めながら何度も試してみたが、尖った方の先端が北斗星の方向を指すのだと言った。

「俺たちのいる位置から北斗がこの方向なら、三池はこっちになる」と、改めて指さした。

「面白い物だとは思っていたが、こんな時に役に立つとは思ってもいなかった。ちゃんと三池の方向に着けば……、これは使えるかもしれんな」まだ半信半疑という気持ちがうかがわれた。やがて薄っすらと霧が晴れだし、視界が開かれると大川の河口が見えた。

「いいか萬、海を侮ってはいかん。今日は、わずか一日の船出で二度も危ない目にあったんだからな。これが大海原ならなおさらの事だ……」

こんなことがあってから萬の義貞を見る目が変わった。親しいよし兄ではなく逞しい男として映るように成ったのだ。

またはつが萬をたきつけた。義貞をしっかり捕まえて離すなと言うのだ。邦友とはつ、義貞と萬の四人が力を合わせてこの村落を守っていこうと……。

はつは積極的にかつ慎重に動いた。邦友、福にそのことを納得させ邦貞に話をさせた。邦貞に否応はない。「そうか萬もそういう年か……」と言った。こうして義貞と萬は結ばれた。

三

義貞と萬の祝言は村中を挙げて行われた。邦貞の館が開放され、二日の間入れ替わり立ち替わり訪れる村人に、酒と馳走が振る舞われた。

邦貞は夜を徹して饗応していたが、「少し酔ったかな……」と言って一旦寝所に引きこもった。祝言の宴もいち段落し、館内に静寂が戻った。邦貞が寝所からなかなか出てこないことに気が付いた福が、引き戸の外から声をかけた。

「お館さま……」

まだ寝ているのかと踵《きびす》を返そうとしたが、声をかけて邦貞が応答しない事など今までに無いことだと思い、もう一度声をかけた後ゆっくりと戸を開けた。

邦貞は寝具を被り寝込んでいるように見えたが、寝具からはみ出した手が力なく垂れている。

「お館さま……」と福が寝具を揺すった。

邦貞の死顔は穏やかなものであった。大友宗麟との戦に敗れ大友氏に忍従を強いられ、荒れすさぶ倭寇の世界に身を投じながらも、晩年は交易商人として見事に一族同胞の生活基盤を確立した。邦友、義貞も嫁を娶り一族の長としての自覚も生まれてきたようだと邦貞は感じていた。邦貞五十四歳、緊張から解き放たれた穏やかな心根が表情に表れた死顔だった。


この頃、大友宗麟の部隊を破った肥前の龍造寺隆信は筑後、肥後に食指を伸ばしていた。邦友の妻はつの実家鹿子木一族はこれに対抗するため、邦貞の火薬を頼りにしていた。

祝言が終わったばかりで親同然の邦貞を失った義貞だったが、悲しみに浸っている暇は無かった。火薬が欲しいという声は大きくなるばかりだった。

「お館の葬儀が落ち着きしだいに、寧波に渡るぞ……」義貞と邦友は顔を見合わせ頷き合った。

二隻の船の一方に義貞、片方に邦友が乗り込み指揮を執った。有明海はさほど荒れてはいなかったが、天草灘に出ると波は高かった。

「彦、次郎……、代わって来い」義貞が言った。

漕ぎ手を代わって船倉に降りてきた男に「風はどうだ……」と聞いた。

「なーに、しっかり漕いでいれば流されるほどの事はないよ……」

やがて穏やかな風に変わると、船は帆を張らんで大陸へ向かった。

寧波のカルロスは両手を広げて、二人の肩を抱きながら出迎えてくれた。

「そうか……、邦貞は死んでしまったか」と呟き、十字をきった。

「自分もそろそろポルトガルへ帰ろうと思っているが、お前たちはこれからも硝石交易を続けるつもりか」

「俺たちの国は今、戦の真っただ中だ。硝石はいくらあっても足りない」

「そうか……、アレッサンド……」と、カルロスは通訳中のアレッサンドに声をかけて何名かの名前と地名を筆記させた。

「寧波ロドリゴ、ニコラス、福建省泉州ルイス……」

「これらは、硝石を取り扱っているポルトガル人の名前です。カルロスの後は彼らを頼れと言っています。そして……」と、アレッサンドは思わぬ申し出をした。

「私は残ります。そして日本に行きたい……」

「俺の国で何がしたいのだ」

「明が興る前の元の時代に、マルコポーロという人が元の皇帝に仕えていました。彼は日本のことをジパングと言って、黄金で出来た宮殿があり国中が黄金で溢れていると、そして、三十年前に日本に行ったザビエルは書いています。日本人はザビエルが接した何処の国民より一番優れていると……、悪意がなく良い素質をもち、名誉を重んじる……大部分の人は読み書きも出来るし礼儀正しい……」

義貞は苦笑いしながら聞いている。

「そんな国に行ってみたい」アレッサンドはジッと義貞を見ている。

「前から聞きたいと思っていたが、お前はどこで日本語を憶えたのだ」と、義貞は聞いた。

「私の父親は、南蛮貿易商人でした……」

日本とポルトガルの関係は天文十二年（一五四三年）、種子島に漂着した二人のポルトガル人と接したのが最初であった。

たまたまその時に持参していた二丁の鉄砲に眼を付けた、時の島主であった種子島時堯《ときたか》は、これを二千両で買い求めた。想像もしない高値で売れた鉄砲で一儲けしようと、二人は一年後に再び大量の鉄砲を持って来日するが、その時は既に日本産の鉄砲が量産され出回っていた。

しかし、日本は豊かで高く物が売れるとの話が広まり、多くのポルトガル商人が南蛮貿易に向かった。

「父親は、通訳の為に一人の日本人を雇ってポルトガル語を教えました。やじろうと言いました………」

やじろうは、頭の良い優しい男で、アレッサンドが三歳のころから十年以上に亘って生活を共にしたと言った。

「父親は今どうしているんだ……」

「年を取って南蛮貿易を止め……、今ポルトガルで元気にしていまーす」

このアレッサンドが、これからの硝石交易の助けになることははっきりしている。義貞は言った、「お前を餓えさせることは無いが、俺の国での暮らしは決して豊かではないぞ。それでも良ければ俺と来い……」

アレッサンドは大きく頷いた。

義貞と邦友はカルロスの紹介状をもって、ロドリゴ、ニコラスを訪ね硝石を手に入れ、さらに福建省へも向かった。そして二隻の船一杯の荷とアレッサンドを乗せて帰国した。

はつが帰国したばかりの邦友に「鹿子木の父からこのような書状が……」と一通の手紙を取り出した。

それによると、鹿子木氏をはじめ大友方の武将、地侍達と龍造寺軍との小競り合いが激しくなりつつあり、一丁の鉄砲でも欲しい状態だと言う。

鹿子木には、はつの弟がいるがまだ若く、邦友とその一党を迎えたいとの希望をかねがね酒席で「いやー、邦貞殿は羨ましい……、邦友殿、義貞殿という二人の立派な跡継ぎに恵まれて……、邦友殿、しばらくはつと共に我が館にお出で頂けないか」等と、冗談のように話していた。

邦貞の晩年、硝石と火薬を取り扱う一族として、大友支配の武将や地侍には知れつつあったが、邦貞の時代から鉄砲も六十丁ほど装備していた。鹿子木はこの鉄砲が喉から手が出る程に欲しかった。手紙には、礼を尽くして邦友の援助を願う鹿子木の心が記されていた。

「義貞……鹿子木の父の話だが……」と邦友は義貞に話しかけた。

邦友はこの村落の人心が義貞に傾いていると感じていた。邦友自身も一見茫洋とした義貞に、底の知れない恐れとも敬意ともしれない感情を持ち始めていた。

「俺は、鹿子木に行こうと思うがどう思う」

義貞は天井を見上げて「うーん」と唸った。

「邦友、鹿子木に行くという事は、商売《あきない》をすて完全に武将になるという事だぞ……、お館から引き継いだこの仕事をどうする気だ」

「義貞、俺は海の仕事は肌に合わないようだ。お前が十八、俺が十九の時、初めて大陸に渡ったが、あの船底で寝ている時に聞こえてくる海底からの音が、俺を奈落の底に引きずり込むのではないかと思った……、笑ってくれるな」

邦友は、陸の戦いで傷つき倒れても力の残っている限り生きぬくことができるが、海では藻屑となって沈んでしまう、それは口惜しい事だと言った。

「しかし、武将になるという事は鹿子木とともに大友の家来衆となり、これにつくすということだぞ……確かに今の俺たちも大友の支配地に居るが、俺たちの手に入れた硝石などの商い物は、博多や堺の商人を通じて織田や徳川にも流れている……、いわば自由の民だ。いざとなったらポルトガル人のように大陸や南方でも生きていけるのだぞ」

「それは、お前だから出来る事なのだ……」

邦友はそう言うと、ジーッと義貞を見据えた。

義貞は軽く頷くと、「判った……、俺も出来る限りの援助をしよう」と言った。

鉄砲を三十丁、火薬五十俵、鉛百貫目（三百七十五キログラム）、そして邦友と供にするもの三十人、何れも鉄砲の手練れであった。

「これだけの拵《こしら》えなら、鹿子木殿も不足はないだろう」

「義貞様、鹿子木の父のむたいな申し出に、かように過分なご配慮を誠にありがとうございます」

邦友の後ろに控えていたはつが声を詰まらせながら頭を下げた。

「なーに、半分は邦友が引き継いで当然のものだ。火薬や鉛は時に応じて送りつけるが、鹿子木殿には軍費はしっかり準備するように言ってくれ。銭が途絶えれば買い付けも出来ぬからな」

鹿子木も、また義貞の一族もこの戦国の世を生き抜かなければならない、身内の情に流されるわけにはいかないのだ。

四

大友領内が徐々に龍造寺氏の勢力に侵攻されていたこのころ、義貞と萬の間に玉のような男の子が生まれた。二人の喜びは一入《ひとしお》ではなかった。「さだ」と名づけられ周りの衆に見守られながらすくすくと育っていった。

義貞の館に寄宿しているアレッサンドは特に子供が好きだったようで、まだ這い這いも出来ない「さだ」を抱きかかえてはあやしていた。アレッサンドがポルトガルから持ってきたチャルメラを吹いてやると「キャッ、キャッ」と声を立てて笑った。三歳頃になると、ビードロと呼ばれる色ガラスの玉やカルタと呼ばれる絵付きの札に興味を示すようになった。

　このころ義貞の硝石交易はますます重要度を増し、博多や堺の商人達からは直接にそれぞれの港での荷卸しを依頼されるようになっていた。一旦、三池に下ろされた荷を回漕するのでは量も少なく、手間もかかり過ぎるというのだった。このため義貞が館に滞在する期間が段々と短くなっていった。

　一方、アレッサンドは、義貞がポルトガルと新たな商いを始める時や、問題が発生した時は同行して話を纏める手助けをするが、順調に商いが進められている時は館に留まっているのだ。自然に「さだ」と過ごす時間が長くなり、「さだ」はアレッサンドにまとわりついて、すっかりなついてしまった。

　アレッサンドは宣教師ではないが、カトリック教徒であることにかわりはなかった。朝夕の短い祈りの後に胸に十字をきってアーメンと唱える。自然とさだもアレッサンドの真似をしては周りを笑わせた。

　またアレッサンドが持ち込んだカルタは、館の大人たちの良い娯楽となった。一日の仕事が終わり湯あみをして床につくまでの一刻あまり、カルタが毎日の習慣になるのにそう時間はかからなかった。何しろいろいろの遊び方があるのだ。一人でも五、六人でも人数に応じた遊び方が出来る。

六歳になったさだは、カルタの一人遊びに夢中になった。アレッサンドの持っていたカルタは、刀剣、聖杯、貨幣、棍棒の四種類で、この四種のそれぞれを手にした王、騎士、従者の絵札と、一から九までの数札で一組四十八枚のものであった。

さだは、その四十八枚のカルタを器用に手繰り四枚を横に並べ、それを数段作る。そして上下左右に同じ数や絵札があるとそれを取り除き、残った札をずらして行く。するとずらした札がまた同じ数の札と隣どうしになると取り除く、取り除く札が無くなると、手に持ったカルタを並べる。最後まで残るカルタの数が少ないほど良い結果となるのだ。何十回に一度は、全ての札を取り除くことができる。その時さだは自慢げな笑顔を浮かべた。

アレッサンドは、さだの札さばきをじっと見ていた。遊び方を教えた訳では無かった。事実、さだの札さばきは単純ではあるがカルタ遊びとして成り立っているのだが、アレッサンドの知らない遊び方だった。

「面白そうだな……、ようしもっと他のやり方を教えてやろうか」

アレッサンドは、さだにはカルタはまだ早いと思っていたのだが、今の様子を見て驚いたように言った。

さだがカルタ遊びに興じ始めた頃、戦国の世を一変させる出来事が起こった。「本能寺の変」である。

また九州でも島津氏の勢いが増大していた。肥後地方まで勢力を伸ばしていた龍造寺隆信は、島原半島で島津の支援を得て蜂起した有馬氏を討つために大軍を発したが、背後を突かれあっけなく戦死した。まさに青天の霹靂《へきれき》だった。もともと人望のなかった隆信の死亡で龍造寺軍は敗走し、勢力圏を立て直すことなく滅びてしまった。

さらに大友宗麟もさだが四歳の時、日向に侵攻した島津軍に敗れ勢力を大きく削がれていた。大友氏に抑えられていた蒲池氏や黒木氏などの離散が始まるなかで、大友氏を支えていた立花道雪と高橋紹運《じょううん》は、龍造寺が支配していたもと大友氏の支配地であった筑後地区を奪還する。

立花道雪には男児がおらず、高橋紹運の長男を娘誾千代《ぎんちよ》の婿養子として迎えていた。後の立花宗茂である。

龍造寺氏を討ち破った島津氏は九州制覇を目指し、これら立花一門の支配圏であった筑後地区を窺《うかが》っていた。

このころ義貞の村落のみでなく周辺の村落でもカルタ遊びが広がっていた。アレッサンドが持ち込んだカルタは五組だった。一組はさだの玩具に、一組は館の大人たちの楽しみに、もう一組は村人の間で回されていたのだが、それを厚めの和紙に線描でなぞったものが何組も作られた。稚拙な絵だが、遊びに使うには何の問題も無かった。

また、さだの玩具の一組は長年の間手にまみれていたため、絵が剥げかけているのだが、十歳を迎えたさだはアレッサンドから貰った顔料で、器用にこれを塗り直して相も変わらずカルタの一人遊びに興じていた。

そして、五組のうちの一組を、義貞は高橋紹運に火薬を納めた際に献上していた。

「これは綺麗なものだな」特に蒐集癖も無い紹運はぼそりと呟いたが、それでも珍しげにニコリと笑った。

「どのようにして遊ぶのだ……」

問われた義貞は、懐からカルタ指南書と書かれた紙綴《つづ》りを取り出し、「長い船旅には、退屈しのぎとして重宝します」と言った。それはアレッサンドから聞いたカルタの遊び方を取りまとめたものだった。

「このような遊びに興じる時代が来るのかもしれんな……、群雄割拠していた戦国大名も次第にまとまりつつある。やがて戦国の世は終わるのかもしれんな」紹運は感慨深げに言った。

島津氏の台頭に対し、大友一派は既に本州を制覇しつつあった秀吉を頼った。単独で島津氏と戦い抜く力はもはや大友氏にはなかった。秀吉の軍門に下り勢力圏を保つべく、大友宗麟は秀吉の元を訪ねていた。秀吉にとっても次の目標は九州制覇であった。大友氏が秀吉軍の先兵として島津氏と渡り合う事は願ってもない事であった。秀吉はその際に援軍を派遣することを確約していた。

五

天正十三年（一五八五年）、さだ十歳の時、立花道雪が病没する。これを好機と見た島津氏は翌年、大軍を繰り出して九州制覇を目指し北上を開始した。その数五万、早くも大友勢の出城を落とし、残るは高橋紹運の籠る岩屋城、一度島津の軍門に下ったが立花に奪還された筑紫氏の宝満城、そして紹運の長子立花宗茂の居城である立花城の三城のみとなった。

島津軍が守りの要である岩屋城から攻めてくることは明らかだった。高橋紹運は城兵わずか七百数十名で籠城し五万の島津兵を足止めする決心をした。

宗茂は、より堅牢な守りの立花城に移るように再三勧めるが紹運は、

「この城で一ト月、否二十日、足止めをすれば、ここより堅固な立花城を落とすには二タ月はかかろう……、それまでには秀吉の援軍は必ず来る」この城で何日持ちこた

えるかが、この戦の行方を決するのだと言って、覚悟のほどをしめした。

紹運は城兵の家族を宝満城や立花城に送る時、城兵に共に退く者がおればそれを許すと告げた。残れば玉砕は眼に見えているのだ。

「何を言われる……どこまでもお供つかまつる」七百数十名の意気は高かった。加えて、立花城から食料、武器、弾薬の補給に駆けつけた二十数名が、このまま籠城に加わると申し出た。紹運は立花城に戻るように諭すが、意志は固くこれを加えた七百六十三名で五万の軍勢に立ち向かう事になった。

天正十四年（一五八六年）七月十二日、島津軍と、島津氏の軍門に下った肥前、肥後、筑前、築後の国侍の五万が岩屋城を取り囲んだ。

この中には、鹿子木の邦友も含まれていた。邦友達は龍造寺氏の攻略にはかろうじて耐えていたが、九州を制覇する勢いの島津氏には抗しきれず、島津軍として組織されていた。

邦友の要請で、村落を離れた後も火薬や鉛の補給を続けていた義貞だったが、この度の立花軍との戦に際しては、「俺は武器商人にすぎぬ、お前が欲しいと言えば出さぬ事もないが……」と乗り気ではなかった。

「いや、守りの戦では鉄砲が役に立ったが、今度は城攻めだ……、鉄砲は他に任せて我らは斬り込むことになっている。大友を攻めるのは俺もつらい」と邦友も苦悩をみせていた。

義貞にはいつか紹運が言った「このような遊びに興じる時代が来るのかもしれんな……」という言葉が頭に残っていた。それはもうすぐ戦のない時代が来るかもしれないという事であり、今の硝石交易が必要でなくなるということでもあった。

事実、堺や博多から本州に積み出していた硝石の量は次第に減少していた。有力な戦国大名が競い合った時代、義貞が直接商うのは大友圏の武将だけであったが、付き合いの商人達は方々で火薬や鉛が欲しいという声があると言っていた。それが次第に減ってきている。

もしかすると、今度の戦いが大戦《おおいくさ》の最後になるのではないかとの予感もあった。秀吉が太閤殿下と呼ばれて天下統一を果たそうとしている事は事実であった。義貞は可能な限りの火薬と弾丸を紹運軍に運んだ後は、息を殺して事の成り行きを見守っていた。

岩屋城包囲を完了させた翌十三日、島津氏は使者を送り高橋紹運に城を開け渡すように迫った。

「今、我ら一党は秀吉殿に忠誠を誓いその支配下にある。いわばこの城は秀吉殿から預かっているのも同じ事、その城を私の一存で島津殿に渡す訳には参らんことはお分かり頂けるかな」紹運は微かな笑いを込めながら言った。

「五万の軍勢に数百で立ち向かって、勝ち目のない事は明らかではござらぬか。無駄に死に急ぎなさるな」

「ハハハハハ……、我々は勝とうとは思ってはおりません。秀吉殿からは既に援軍を差し向けたとの連絡を賜っており申す。その到着まで、この城にて十日や二十日は持ちこたえてみせましょう」

紹運の挑戦的な態度に使者は憤然として席を立ち去った。

紹運は決して援軍出立の連絡を受けた訳では無かったが、そう島津方に吹き込むことで、ひとつには拙速に城攻めを行わせることで敵失を誘う目的があった。この他にも立花勢は間者を放ち、秀吉軍の到来が近いとの風聞を広めていた。

翌十四日の早暁、城のそびえ立つ山麓から「ウオー……」と言う轟が響き渡った。

「来るぞー……」

城内では伝令が駆け回った。

籠城に際し、出来る限りの準備は怠らなかった。要所要所には空堀を掘り、逆茂木《さかもぎ》を立て、大石を積み上げ、大木をくくりつけていた。斜面にとり付く島津兵に容赦なく石や大木が降りかかってくる。

見上げる城に向かって放つ島津軍の鉄砲が、城壁に阻まれて功を奏さないなか、城内から放つ鉄砲は次から次に島津兵をなぎ倒した。なにしろ五万の兵がうごめいているのだ。

日が落ちると銃声がハタと止んだ。岩屋城は本丸の他に、二の丸、中の丸、三の丸と三つの砦が山の尾根伝いに続いている。山の斜面を這い上がって砦を落とすには多数の兵を消耗する覚悟が必要だった。

島津氏は千人も覚悟すれば、数日で城は落ちるだろうと考えていた。しかし初日に既に三百人近い犠牲を出したが、砦のひとつも落とすことは出来なかった。

しかし多勢に無勢、一旦踏み込まれると砦は一溜まりもなかった。三の丸、中の丸、二の丸と落とされ本丸で指揮を執っていた紹運にも敵兵が迫ってきた。

ついに二十七日、紹運とこれに従う側近数十名は、満身創痍《まんしんそうい》で天守に籠った。

「もうよかろう、充分に働いた。これで立花は残るぞ」紹運にはこの十三日間の戦いが無駄であるはずがないとの確信があった。

紹運は悠然と鎧を外すと座り直し腹を切った。

「殿、介錯つかまつる」

七百六十三名全てが玉砕した。島津勢の討ち死は三千人と言われている。

宝満城は一度島津に与《くみ》したこともあり、島津の要求に従って城を明け渡した。残るは立花宗茂の居城立花城だけであった。ここを落とせば九州制覇はなる。九州の国侍を統一した後ならば、豊臣秀吉が天下統一しても島津氏を九州の覇者として遇することになるだろう。逆にここで手間取り、秀吉の援軍が来て一戦交える事は絶対に避けねばならなかった。城攻め中に背後を援軍に衝かれたら壊滅しかねないのだ。

島津氏は立花宗茂に何度も使者を送り、城を明け渡すように迫るが一向に軍を動かそうとはしなかった。

岩屋城を力攻めして、三千の兵と十三日を費やした。これより堅牢な立花城を攻め落とすには、どれほどの犠牲を払わなければならないのか評定でもなかなか決めることができないでいた。

岩屋城落城からおよそ一ト月後の八月二十四日夜の事であった。立花城から街に炎が上るのが見えた。

「ん……、あれは……島津兵だ。島津兵が街に火を放ち退却していくぞ」

城内にどよめきが上がった。

島津軍は、将兵の疲れや、城攻めの困難、秀吉援軍など総合的に考えたうえで、ここは一旦兵を退くことを決心したのだった。

一ト月におよぶ睨みあいの緊張から解放された安堵感を味わう暇も無く翌早暁《そうぎょう》、

立花宗茂は城を飛び出し追撃に出た。一旦退却しだした軍がいかに脆いか幾多の例が示している。立花宗茂がこうも早く追撃してくるとは考えてもいなかった島津軍は、退却に際しもっとも警戒すべき後方の殿軍《しんがり》の備えを疎かにしていた。宗茂の猛攻にさしもの大軍もほうほうの体で筑後川を渡って逃げ帰った。

返す軍馬で宗茂は、大友勢の居城で薩摩軍に落とされ薩摩の守備兵が守る高鳥居《たかとりい》城《じょう》を奪還し、さらに父紹運が討ち死にした岩屋城をも奪還した。

立花宗茂を若造と見誤った島津氏の失策だった。この後、幕末まで島津氏は鹿児島に押し込められることになる。九州制覇を果たした太閤秀吉は、博多の筥崎宮に陣を張り九州国割を実施し、立花宗成に柳川藩十三万二千二百石を、弟の高橋統増に三池藩一万八千石余りを与えたのだ。この満座のなかで立花宗茂を西国一の武人だと褒めちぎっている。

そして江戸時代になり三池藩七代藩主出雲守種周《いずものかみたねちか》は、岩屋城で島津兵の進軍を踏みとどめた高橋紹運を立花家の礎《いしずえ》として神格をもらい、ご祭神とし「三笠神社」を建立した。

六

紹運の言った「カルタ遊びに興ずる時代」が来ようとしていた。豊臣秀吉は天下を治めると天正十六年（一五八八年）に刀狩令を発布した。この時代はまだ江戸時代のような身分制度が確立していた訳では無かった。暮らしの為に百姓をしたり、漁、狩り、商いをするが、一人前になった男が腰に刀を差すのは通常の事であったし、根来《ねごろ》、雑賀衆《さいかしゅう》、義貞の村落のように鉄砲などの武具を備えている集団も居た。

秀吉は、百姓が刀、弓、槍、鉄砲などの武器を持つことを禁じ、狩りなどに必要なものを除き、武器の供出を求めた。当初はそれほど厳格なものでは無かったが次第に厳しくなっていく。義貞は、五十丁近くの鉄砲を供出した。

義貞は萬に呟くように言った「俺はお館様の仕事を引き継ぐことでこの村落を守ってきたが、これから先は硝石交易も出来なくなるな。畑を耕し海に出ることで村落の生活はなんとかなるとは思うが……」義貞は半農半漁の生活を思い浮かべていた。

時を同じくして、秀吉はバテレン追放令を出した。これは、主に九州で活発化したキリスト教布教で、宣教師とキリシタン大名が日本の寺や神社を攻撃したり、ポルトガル商人が日本人を奴隷として海外に売ったりしている事を、九州制覇時に知った秀吉が発布したものだった。国内のキリシタン大名が家来や領民にキリスト教を強要するのを禁じ、宣教師を追放しようとしたもので、貿易の為の来航や滞在は認めていた。

アレッサンドは宣教師ではないものの、カトリック教徒であることに変わりはなく、追放令が出たことで早晩帰国せねばならなくなると考えていた。帰国の前にやり遂げたいと、日頃から考えていたことを義貞に言った。

「カルタを本格的に作ってはどうか……、これはさだが描いたカルタだ」と言って一組のカルタをみせた。

それは裏は何の変哲もない白地だが、表には色彩が施された絵が描かれていた。この村落でカルタが流行り始めたころは、和紙に線描の絵をかいて遊んでいたものが、今では描かれる絵もしっかりしたものになり、色彩も施されていたのだ。

「いつの間にこんなものが……」

「お館は、忙しく働いていたからなー、さだの他にも何人かは旨く描くぞ」

「えっ……、これはあいつが描いたのか」

アレッサンドはこっくりと頷いた。

「しかしこんなものが商いになるのか」

「いや、なる……。ポルトガルでもカルタ作りは商いになっている。これは自分たちが遊ぶために作ったものだが、商いにするためには人の意表を突くものでなければだめだ」アレッサンドは続けた。

「カルタは表よりも裏が重要だ。白地では面白みが無い上に、直ぐに汚れが付いてしまう。その汚れで表の絵が判るようになると遊びは面白くない……、普通、裏には複雑な紋様を描くのだが、手書きでは全く同じように書くことは難しい。実はな……、およそ十年前にこの国へ宣教師として来航してきたヴァリニャーノが高質の印刷機を持ってきている」

「印刷機……」

「全くおなじ紋様が何枚も刷れるものだ。それが口之津にある。薄手の和紙に裏紋様を台紙より大きめに刷り、白地の和紙に張り付け表にそり返す」アレッサンドは台紙と薄い和紙を持ってやってみせた。

「こうして、裏とへり返しの紋様が一様で、表が白地のカルタが出来る。表の絵も、金泥、銀泥なども使って豪華に仕上げるのだ。表の絵は多少上手い下手があっても問題無い。上手いものが高く売れるという事だ……」

アレッサンドは、自分の持ってきた五組のカルタを元に既に数百組の稚拙な自家製のカルタが近辺の村で流行っていると言った。しっかりしたものを作れば商いになると言った。

「いいか、ここを火薬工房からカルタ工房に変えるのだ、台紙づくり、紋様張り、線描、色付けと手分けして訓練すれば一年もすれば商い出来るものが出来るだろう」アレッサンドは力強く言った。

「それを見届けてからポルトガルに帰る……」

義貞はゆっくりと頷いた。カトリック教徒が居づらくなりつつあることは義貞にも判っていた。

早速二人はカルタ工房づくりの準備にかかった。台紙となる和紙は今使っているものでも良かったが、もう少し高質な物が欲しかったし枚数を必要とする。購入元を聞いたら筑後の溝口だと言う。二人で紙漉きの職人を訪ねた。

「もう少し、厚めで腰が強くできないだろうか……」

「そんな物を何に使うんだ……」

「こういう物を作りたいんだ……」

義貞は手持ちのカルタをみせた。

職人はそれを手に取って、矯《た》めつ眇《すが》めつしていたが「なるほど、俺たちの楮《こうぞ》の繊維は長いのでこれくらいの厚さでも漉けるだろう……」

「それから……」義貞は続けた。

「全く逆の話なのだが……、薄くて張りのある物も欲しいんだが」

「えっ……」

「このカルタの裏は、薄紙に紋様を描いて張り付けた物なんだ」

「判った……、厚紙も薄紙も理屈は同じだ。薄くとも繊維の絡み方は強い紙になるからな、なるべく薄い物を漉いてみよう」

こうして紙の手当ては出来た。


「あとは、裏の紋様だな、印刷機には木版を作る必要があるが……」

「船には様々な彫物を彫っているだろう、俺の一党のなかには色々な才能を持っている者がいるから、一度物を見れば大丈夫だ……」

「よし、口之津へ行こう……」

有明海を渡るのなら小舟で一日も有れば足りる。漕ぎ手三人と彫り手を伴って二人は口之津へ渡った。

「カルタ工房だがな……」

口之津からの帰り船の中で義貞はアレッサンドに「日本の国では立派なものを作る職人達はその作品に名前を残すことが常になっている」と話しかけた。平安時代の刀鍛冶で三池典太光世《みいけでんたみつよ》は名工として有名だが、この末裔と思われる名工が菊池の里に居て、その刀の銘に「九州肥後住典田」と打っていると言った。

「大工も在所と名前を天井裏などに残すというではないか、我らも裏面に工房の名前を残してはどうかと思うが……」

「三池住義貞か……」

「いや、三池住貞次《さだつぐ》だ……、これから一年をかけてさだを中心としたカルタ工房を作り上げなければならない。次代の村落を担う工房の頭として貞次と名乗らせる」

この時、さだは十四歳、父義貞三十八歳であった。

七

三池カルタの普及は驚くべきものだった。ひとつには物珍しさもあっただろうが、なにより長年ポルトガルで蓄積されてきた数多くの遊び方があり飽きることが無いのだ。それを三池住貞次の工房はカルタ指南の一綴《ひとつづ》りとして、カルタに付けて販売した。

更に、実はこれが流行した本当の理由かもしれないのだが、賭け事の道具としてそれまであったサイコロやスゴロクに比べ、カルタの山から引いた最後の一枚をめくるときの緊張感や高揚感が格段に違っていた。

貞次のカルタ工房が順調に動き出したのを見届けてアレッサンドは日本を離れることとした。バテレン追放令の実行が次第に厳しくなってきていた。

「アレッサンド……、ポルトガルへ帰るのか」

「とにかく、寧波まで送ってくれないか、後はそれから考えるよ。そこまで行けばどうにでもなる」

「判った……」

義貞は、銀を入れた皮袋を重たげに両手で抱え、アレッサンドに渡した。

「おっ……」あまりの重さに取り落としそうになった。

「これは銀か……、こんなにいいのか」

「それだけあれば身の振り方は立つだろう。お前のおかげで工房も立ち上げることができたのだ。当然の取り分だ」

アレッサンドは、日本に居る間に買い集めた刀などの武具や漆器、絵画などをポルトガルへの土産として、例の荷車一台に積み込んで船に乗り込み寧波へ去った。

戦国の乱世がひとまず治まり、九州では比較的穏やかに歳月が過ぎていた。薩摩が去った肥後の国は加藤清正が治め、戦国の世を乗り切った鹿子木も加藤清正の勢力に組み入れられていた。この穏やかな時期に邦友は、はつを伴って度々義貞の村落を訪れていた。

「このような時が来ようとは思ってもおりませんでした……、あの時義貞さまから援助頂いたおかげでこの時が迎えられました」

「しかし、鹿子木殿は残念であった」

はつの父親は老齢で病没していたが、後を継いだはつの弟はあの岩屋城攻めで討ち死にをしていた。

「弟は若く、嫁を迎えたばかりでした。結局、邦友様に鹿子木を名乗ってもらう事になりました……、それにしても貞次殿は逞しくなりましたな……」

垣根越しに聞こえてくる貞次の声の方に顔を向けながらはつが呟いた。

この時、貞次は二十歳だった。おとなしくカルタの一人遊びに耽っていた子供が十五歳の頃からカルタ作りの合間合間に、さすがに刀狩令のてまえ鉄砲を撃つことは無かったが、弓は引く、刀を振り回すなど武張ったことに興味を持ちだした。

義貞はその時「どうした心境の変化だ……」と聞いた。

貞次は、カルタ作りは思った以上に体力が必要で武芸を始めたが、これが思いのほか面白くなったと答えた。貞次の周りには邦貞（初代のお館）や義貞と共に倭寇で武芸を振るった者が多い。貞次が、弓を始めたと知れば俺が教えてやる、刀の使い方は俺が教えてやると自称師範が次々に現れては貞次を鍛えた。

まだ身分制度の固まっていない時代である。刀狩令が発布されたといっても一人前の男が刀を帯びる事は普通の事であったし、村やある集団同士のもめ事が武力対立になることも度々起こっていた。

茶人や能楽師が武人であることも珍しくない時代である。カルタ作りの職人が武芸を学ぶことを好ましく思いこそすれ、奇異に思う者などいない時代であった。

事実、喜多流謡曲の創始者である六平太は、堺の眼医者の子供であったが、七歳の時、秀吉の前で羽衣を舞うほどの早熟の天才であった。一流を創設する一方で秀吉の側近として仕えるが、秀吉没後に起こる大坂夏の陣には豊臣方の一員として戦う。これに敗れたあと身を隠していたが、芸の才能を惜しまれ徳川家に仕えるように誘われる。しかし、武士として二君に仕えることを拒む六平太に、秀忠は喜多流を創設させ能楽師として処遇することとなる。このように、職人や武人の境が混沌とした時代ではあったのだ。

「のう、お萬さま……貞次殿も二十歳になられる。鹿子木の珠《たま》を娶ってはもらえぬか……」

既に邦友とは話をしているのであろう、邦友は義貞をジッと見ている。

「珠か……、何歳になったかな」

義貞の問いに「十七に……」と邦友が答える。

まだ会ったことのない貞次と珠の婚儀がまとまった瞬間であった。珠の十八歳を待って輿入れが行われた。

珠は、はつに似て活発で賢い女子であった。輿入れしてきて直ぐに貞次のカルタ作りに興味を示した。鹿子木で絵をたしなんでいたとの事で数カ月もすると、珠独特の特徴を持ったカルタ絵を描くようになっていった。

義貞一党は、海産物、農作物、カルタを積んだ船で、長崎、島原、唐津、博多、時には芦屋、堺などへ漕ぎ出し各地の特産品を商いし、村落はのどかで平穏な日々を過ごしていた。

しかし騒乱の足音が聞こえてきている事に、義貞の小さな村落が気づくはずもなかった。

九州制覇を遂げたあと秀吉は、奥州の伊達、小田原の北条を下して天下統一を成し遂げた。永かった戦国時代が終わり戦いのない時代が来るかと思われたが、秀吉はその矛先を明国に向けた。

おそらく秀吉は地球儀を前にして、明国入りを夢見ていた信長に影響されたのだろう。国内で自分に逆らう者が居なくなった心の驕りと、権力者の飽くことのない支配欲が目を曇らせる。

　秀吉には、元寇のように大量の船で直接大陸に押し寄せるだけの海軍力は無かった。そこで朝鮮半島に前線基地を作り半島を経由して明国に攻め入ることを決意した。この為、朝鮮に日本に服従し共に明国に侵攻するように迫った。明の冊封体制下にある朝鮮が、これを簡単に受け入れるはずも無く、日本軍は明国侵攻の前に朝鮮と戦火を交えることになる。

　この為、壱岐対馬を経て釜山に渡るに最適の土地を探していたが、肥前の名護屋を前線基地にするとして全国の大名に築城を命じた。名護屋城は当時大坂城に次ぐ二番目の規模で、八カ月で完成したと言う。名護屋の野や山は城の周りに建設された百十八か所の大名陣屋で満たされ空き地さえ見えない状態となった。ここに三十万人の兵が集められ、その内の二十万人が海を渡り朝鮮へ侵攻した。

　残りの十万人は後方部隊として名護屋に残った。築城、陣立て、出陣と慌ただしく過ぎた十カ月が終わると後方部隊に緩みが生じた。

　数人の将兵が、この地方で流行しているカルタを陣内に持ち込んだのをきっかけに、カルタ遊びは静かに名護屋の各大名の陣屋に広がっていった。が何せ数が少ない。

　ある時、一人の武将が貞次の工房を訪れた。

「此処か、このような物を作っているというのは……」

対応に出た貞次の母、萬に対し傲慢に声をかけた。

「それはカルタと申します」

案内された座敷に、義貞が貞次を伴って現れ頭を下げた。

「それがしは、福留義重と申す。今、名護屋で陣を張っているとある大名家の家臣だが、ここでカルタをいう物を作っていると聞いたが誠か」

「確かに作っておりますが……」

「このような山奥で、南蛮渡りと思われる物を作るというのは如何にも面妖なことだが……」

確かに義貞一族の存在と歴史を知らない者には、ここでカルタを作っている事が不思議であったに違いない。

「我が父以来、我々はおよそ五十年に亘って明国と交易を行ってきました。明国には寧波をはじめポルトガル人の街が数か所存在しております」

「何……明国に」

今、秀吉軍が明国に攻め入ろうとしているのだ、福留は明という国について「どんな所だ……」と知りたがった。

「明は広うございます。一日中馬を飛ばしても山の姿が見えませぬ。ポルトガル人は、西の海から明に来たので、明の南の沿岸に街を作りました。我々は明といっても、ここらを行き来したにすぎません。明の王朝は、これより遥か北の長江の畔に壮大な都市を作っていると聞きましたが、想像もつきません」

「兵は強いか……」

「うーん……」と義貞は天井を向いて唸った。

「勇猛さでは日本の武人も負けませぬでしょう。しかし、兵や武器、食料等の補充など大きな負担を抱えて戦わなくてはなりません……、その差がどうなるかで決まる事も……」

義貞は倭寇で戦った時のことを思い出しながら話した。

「うん……、うん……」と、福留は興味深げに聞き入った。

話が一段落つくと思い出したように切り出した。

「ところで、そのカルタだが、その一枚一枚に金泥で五七の桐の家紋を乗せた物を一組、銀泥で三つ葉葵の家紋を一組、特別に作ることは出来ないか」と、二枚の家紋を描いた紙を広げた。

「えっ、これは太閤様と徳川様の御家紋では……、我々では畏れ多く」

どこの誰かも判らず、そのような家紋が付いたカルタを渡し、世の中に出回ってはどんな災難が降りかかるかもしれないと思った。それを察したかのように「拙者は四国長宗我部元親が家臣でござる。我が陣屋へこのカルタを持ち込んだ者がおってな。これに興じて実に陣内が和やかで明るくなって、あの席、この席と回し使いをしている状況でな」

「十組ほどのカルタを買い求めたいが、その他に我が殿が、太閤殿と徳川殿に献上したいとの意向でな」

派手好みの太閤殿下には金で、侘《わ》び好みの徳川殿には銀の家紋の入ったカルタを、という事らしい。

「どうだ、出来るか……」義貞は、貞次を見て言った。

「出来上がった図柄の上から、ステンシルで御家紋を刷ってはと思いますが」

「ステンシル……」と、福留が珍しげに聞いてきた。

「ポルトガルの言葉です。油紙に御家紋を切り抜き、このような道具に金泥や銀泥を塗って刷りつけます」と、大ぶりの筆を取った。

文禄・慶長の役は七年間に及ぶ。朝鮮王は明国に援軍を要請し、日本軍は強力な明・朝鮮連合軍と戦闘を展開することになる。

鹿子木の邦友は、加藤清正の手勢としてこれに加わった。慶長二年（一五九七年）加藤清正は釜山周辺の海岸べりに蔚山城の築城を始めた。工事開始から四十日、やがて完成という時に明・朝連合軍の攻撃が開始された。城内から激しく銃弾を浴びせ連合軍に大損害を与え容易に城へ踏み込ませなかったが、築城直後の事で兵糧の備蓄が整わない中での戦いとなった。時期は十二月、寒さと飢えで多数の将兵が倒れ込むなど苦しい戦《いくさ》となり、加藤清正は玉砕を覚悟したと言われている。

捕虜交換などの交渉で時間を稼ぎながら、ひたすら援軍の到来を待つこと十日、陸上から毛利秀元、黒田長政の率いる援軍が、海上からは長宗我部元親の水軍が到着すると激しい反撃に転じ連合軍を退却に追い込んだ。

そして、この蔚山城の戦いで負傷した邦友は鹿子木に送り返されたが、間もなく息を引き取った。四十三歳であった。残されたはつは髪をおろし、鹿子木の庄は邦友とはつの長子、邦広が跡を継いだ。この時二十六歳で、貞次の三歳年上だった。

義貞は、ともかくも珠に供を付けて鹿子木に帰した。少し落ち着いた頃、邦友を弔うため、貞次と萬は義貞に連れられて初めて鹿子木を訪れた。悲しみにくれるはつに萬は優しく寄り添った。

ここに五日ほど留まったが、貞次と邦広は気が合ったようだった。きっかけは、「貞次殿は、商いだけでは無く武芸も達者だとか……」と言い出したことだった。

邦広は幼い時から、明国での倭寇に加わった父と義貞の話を聞かされて育った。義貞が火薬や鉛を送ってくれた事も、当時既に十歳を超えていた邦広はよく覚えていた。

「いや、私は小さい頃からカルタばかりで遊んでいましたから、武芸が面白くなったのはつい最近で、腕のほうはまだまだです」

「どうです……、弓でも引いてみますか」

二人は、二十間離れた的に向かった。邦広は張り具合の異なる三張りの弓を準備していた。貞次は邦広の心配りを感じた。張りの強い邦広の弓を引けない場合に備えてくれたのだろう。

邦広は当然のように一番張りの強い弓を取ると矢を番《つが》えた。弦を引き絞ると、片袖を脱いだ肌着の上から肩の筋肉の盛り上がりが見えた。放たれた矢は風音を立てて的に命中し、すかさず放たれた二本目の矢も見事に的を射た。

「お見事です……」

貞次はそう言うと、少し迷って二番目に張りの強い弓を取り、矢を一本携えて十分に時間をかけ構えた。放たれた矢は的の中心を射た。

「これは……見事です」

義理の従兄弟同士の二人は、はにかむような笑いを交わした。

「少し落ち着いたら、父に代わって名護屋に向かいます。あるいは朝鮮に渡る事もあるかと……」

朝鮮での苦戦と厭戦気分が広がる名護屋での、カルタ遊びが荒れたものになっていった。長宗我部陣営で密かに賭博をする者が現われ、しかも高価な家伝来の物を賭け合うのだ。

賭博に熱くなる者がいるのは、いつの時代も同じことのようだ。賭けに勝ち、相手の家伝来の短刀を手にした男が呟いた。

「下手め……、今度は何を賭ける」

これが負けた男の感情を逆なでた、家宝の短刀を獲られ気持ちが動揺しているところへの雑言、「なに……」と叫ぶと脇に置いていた刀を引き抜いた。

「よせ！」周りに居た数名の者達が慌てて止めに入ろうとした。賭博をしていることが知れても叱りを受けるかもしれないのに、それが元で刃傷騒ぎにでもなれば叱り飛ばされるだけでは済まなくなる。が、一旦抜いた刀を収める勇気はその男にはなかった。

「抜け……」

さすがに無腰の者に斬りつける事はなかったが、この一瞬の間が幸いした。一人の男が後ろから羽交い締めにして言った。「落ち着け……、皆は朝鮮で戦っているのだぞ」

男は激高を恥じたかのように力なく肩を落とした。

このことは直ぐに知れ渡った。それは遊び程度の何がしかの物を賭けて、カルタをすることが一般化していて、それが黙認されていたのだが、高価な物を賭け、それが刃傷事件になってしまった事で綱紀粛正《こうきしゅくせい》が言い渡された。

慶長二年（一五九七年）長宗我部元親は「賭博カルタ諸勝負禁止令」を出し陣内でのカルタを禁止した。

朝鮮出兵のさなかの慶長三年八月十八日、豊臣秀吉が六十二歳の生涯を閉じたが、朝鮮に居る日本軍にはそれが伏せられた。秀吉の死によって朝鮮からの撤兵は決定的になったが、その準備が整った十月初めに撤退命令がでた。そして、撤退に際し最も重要な殿軍の役目を担った、立花宗茂、島津義弘、小西行長達が帰国したのは十一月の末の事であった。七年間にも及ぶ朝鮮の役がようやく幕を閉じた。

八

つかの間の平穏に包まれたある日、一人の武士が義貞の村落を訪れた。梅の花が咲きそろい、鶯の鳴き声がかしましく響いている。

「これは小野様……」

「久しぶりでござる」小野と呼ばれた男は丁寧な挨拶を返してきた。

立花藩の家老小野和泉の一族筋にあたる男であった。義貞が火薬の調達などで高橋紹運に可愛がられていた頃からの付き合いである。久しぶりに盃を傾けながらの歓談となった。

「久方ぶりの太平ですな……、ところでこの長閑《のどか》な世が続けばカルタ遊びも流行るでしょうな」

義貞は岩屋城で討ち死にした紹運が、『このような遊びに興じる時代が来るのかもしれんな』と語りかけてくれたことを思い出していた。

「そこでじゃ、三池のカルタを天下の京の都で作ってみる気はないか」

「京ですか……」

「これほどの出来じゃ……、京は何と言っても芸術の中心だ、そこで腕を振るってみてはどうじゃ。いや実はな……」

小野の話では、たまたま三池のカルタを手に入れた柳川藩京都屋敷の男がカルタ作りに興味を持っているというのだ。

「当藩の京都屋敷は洛中西同院通にあるのだが、近くの町家にカルタ工房を作ってカルタを広めたいと言っているのだ。どうだ腕の立つカルタ職人を二人ほど京都に遣ることは出来ないか」

「私の一存では何とも……皆と相談はしてみますが……」

「そうか、良い返事を待っているぞ」

小野は、結局その夜は義貞の館に泊まり翌日の昼過ぎに立ち去った。

小野を見送った後、義貞は貞次と話し込んだ。

「私はともかくも、京に行きたいと言う者は居るでしょう。なにせこの田舎から飛び出したいと思っている者は多いようですから……」

貞次の工房のカルタ職人は、二十代前半の者が多かった。この時貞次は二十四歳、これら若者達十名程が中心となって、この五、六年カルタ工房を盛り立ててきたのだ。

貞次の話を聞いたカルタ職人達は、眼を輝かしながらザワザワと話し合っている。

「それは、立花様のお声がかりでカルタを作るという事ですか。工房も準備して下さると……」今年二十歳を迎えたばかりの貞文が言った。貞文はまだ独り身だった。

「行きたいのか」笑いながら貞次が聞く。

「一人では心細いが……」

「なにを言っている。明ではないぞ、京都だぞ、京都。よし……俺も行こう」

貞文といつも連《つる》んでいる吉友が立ち上がりながら皆を見回し、俺たちが行くからと念を押しているように見えた。

「判った……、笑われないように腕を磨いておけ」

三池住貞次カルタ工房がこの後、ある事情で廃れていっても、こうして京都を中心に貞次の工房を起源にしたカルタが姿を変えて、後年次第に広まっていく事になる。

つかの間の平穏だった。この翌年の慶長五年（一六〇〇年）に関ヶ原の戦いが勃発する。

事の発端は、朝鮮の役に現地へ派兵され苦難を舐めてきた、福島、加藤などの武将と、国内中央で、秀吉の傍へ仕え戦略を立ててきた石田三成を中心とする奉行達の対立であった。

しかし、これらはいわば秀吉子飼いの猛将七人、福島正則、加藤清正、池田輝政、細川忠興、浅野幸長、加藤嘉明、黒田長政と石田三成の対立であった。

徳川家康は三成等に不満を持つ大名をはじめ多くの大名との連携を強め、その存在が大きくなり、天下を狙っていると周りから見られるようになる。

これに対し、豊臣家に忠義を尽くす前田利家が家康との対立を深め、豊臣家の家臣団がこの両派に分断される。

大坂城に居る前田利家と伏見城に居る徳川家康との間に武力衝突の危機が生じた。

家康の伏見城には、七武将のうち福島正則、黒田長政、池田輝政、その他二十を超す大名が集結した。

一方、前田利家のもとには、加藤清正、細川忠興、加藤嘉明、浅野行長、その他およそ二十の大名が、そして立花宗茂もこの中に含まれていた。

家康と利家の間に講和が結ばれ均衡を保っていたが、翌年前田利家が病没すると、秀吉子飼いの七人がそろって石田三成を襲った。

三成は、敢えて家康の邸宅に逃げ込み難を逃れたが、家康にこの騒動の責任を問われ、奉行を辞し居城の佐和山城に蟄居することになった。そして家康が居を大坂城に移し天下取りの姿勢を示すと、これを阻もうとする石田三成の画策で、毛利輝元を総大将とする反家康の勢力が結集される。

立花宗茂は家康からの度重なる勧誘を受けるが、これを拒み毛利輝元の西軍に味方する。宗茂には立花城決戦での秀吉への恩義に応える必要があった。

天下分け目の決戦が開始されようとする中、西軍に従軍していた京極高次が東軍に寝返り居城の大津城に籠城する。三成は大津城を落とす為、立花宗茂等を派兵し城を開城させた。そしてこの間に関ヶ原の合戦の火蓋が切られ、東軍の勝利に終わった。

関ヶ原の合戦に参戦出来なかった宗茂は、柳川に戻ると城の防備を固めた。

豊臣秀頼が存在しているとしても、関ヶ原の戦いに勝利した家康が天下人となったも同様で、全ての下知は家康から発せられた。家康は西軍が敗れた後、家康の軍門に下った佐賀の鍋島親子等に宗茂討伐を命じた。

宗茂は二千の兵で鍋島の三万に撃って出て一旦はこれを突き破った。しかし鍋島の後方には加藤清正の二万、黒田如水の五千が控え、柳川城を包囲している。このままでは岩屋城と同じく玉砕することが確実だった。あの時は、秀吉の援軍を待つ時間を稼ぐため、父高橋紹運は玉砕した。しかし、今度は援軍の見通しなど無いのだ。

自分自身の信条や意地、潔《いさぎよ》さは全うできても、一族郎党、二千の将兵まで無駄死にさせることへの苦悩が深かった。

そんな状況の時、加藤清正からの使者が書状を持参した。

城開け渡しを諄々と説く心情の表れた内容に加え、宗茂以下全ての家来を清正の命にかけて守るとの内容であった。朝鮮の役で互いに苦労した清正の人格は分かっていた。宗茂とその一族は、城を開け渡し熊本城に預かりの身となった。

家康が加藤清正、黒田如水等に島津討伐を命じた時、清正は宗茂に将兵を率いて加われば立花家が再興できると勧めたが、宗茂は一顧だにせずこれを辞退した。

宗茂としてみれば秀吉の恩顧に報いるため西軍に加わったのに、今家康の命令で加藤の一武将として同じ西軍の島津を討つという事は、保身以外のなにものでもなく宗茂の受け入れるところではなかった。一旦、家を潰し一個の牢人となってこそ秀吉の恩顧に報い、そして秀吉恩顧からの就縛《しゅうばく》が切れると思ったのだ。

この時代、腕の立つ牢人が再起することは決して稀ではなく腕に覚えのある牢人たちが活躍の場を探して流浪していた。

宗茂は清正に「ここを離れ、牢人となって身の振り方を考えてみたいと思います」と告げた。

「それもよかろう……、貴殿ならいずれに行っても大丈夫だろう」

清正は立花一族を庇護し、家来一同は加藤家に召し抱えるように取り計らってくれた。

それでも宗茂が熊本を離れることを知った十数名の家来が、共に流浪すると言い出して聞かないのだ。

一行はゆっくりとした旅程で京都、大坂、名古屋等の近辺状況を探りながら江戸へ着き、片田舎に居を構えた。

家康から宗茂を討つように命じられた清正は、これを熊本城預かりとして庇護していたのだから、宗茂一行が熊本を離れ流浪の旅に出たことは、当然、清正から家康に報告されているはずである。諸藩の動きに目配りを怠らない家康のことだから、宗茂の動きを把握していることも考えられた。

江戸に着いても、宗茂は猟官運動をするつもりは無かった。

ただ家康と対峙している自分を感じていた。

家康は慶長八年（一六〇三年）に征夷代将軍に就任し江戸幕府を開き、武家組織の頂点に立っていた。

関ヶ原の戦いの前に、幾度となく東軍に味方するようにとの誘いを受けたが、「徳川殿に敵愾心、遺恨など全く無いが、太閤殿下の恩顧に報いる為に西軍に……」との一事で西軍に付き国を失った。

家康は、宗茂の愚か者と笑っているのか、天下がいまだ安定しない状況で今一度、宗茂に活躍の機会をと考えているのか。

いずれにしても騒乱が起きれば撃って出る、このまま太平が続けば牢人のまま朽ち果てるまでと考えて過ごしていた。

そして宗茂のあばら屋に家康の使いが現れた。「殿が、宗茂様に会いたいと申しておられます……」

宗茂は慶長十年（一六〇五年）に奥州棚倉藩三万石を領し、元和六年（一六二〇年）には二代将軍秀忠のもとで旧領柳川藩十万九千石に復された。

九

それは、関ヶ原の合戦が終わって間もなくの事であった。朝鮮の役の時は軍船が行きかっており、有明海の外へ出ることがはばかられ、義貞は、もっぱら内海での商いをしていた。役が終わりつかの間の平穏が訪れた時、再び天草灘を出て日本海沿岸や洞海湾を経て堺などへ船足を伸ばしていた。

冬の北風が吹き始めた頃、義貞は日本海沿岸の産物を満載し洞海湾に向かっていた。洞海湾を経て大坂、堺で商いをするつもりだった。

空が黒雲に覆われたかと思うと凄まじい風が吹き荒れた。風は渦を巻きながら次第に海面に向かっていた。

「竜巻が来るぞ……帆を下ろせー」

海面に達した竜巻が海水を空に巻き上げながら船に迫ってきた。大波に揉まれ船は木屑のように翻弄された。

「船倉に籠るぞ、天板を閉めろ……」みんなを船倉に下ろし入口の扉を閉じた。船上は波に洗われているが船倉に入ってくる海水は少なかった。いつ転覆するかと思いながら激しい揺れに耐えていたが二時《ふたとき》（四時間）もするとようやく揺れが穏やかになった。

船上に上がり周りを見回すが、星ひとつない真っ黒な空のもと位置を特定するような手掛かりも無かった。

義貞は腰に下げてる小物袋から、例のノウンを取り出すと右手でかざした。鉄片の先端が北斗を指したことになるが、船は北斗の方向に対し左に流されていた。

「日本から離れて行くぞ……」

帆も、櫓も無くし、そして舵も利かないのだ、風と潮の流れに任せる事しか出来なかった。幸い、水と食料は当分の間心配はなかった。

二日ほど経った朝、目覚めると濃い霧の中だった。霧が晴れかかるにつれ、穏やかな海面が次第に広がっていった。すると十町ほど離れた海面に数隻の船が点々と見えかかった。目を凝らして船を見ていた男が叫んだ。

「朝鮮の軍船だ……」

制海権を取った朝鮮国が、沿岸警備のために軍船を航行させているのだろう。こちらの船に気づいたらしく三隻の船が次第に近づいてきた。船上では既に得物をかざしている兵士の姿が見えた。

「ええい……、生き恥をさらすな。一人でも多くの敵を道づれにしろ……」

朝鮮の役の恨みも消えぬ時だ、相手は一人も残さず殺害するに違いなかった。船を操作できぬ状況では逃げ出す事も出来ないのだ。

義貞の檄に十数名が刀を抜き放つと一斉に「おうー、おうー」と吠えた。義貞は、一人の部下に「火を準備しておけ」と命じた。

軍船の一隻が義貞の船に体当たりし、左舷に横付けにするとこちらの船に飛び乗ってきた。船の高さはあまり変わらない。義貞の部下も敵の船に飛び移り立ち向かっている。もう一隻の軍船が右舷に体当たりしてきた。義貞は「松明《たいまつ》をもってこい」と言うと、油の入った瓶を一つ、二つと、その船に投げ入れた。

「火をかけろ……」

松明の火は油の上を走るように燃え広がった。もとより油の一部は義貞の船にもこぼれており、二隻の船から火柱が立ち昇った。

敵船の将兵が海水を汲んで火を消そうと躍起になっているところへ、義貞は斬り込んだ。下ろされていた帆布《はんぷ》を切り離し炎の中に投げ込むと、もはや火は消すことは出来ないほどの勢いとなった。

朝鮮の将兵は、次々に海へ飛び込み味方の軍船に泳ぎ着いていく。自分の船を振り返ると炎の中に部下の姿は見えず、体当たりした敵の軍船が引き離そうとしている様子が覗われた。

「もはや、これまでか……」

義貞は握った刀を逆さに持ち直すと喉笛を掻き切り海中に飛び込んだ。

一ト月や二タ月帰ってこない事は幾度もあったが、半年近くも連絡が無いという事は初めてであった。特に最近は近海での航行が主で、朝鮮や明国に渡っていた時代とは違うのだ。

「何かあったのだ……」貞次が呟いた。

乗組員の一人でも生き残っているのなら、何らかの連絡があるはずだった。全員の消息が知れないという事は、何か大きな事件が起こったと考えられた。

「次の商いもある……沿岸を回りながら、この半年程に遭難した船が無いかどうか情報を集めるぞ」

残った一隻に十数名が乗り込み日本海に漕ぎ出した。やがて半年ほど前に対馬の方向で竜巻が発生したという話が聞こえてきた。貞次は船を対馬に向けた。

「竜巻が発生した数日後だったなー……」思いだしたように島の老人が話し出した。

船火災にあって燃え残った船が、対馬に流れてきたと言った。

「どんな船だった……」

「そうようなー、長さは五間ほどで幅三間も有ったろうか、最も流木のように流れてきて、どうにか船の形をしているという有様だったから正確には判らんが」

「人は乗っていなかったのか……」

「人だけじゃ無くて、荷物も何もかもが流されて船体の燃え残りだけだったな」船は解体して薪にしてしまったと言う。

竜巻にあって船火災とは話が合わないとは思ったが、義貞の船に違いないと思った。

三池に戻った貞次は力強く一党を前にして話した。

「この村をここまでにしてくれた父や、先のお館の志を無には出来ん……、船一隻では修理も叶わず早晩じり貧になっていく。新しい船を作るぞ……」

堀の一隅には深さ二間、幅四間、長さ六間ほどの水門で仕切られた内堀が掘ってあった。これは二隻の船を交互に修理する為に、初代のお館であった邦貞が作らせたものであった。

二間以上の干満の差がある時に、満潮で船を引き入れ、潮が下がった時に水門を閉ざし、修理の間は空堀として船の修理にあたるのだ。

幅三間、長さ五間、深さ三間の大きな木造船を作るのに一年半を要した。干潮時に永らく閉じられていた水門が開けられた。潮が満ちてくるが満潮でも二間の吃水しか取れないのだ。大きな櫓を四人がかりで漕いでいるがなかなか進まないでいた。

船の両舷から岸に向かって大綱が渡されていた。船底には丸太が敷き詰められている。大勢の村人が両方から大声をあげながら綱を引き始めた。船はすべるようにして外堀の中へ漕ぎ出して行った。これまで何度となく繰り返してきた修理船が就航する時の光景だった。

貞次二十九歳、この新しい船の就航で村落の人々は、心を込めて貞次をお館様と呼ぶようになった。

十

貞次と珠の間になかなか子が出来ないのを、周囲はハラハラしながら見守っていたが貞次三十二歳、珠二十八歳、この時代では相当に遅く生まれた子だったろう。幸《さち》と名付けられた。遅くにできた子供だっただけに二人の可愛がりようは一入ではなかった。幸は二人の愛情を受けて素直で元気に育っていった。

親に似たのか五歳の頃からカルタに興味を示し出し、貞次が教えるカルタ遊びに浸り、就寝の前に親子三人で半時ほど遊んでは床につくという日が続いた。

この頃、加藤清正が四十九歳で逝去する。慶長十六年（一六一一年）であった。

家康は慶長八年に征夷大将軍となり江戸城も普請したが、天下の名城大坂城には豊臣秀頼が居り、加藤清正、池田輝政など秀吉子飼いの武将が付き添っていた。清正の前後に池田輝政、浅野長政、前田利長など次々に世を去っていった。豊臣方はこれらの後ろ盾で徳川と対峙していたのだが、これらを失った豊臣方は牢人を集め出した。

徳川との対立姿勢を取り始めた豊臣に対し家康は難癖をつけて戦を開始する。

かつて羽柴秀吉の時代に建立され、地震で倒れたままになっていた東山方広寺の大仏殿を豊臣秀頼が再建した。その際、秀頼が方広寺の釣鐘に「国家安康」と鋳込み、家康の名を分けて呪詛したと言うのだ。

関ヶ原の戦いに敗れ徳川に復讐の念を持つ者、豊臣家の再興を願う者、乱に応じて一旗揚げようとする者など、思い思いの強者が大坂城に集まった。

秀頼から来た勧誘の書状に島津氏は「豊臣家への奉公は一度済んだ」との返事を送っていた。

関ヶ原の戦いで家康軍に包囲され絶体絶命となった島津義弘率いる千五百の兵は、敵軍の中央突破を開始する。先陣が切り開いた退路に本陣の義弘が突進する。左右と殿軍に捨《す》て奸《がまり》と言われる兵が残り、切り結んで追撃を阻み、これが全滅すると新たな兵がこれに当たった。義弘は奇跡ともいわれた敵中突破に成功したが、薩摩に生きて戻った者は数十名だったと言われている。義弘はまさに命を賭けたのだ。これで秀吉の恩顧には報いたと考えていたのだろう。

同じ思いを抱いていた立花宗茂はこの時、棚倉藩主として徳川家康に従い、夏の陣では徳川譜代の酒井、本多、土井、脇坂などと共に家康、秀忠本営に布陣している。

大坂城に集まった兵力十万人、他方、徳川方の兵力は二十万人。小競り合いの緒戦が数か所で戦われたが、豊臣方は大坂城に撤退し籠城作戦を取った。

この大坂冬の陣では和議が成立し小康状態が保たれたが、翌年の夏の陣、燃え上がる大坂城の中で秀頼と淀君が自害し豊臣家は滅亡した。


この大坂の陣のさなか、島原を所領としていたキリシタン大名の有馬晴信が改易となり、代わって松倉重政が入封した。松倉は有馬の影響で領民のなかに多かったキリスト教徒を弾圧するようになる。

同じく天草のキリシタン大名小西行長の後を領した寺沢広高も教徒を弾圧する。

これは、大坂の陣が起こる前年に家康がキリシタン禁止令を敷いたことを受けて、各大名が忖度《そんたく》し始めた結果だった。

そもそも家康は海外との貿易の実利を求めており、宣教に対しても大らかな考えを持っていた。その家康の心証を害する国内のキリスト教信者による疑獄事件が発生する。

島原を領していたキリシタン大名の有馬晴信は、龍造寺との抗争でその領地を大きく失地しておりその回復が悲願であった。晴信は家康の意向を受け、香木の伽羅を留易で手に入れ献上するなどし、回復に期待を抱いていた。

そこに付け込んだのが、同じくキリスト教徒で本多正純の家臣である岡本大八であった。

岡本は有馬晴信に、本多正純を仲介にして失地回復の活動をすると言って資金を無心していた。その額六千両、そして家康の偽朱印状までも用意していた。

しかし、いつまでも沙汰がない事に業を煮やした晴信が、本多正純に直接談判をしたため事が露見した。岡本大八は市中引き回しのうえ火刑に処せられた。一方贈賄側の晴信も島原藩を改易没収された。

この事件の後、家康のキリスト教徒に対する態度が一変しキリシタン旗本なども改易され事件の翌年、キリスト教禁止が明文化された。


新しい船も就航し貞次の村落は、何時ものように内海外海を巡っては商いを続けていた。特に天草地方は三池の海では獲れない、アワビやナマコや魚の干し物が手に入り、これらは各地で珍重され喜ばれていた。

島原や天草を訪れるようになって何十年も経つが、大坂の陣が終わった頃より特に島原領民の暮らしぶりが次第に厳しくなっていると感じていた。

いつものように天草の産物を買い求めて、馴染みの漁村を回っていた時であった。

貞次は網元の家の庭先に声をかけながら入っていった。貞次に気が付いた網元の男が、

「おっ……、貞次殿、来られていたのですか、どうぞこちらへ」と、何時もの乾物を取引する蔵へ案内してくれた。そこにはアワビやナマコ、魚の干物が詰められた木箱が置いてあった。

貞次の配下の男たちが荷車にそれを積んでいるのを見ながら網元が貞次に聞いた。

「今日は、カルタはお持ちですか……」

「あいにく、箱ごと売れてしまいましたが、何組ほど必要ですか」

「いや、一組でもあれば……」

網元の知り合いの子供が来ておりその子に買ってやりたいのだと言う。

「それなら、私が使っている物を差し上げましょう。まだ新しいものですよ」

「それは有難い……、四郎……四郎こっちへおいで……」

呼ばれた子供は五、六歳だろうか、端正な顔つきに澄んだ眼をし、歳に似合わぬ落ちついた雰囲気を持っていた。

「四郎と言うのか……、私の船まで付いておいで」

船に着くと四郎にカルタを見せながら「こうやって遊ぶのだ」と言って最も簡単な

数合わせを始めた。

　捲《めく》った二枚のカードの数が合わない場合は、それをまた伏せておく。これを何度か繰り返していると一度捲ったカードの位置を覚えていれば、それと同じ数のカードを捲った時に合わせることができるのだ。数が合った場合は引き続いて捲ることができる。そしてより多くのカードを取った者が勝ちとなる。

　二回目を遊びだした時である。四郎から始めたが聖杯の王のカードを引いたあと、しばらく伏せられたカードの上に手をかざしていたが、次に刀剣の王のカードを引き当てた。

「おっ……」いきなり数が合う偶然はめったに無いと貞次は思った。

　次に四郎は、棍棒の三と聖杯の三を引き当てた。こうして五組ほどを続けて引き当てた時、それまで息を呑んで黙って見ていた貞次が言った。

「表の絵が見えるのか……」

「いいえ、頭に浮かんでくるのです」澄んだ声だった。

　これが貞次と四郎の出会いだった。

　この頃、幸が子をはらんだ。幸は二十歳、十九でカルタ工房の男のもとへ嫁いでいた。おなかの子は順調に育っていった。この頃のお産は大仕事であった。いや簡単に何人でも産む者もいるが、難産に対応する医術が十分ではないどころか、女は基本的には母親や近所のお産を経験した女達の助けを借りて、自分で産むしかなかった。

幸は難産のすえに女の子を産み落としたが、産後の肥立《ひだち》が悪く命を落としてしまった。珠と貞次の悲しみは深く、貞次は二年近くも船に乗ることは無かった。それでも幸の子は、里と名付けられ父親と祖父母のもとで健やかに育っていった。

心の傷が癒えた頃、再び海に繰り出すが、この時、四郎は十歳になっていた。四郎は船が好きだった。貞次にせがんでは船に乗せてもらっていた。大矢野から乗り込み島原や天草本島の港々を巡り、三池に帰る前に大矢野で四郎を下船させるのが常となった。

そんな四郎が時々右手を空にかざしながら、「明日は昼ごろから嵐が来るから、出航しない方が良い……」などと天気を言い当てるのだ。

またある時、血のにじむ左の人差し指を親指で止血しながら、それを右の掌で覆うようにして顔をゆがめているのだが、半日もすると肉が盛り上がりほぼ傷が治る。明らかに治癒《ちゆ》の速度が違うのだ。

「不思議な掌だな……」貞次は四郎の掌を撫でながら呟いた。

「ここに何か来るんだよ……」

四郎は左右の掌で空《くう》をつかむようにして上下、左右にしばらく揺らしていた。

「掌を上に向けて……」と言う。

その貞次の掌に、四郎は自分の手の中に掴んだというものをゆっくりとのせた。

「うっ……これは……」

もちろん空であるが、ずっしりとした重さを感じるのだ。

「ものすごく温かくなる時もある……」と四郎は続けた。

四郎は次第に不思議な力を持つ子供だと、天草や島原で知られるようになるが、やがて海の上を歩いたとか、秋に桜を咲かせた、雀が留まっている竹を枝ごと折っても逃げなかった、盲目の少女の眼に触れると視力が戻った、などの様々な奇跡を起こしたとの風聞が、四郎をキリストの再来とみせる意図をもって広められていった。


そして寛永九年（一六三二年）に、加藤清正の跡を継いでいた三男の加藤忠広であったが、改易となり加藤家に代わって細川忠利が肥後を統治する。

肥後熊本五十万石の領主となった細川忠利は、清正の位牌を先頭にかざして肥後に入り、あなたの熊本城をお預かりしますと言って清正を敬う態度を示したという。

この時、鹿子木庄の邦広も細川の家臣団に組み入れられた。

この頃、島原、天草の民衆の暮らしは益々厳しくなっていった。松倉重政は江戸城改築の普請役を受けたり、豪勢な島原城新築などのために過重な年貢を取り立てていた。それは検地で収穫量を三倍に水増して年貢を科す過酷なものであった。しかも米だけでなく麦、たばこ、ナスなどの農作物の他にも、窓や棚や囲炉裏等の製作税、生まれた子供への人頭税、埋葬税など徹底したものであった。税を払えない農民に蓑を着せて火をつけ『蓑踊り』などと言ってこれを見物するなど、住民たちは残酷極まりない扱いを受けたのだった。

またキリシタンへの迫害も生きたまま雲仙の火口に投げ入れるなど苛烈な処刑が日常的に行われた。

そして、寛永十四年（一六三七年）、これらの扱いに耐えられず、ついに島原で最初の一揆が勃発した。収穫の時期を迎えたが凶作で、多くの農民が年貢を納めることができなければ過酷な運命が待っている、黙っていても死ぬ、戦って死ぬ覚悟を決めたのだ。

一揆の中心は、農夫となっていた旧有馬藩の元武士達で、有馬村の代官所を襲い代官を殺害した。島原藩は鎮圧隊を派兵するが一揆側はこれを押し返し、島原城に籠城する。

そしてこれに呼応するように天草地方でも、小西行長などの大名の改易で大量に発生していた浪人を中心にした一揆が発生した。

この頃、貞次は部下十名程を連れて天草を行き来していた。陸の実りは天候に左右されるが、豊かな海の幸は半農半漁の庶民にとっての宝だった。貞次は豆や麦などを仕入れては天草地方に運びこれらと交換商《あきな》いを行っていた。

四郎の周りが騒がしくなっていることは判っていた。乱の起こる三ツ月ほど前の事だった。いつものように船に乗り込んできた四郎の姿が変わっていた。

「どうしたその姿は……」

「今、天草は神の国へ生まれ変わろうとしています……、どうぞ本渡へ連れて行って下さい」そこで人々が待っていると言った。

四郎は髷をキリリと結い、袴に羽織を着け、白い襟巻を巻き、腰に小刀を帯びていた。

四郎が港へ降り立つと、そこには百人は超すだろう人々が一斉にひざまずき四郎を拝むようにして十字をきりだした。

その中に入って行った四郎は、伏し拝む一人一人の頭に、あの掌をかざしながら「天にましますわれらの父よ………御国の来たらんことを……」と祈りの言葉をつぶやいている。

それが終わると悠然と船に戻り、次の港へ送ってくれと言った。

「今、この地はキリシタンの庶民には生き地獄のようなところです。神にすがるしか生きる望みを持てない人が溢れているのです。もう二年も前から私の不思議な力を、神からの授かりものだと周りが言い立て、崇めるようになりました」

四郎は、それで皆の心が安らぐのなら望むままにされようと、決心したと言った。

「この力は、貞次様が気づかせて下さったものです………」

「んむ………」意外なことを、と思った。

「初めてカルタに触れたあの時に……、十六歳の今、私は四郎時貞と名乗っています。貞次様の名前をいただきました」

四郎は自分の運命を予知しているかのように、船の上で遠くを眺めていた。


島原の一揆が勃発《ぼっぱつ》したのが十月二十五日の事であった。そして数日後に天草四郎を旗頭に立て、天草地方で一揆軍が蜂起した。天草四郎の蜂起を知ったキリシタンが続々と集結し一晩のうちに一万人を超える軍勢となる。

天草の一揆軍は、唐津藩兵がこもる本渡の富岡城を攻撃し、北の丸を陥落させ本丸に迫るが、背後から細川軍に攻撃される恐れから島原の一揆軍と合流し、元有馬藩の廃城となっている原城跡を砦として籠城した。

四郎を慕うキリシタンが次々に結集し、その数は三万七千人に及んだ。

島原の一揆勃発の知らせを受けた幕府は、近隣の細川と鍋島両藩に鎮圧を命じた。この時、幕府はまだ事の重大さに気が付いておらず直ぐに鎮圧できるだろうと考えていた。

鹿子木の邦広は、細川忠利に従って出兵した。これが十一月の初旬であった。

幕府側は数度に亘り総攻撃をかけるが、一揆軍の戦意は高く幕府軍は四千人の損害を出した。事の重大さに驚いた幕府は、老中の松平信綱《のぶつな》を大将として西国の諸大名を集結させる。その数約十三万、この中には立花宗茂率いる五千五百も含まれていた。

またあの宮本武蔵も小倉藩小笠原忠真《ただざね》の軍に加わった宮本伊織の後見役として出陣し、一揆軍の投石により負傷したと言われている。島原の乱の後に、熊本城主細川忠利の客分として熊本に移り住み、この地で自らの兵法の原理である『五輪の書』を記し「二天一流」を完成させる。兵法のみならず多数の書画を制作し文人としても名を成した。余談になるが、その中の一点「雲竜の水墨画」が今日大牟田市の料亭「新みなと」に残されている。何かの縁《えにし》と、由来等に思いを馳せるのも面白いだろう。

総大将の松平信綱は、力攻めをやめて兵糧攻めを取った。十三万人で包囲した原城の兵糧がやがて尽きる事は眼に見えていた。そしてこの間、甲賀者を放つなどして一揆軍の動静を細かに探らせた。

その報告に天草四郎と懇意にしているポルトガルの絵を描く男の話が上がった。四郎がその男の作ったカルタを持ち歩いているというのだ。

この話が、細川軍として参戦していた鹿子木の邦広に伝わった。

『これは、貞次殿に違いない……このままでは三池の里も巻き込まれてしまう』島原を離れることができない邦広は、信頼できる部下に手紙を託した。

それには、もう間もなく総攻撃が始まり、乱鎮圧後に徹底したキリシタン残党狩りが展開されるであろうという書き出しだった。

そして天草四郎時貞と貞次の関係が取り沙汰されており、ポルトガルの絵を描くことから、貞次がポルトガルと関係があり、キリシタンかもしれないと疑われているという物であった。

実は原城に籠城した一揆軍は、ポルトガルからの援軍が来る事を期待していたと言われている。事実、幕府軍はオランダの軍艦にポルトガルの旗を掲げて原城に大砲を撃ち込んでいる。これはポルトガルからの援軍を期待している一揆軍に動揺を与える為だったと言われている。

この頃ヨーロッパで四十年近くも戦争状態にあったオランダとポルトガルであったが、オランダが幕府に協力した理由は、ポルトガルを日本から排除する思惑があったと言うのだ。

乱のあと幕府はポルトガル船来航禁止令を発布している。


手紙はカルタ工房を閉じて、貞次に一族だけでも密かに身を隠せと記されていた。ポルトガル発祥の工房が無ければ村落の者まで弾圧することにはなるまいと……。

貞次は、珠と孫の里と、その父親を自分の部屋へ呼んだ。

「鹿子木の邦広殿よりこのような知らせが来ている……」

「これは……」二人は驚きの声を上げた。

「それでいかように……」珠はじっと貞次を見た。

貞次と珠は島原の乱について、半年にも及ぶ乱の動きをみて、やがて一揆軍が敗れるであろうと話し合っていた。そしてその後キリシタンへの詮議が厳しくなり、ポルトガル文化である三池カルタはご禁制となるかもしれないと考えていた。

「珠、里はまだ八歳だ。巻き添えにするには忍びない……船で芦屋に向かいそこから京都へ行け。京の貞文と吉友を頼れ……、あれらは新しいカルタを作っていると以前便りを寄こしている」

貞次は里の父親を含むカルタ職人五名を含む十名程度の民人に二人を託した。そして長年の付き合いをしている芦屋の船問屋あてに、船の転売を頼む手紙を書いて珠に持たせた。

江戸時代になるとカルタが京都で盛んに作られるようになるが、これら京都方面に逃れた三池のカルタ職人達が、その卓越した技術を生かし多様に変化するカルタ文化を発展させていったのだろう。京都のカルタ作りが栄える中でも「よきものは三池」と称され、三池のカルタ作りの技術が評価されている。


「旦那様は……」珠が心配げな眼を向けた。

「俺が行方を眩ませれば追手がかかり、里や珠も危うくさせる……、それにこの村落の衆が迷惑を被るかもしれぬ」

「それでどのように……」

「俺のことはいい……、里をしっかり頼むぞ」

貞次は、王が描かれた新しい一枚のカルタを錦の小袋に入れて、里の首に掛けた。

「里……、これを爺《じい》だと思い大切にするのだぞ。爺がそばで守っているからな」と言って頭を撫でた。

船は月の光を頼りに有明海に漕ぎ出し芦屋へ向かった。

貞次は、跡形も残さないようにカルタ工房を解体した後、数名の村の重鎮を集めた。

「幕府は、キリシタン禁制、ポルトガル排除に動く。お主たちの中には幸いキリシタンは居ないが、俺は四郎との係わりが深くただでは済むまい。村の者を巻き込まない為に俺は自死する」

「えっ……、何も早まることは無い、様子をみよう」

「いや邦広殿の知らせでは、関係者を根絶やしにするようにとの厳命が下っていると言う」

「それでは我々も危ないのでは……」

「いや俺の首を塩漬けにしておけ。四郎との経緯や、村の者は何の関係もない事を、命を以て証言するとの書状を認《したた》め、鹿子木の邦広殿を通して細川様や立花様へ嘆願しておく、幕吏が来たら塩漬けの首を差し出せ……」

この時、貞次六十二歳であった。


食料も矢弾も尽きた頃合いをみて、松平信綱は総攻撃をかけた。幕府軍は一揆軍の根絶やしを命じられていた。籠城している三万七千の中には女子供老人など非戦闘員も半数以上含まれていたが、城内で大虐殺がおこり三万七千人全てが殺されてしまった。四郎時貞は細川軍に討ち取られ、長崎でその首がさらされた。

この物語はこれで終わる。そして現在、兵庫県芦屋市に残っている三池住貞次のカルタは珠とともに芦屋へ逃れた里に、貞次が託した一枚かもしれない。

攘夷（三池の幕末）

一　ペリー来航

その日漁師の富三は、満ち潮に乗って沿岸に寄ってくる魚を狙って、日の出前の七ツ半（午前五時）に船を出した。漁師仲間がここはと思う漁場を目指して漕ぎ出している。

半刻（約一時間）ほどかけて刺し網を流し込むと、場所を変えて釣竿を垂れ、網を上げる時間を待った。朝の光が射しかけてきたが、浮はピクリともしない。浮から眼を離し、ふと沖を見ると黒煙が昇っているのが見えた。

「船火事か……」一瞬そう思ったが、その煙は次第に大きくなっているように見えた。しかも数も二本にまで増えている。じっと眼を凝らしていると、水平線から帆柱の先が見えたかと思うとそれが次第に大きくなり、四隻の見たこともない船の姿が現れた。しかもその内の二隻は真っ黒な煙を吐いているのだ。

富三は慌てて刺し網を引き上げると、漁師仲間の船に漕ぎ寄った。

「あれは何だ……」

「異国の船だな」

五、六艘の漁船が集まって黒船の動きを見守った。

初めて目にする異様な船団が、江戸湾に向けて近づいてきているのだ。昼近くになると黒船の動向を監視するために、幕府の番船と呼ばれる数隻の警備船が繰り出してきた。浜辺では、陣幕を張って刀、槍を携えた武士の一団が警備についた。

やがて黒船は、浦賀沖に投錨した。幕府の番船は江戸湾を守るかのように浦賀水道で、船団を遮るように構えている。富三は、番船の合間に船を進めて物珍しげに黒船を観察し続けた。

やがて、番船の一隻が旗艦サスケハナに接舷して、浦賀奉行所のオランダ語通訳と与力が臨場し、来航の目的が、アメリカ大統領からの国書の受け渡しである意向を聴取し引き上げた。

実は一八〇〇年代、徳川慶喜が大政奉還をしたのが一八六七年だから、江戸も末期になると、江戸湾にイギリスやアメリカの船がしばしば姿を見せていた。鎖国政策を採っていた徳川幕府はオランダを通じて国際情報の収集に努め、沿岸防備についても江戸湾の入り口に当たる三浦半島と房総半島には諸藩の陣屋を構えるなど対策を進めていたが、財政難のため十分な備えが進んではいなかった。特に清国におけるアヘン戦争とイギリスによる香港割譲は、幕府のみでなく雄藩の論客の間で話題となり、欧米に対する警戒感は高まっていた。そんな中でのペリーの来航である。

翌日、一八五三年（嘉永六年）七月九日、二人の通訳を連れ、浦賀奉行と偽称して香山栄左衛門が、「ここ浦賀では大統領の国書は受け取ることはできない。長崎の出島で受け取るのが国の方針だ」と伝えた。実は幕閣での決定が遅れに遅れ、このとき何の方針も示されておらず、香山は鎖国の建前に沿った対応を取ることで、時を稼ぐ必要があったのだ。ペリーは浦賀での受け取りを強く望み、聞き入れなければ江戸湾に進み直接将軍に手渡すなどと圧力をかけた。

報告を受けた浦賀奉行は香山をすぐさま江戸へ向かわせたが、幕閣での結論が出ないまま香山は急ぎ浦賀へ引き返した。このとき香山は、日本の開国にかかわる大事の責任を一身に背負っていたのだ。香山は夜を徹して歩き続け翌朝に浦賀に着き、そして、その日の内に幕閣から、久里浜で国書を受け取る方針がもたらされた。

香山が江戸から帰った翌日の十二日午後、再び旗艦サスケハナに向かい、房総半島の久里浜で国書を受け取ることを伝えた。一応の交渉が成立したことから、香山達はペリー側の接待を受けながら歓談したが、このときの香山の毅然とした態度や、世界情勢など諸般の事項に関する知識の深さ、それに基づく目の前に今展開されている事物、蒸気船の性能や蒸気機関、拳銃等の構造など貪欲に興味を示す様子にペリー側は驚いた。

東洋の東端の小さな島に独自の文化を築いている国の、たかが地方の役人にして、これだけの力量が窺えるのかと、侮れない民族だとの思いを抱いた。

初めて来航した黒船は当初こそ江戸の人々を驚かした。特に入港してすぐに発砲された大砲の音が江戸湾に響き渡ると、異国が攻めてきたと思い込んだ人々が右往左往した。が、やがて空砲だとわかると、音が響くたびに「たまやー」「かぎやー」等と囃し出す人たちが出る始末となり、黒船はすぐに見物の対象になった。

幕府はアメリカ人が上陸しても、人民に危害を加えぬ限り自由にさせるように沙汰を出していた。


ペリーが来航した日から三日目、富三のもとへ一人の男が訪れた。

「私は、下田で蘭方医をしている桂 桂庵《かつらけいあん》というものだが……」

総髪で三十代半ばと思われ、目鼻立ちのしっかりした男が黒船の近くまで船を出してくれないかと言った。

「下田から遠くに見えた黒船の見学に浦賀まで来たのだが、お主が黒船の投錨に出くわしたと聞いたのでな、酒手ははずむが」

富三は、むっとした様子で桂庵の顔を見た。

「俺は漁師だ。船頭じゃねー」

桂庵はにっこりと笑って、「オッこれはすまなかった。金に物を言わせるつもりではなかったのだ。そう怒るな」

桂庵の人を逸らさない対応に若い富三は親しみを感じた。

富三は二十歳になるが十五の時に父親を海で亡くしていた。今は潜り漁の上手い母親と二人で暮らしている。

「いえ、ちょっと小馬鹿にされたように思って……」

この小さな諍《いさか》いが、二人の間を急速に近づけた。

「それじゃー一漕ぎ、行きましょうか」

富三は、五尺五寸（約百七十センチ）の長身で、櫓をこいで鍛えた筋肉質の身体を立ち上げて、日に焼けた顔をほころばせた。

富三の船に揺られながら桂庵は、「水平線に帆柱が見えて、何刻ほどで投錨したのだ」などとその時の様子をしきりに聞きたがった。

「煙が見えかかって……、一刻くらい、帆柱が見えたら半刻もしたら投錨したと思う。どうしてそんな事を……」

「黒船がどれ程の速さで進むのかと思ってな」

「えっ、そんな事がわかるんですか」

「大よそな、興味があるなら陸に上がって教えてやるよ。それよりももう少し黒船に近づいてくれ」

黒船側はそばに寄ることをとがめだてする様子も無かった。桂庵は紙と矢立を取り出すと黒船の詳細な絵図を書き始めた。

「全長は二十五丈（約七十五メートル）か……、船幅は五丈（約十五メートル）」

等と呟きながら船の寸法を書き込んでいる。

「帆柱は船の長さほどもあるな……」

桂庵はおよそ一刻半（三時間）に亘って黒船を見学した。

陸に上がると桂庵は紙を広げ、なだらかな弧を描いた。

「海がこのように曲がっていることは知っているな。浦賀から黒船の帆柱の先端が見える位置はおよそ察しがつく、そこから浦賀に投錨するまでの時間が分かれば、船の速さが分かる道理だ。お主の話からすると黒船は、一刻（二時間）に十里（四十キロメートル）は進むようだ」

富三は、桂庵の話を夢中になって聞いている。

「面白いか」

富三は頷いた。

「お主は、字は読めるのか」

「かなならば」

「学びたくなったら下田へ来ればいい、私の手伝いをしながら色々と教えてやれるぞ」

桂庵は富三に、これから大きく変わっていく時代を見るのも面白いぞ、お前も見てみないかと言って笑った。


アメリカ大統領の国書は日本に開国を迫るものであったが、直ちに開国に至らない場合でも、アメリカ船舶への燃料、食料、水等の補給や海難に対する保護などを求めていた。

そしてペリーは、その回答に一年の猶予を約し、一年後に再び来航すると言って日本を離れて行った。

しかし、ペリーの来航からおよそ半年後に、徳川十二代将軍家慶が六十歳で没した。ペリーは香港でこの事を知り、日本国内の混乱に乗じて有利に交渉を進めようと、九隻の大艦隊を引き連れて約束の半年を残して再び来航した。

第一回目の来航の後、老中阿部正弘ら幕閣は、国書の内容を広く一般にまで伝え、意見を求めた。幕府開闢以来のことである。下級武士から学者、町人に至るまで様々な意見が噴出し、抑えられていた政治熱に火が付いた。

そして、それらの意見はおおむね海防の強化を唱え、攘夷論が醸し出されていくようになる。そういう状況での二回目の来航であった。

艦隊は横浜沖に投錨し浦賀に設置された応接所で会見が始まった。国書への回答を浦賀で渡したいとする幕府に対し、ペリー側は江戸で受け取りたいと要求する。三日間の押し問答でも決着がつかなかった。

幕府側は、前回交渉に当たった香山栄左衛門に「江戸城での受け渡しだけは絶対に避けたい」として交渉を託した。

香山が江戸にこだわる理由を尋ねると、

「我々は、九隻の軍艦が横一列に並べる港を要求する」

と、言う。軍事力の威圧のもとで交渉を有利に進める腹のようだと香山は思った。さらに、「蒸気機関車をはじめとしたアメリカの先端技術を披露するのに、広くて多くの人が集まる場所である必要がある」と、浦賀の様な田舎ではだめだと言外に江戸湾がそれらに適していると匂わした。

しばらく考慮した香山は、江戸により近くそれらの要請を満たす港として、横浜を地図で示しながら「ここなら、物見高い見物人が大勢集まるだろう」と、これ以上の譲歩は難しいと凛として姿勢を正した。

ペリー側は前回の交渉で、香山の人となりを信頼している。横浜での受け渡しがすんなりと決まった。

この後、ペリー一行はおよそ三カ月間を横浜村に滞在する。この間、幕府へのアメリカ大統領の進物披露、小型の蒸気機関車や電信機をはじめとした西洋技術の披露など、住民との友好的な交流が行われ、これらの様子が瓦版を通し広く知れ渡ることとなった。

そしてこの年の三月三十一日、横浜村で日本初の近代的国際条約である、「日米和親条約」が結ばれた。

この条約で下田の開港が決定され、ペリー艦隊は下田港の水深等の調査のために下田に向かった。ここで和親条約の細則である下田条約が調印される。これにより下田での遊歩範囲や売買の方法等が決められ、小規模ながらも貿易らしきものが始まることになった。

そして下田条約で一年半のちに「下田に領事在住を許可する」との条項が設けられた。

ペリー一行は二十五日間に亘って下田に留まった。この間、富三は浦賀から下田に度々訪れた。汐次第だが、三刻もあれば渡ることが出来る。

桂桂庵は、富三の船に乗って何度か黒船を訪れた。ペリー一行は下田の町を自由に散策し、混浴の風呂を覗いては驚き、この地の物産などを買い求めた。両国の関係は、友好の内に始まっていた。

桂桂庵は、一度黒船に接舷して船内の案内を乞うた。オランダ語のわかる船員が対応してくれ、気軽に富三と共に船内を見学させてくれる。

桂庵は、船内の機器を見るとオランダ語でしきりに何か質問しているが、富三は船の大きさや装備されている大砲に驚きの眼を向けた。

ある日富三が、下田の町を散策するアメリカ人を見物がてら歩いていると、噂話が聞こえてきた。

「三日前の夜、長州の侍がアメリカへ渡航したいと言って、黒船に乗り込んだらしいぞ」

「向こうも条約を結んだばかりで、国禁だとわかっていて乗せて行くとも思えんが……」

ペリー艦隊が下田に停泊中に長州藩士吉田松陰が夜陰に乗じ、小舟で旗艦ポーハタン号に乗り付ける事件が起こったのは、下田に停泊した六日後であった。松陰は英語が話せた訳ではない。相手側の日本語を少しは理解する者と、松陰は筆談に及んだ。

ペリーが易々とアメリカに連れて行ってくれると、松陰が考えていたとは思えない。

松陰は、考えが昂じると結果が分かっていても、行動を起こさなければ気のすまない性格だったようだ。自身もそれが分かっていたようで「かくすれば、かくなるものと知りながら、やむにやまれぬ大和魂」などと詠んでいる。

若いころ、熊本藩の宮部鼎蔵と東北の様子を見に行こうという計画を立てたが、松陰のみに藩からの通行手形がなかなか発行されなかった。出立の日に間に合わないと分かった時、最悪の場合死罪となる処分を覚悟で脱藩して東北を回った。江戸に帰還後、士籍剥奪などの処分を受ける。下田事件では獄に幽閉され、ついには、老中間部《まなべ》詮勝《あきかつ》の暗殺計画をたて斬首刑となってしまう。

西洋諸国が東洋の国々を蹂躙《じゅうりん》し、東洋の東端に位置する日本に迫ってきているとの強い危機感が松陰にはあった。松陰は弟子たちに言った、「思想を維持する精神は、狂気でなければならない」と。

やがて長州が狂気の一団となって、幕末を駆け抜けることになる。

二　三池において

永年の鎖国に慣れ、長崎以外では異国船などの影も見えなかったこの国も、江戸末期になるとロシア、イギリス、アメリカなどの外国船がしばしば近海に現れるようになる。時には上陸し通商を求めたり、ついにはイギリスの船員を射殺するという事件も起こった。

これらの出来事に対し幕府は強硬な異国船打払令を発布し、一切の例外なく船員の捕縛や射殺を命じた。

しかしアヘン戦争による香港の割譲など、西洋諸国のアジア侵攻の勢いは大きくなり、近づく異国船を全て排除することは不可能と判断した幕府は、打払令を廃止し穏便な薪水供給令が発行される。

こういう状況の中で水戸学を元にした尊王論と攘夷論は合体化し、尊王攘夷論として熱を帯びてくる。

そのなかでも、久留米水天宮の神職、真木和泉守は、国学・和歌を学び、水戸に滞在しては水戸学の継承者とみなされその後、自らの学派である天保学を唱えるなど、国学の泰斗とみなされていた。

真木和泉は同志と共に久留米藩藩政改革を画策したが、これに敗れ蟄居を命じられ十年に亘り「山梔窩《くちなしのや》」と名付けた寓居で過ごすことになる。

この寓居には、肥後の轟武兵衛、宮部鼎蔵、築後の平野國臣など著名な尊王攘夷の志士が度々訪れていた。

これらの志士が行き交う肥後街道は、熊本から高瀬街道、三池街道を経て久留米、博多へ向かう。熊本と博多のほぼ中点にある三池の地は江戸時代には宿場町として賑わっていた。真木和泉の影響は三池地方にも及び、尊王攘夷を標榜する一派が公然とこれら著名な志士たちと議論を交わしていた。

後に長州の挙兵に呼応して、真木和泉らと共に禁門の変や下関戦争に転戦する塚本源吾達である。

塚本源吾は三池藩では当然だが、当時三池藩の飛び地であった奥州下手度や江戸の藩士にも尊王攘夷の論を説き、下手度や江戸の勤王派の志士を三池に結集させ、真木和泉、平野、宮部、轟らと連携し尊王攘夷運動に邁進《まいしん》する。

源吾と行動を共にしたのは弟太郎次郎はじめ、江戸で藩主立花種恭《たねゆき》に勤王論を説いた吉村春明などの幾多の三池藩士のほか、禁門の変で負傷し源吾の介錯で切腹する久留米藩士の原盾雄、同じく禁門の変のおよそ一ト月後に切腹して果てた柳川藩の浦池虎三郎など他藩の志士も多くいた。

その中に、三池街道沿いに菓子店を営む菊水堂の次男倫太郎が居た。倫太郎は、真木和泉が「山梔窩」に蟄居した時十六歳であった。菓子屋は茶席にはむろん句会などでの利用もあり、父親は俳句や書画に熱心だった。真木和泉に心酔しており、彼が三池を訪れる時は菊水堂に滞在することが多かった。

倫太郎は、次男坊の気軽さもあり家業の菓子作りを修業することもなく、十歳を過ぎたころより父親より「古事記」を読み下してもらっていた。四、五年もすると自ら万葉集などの古典を読みふけっていた。文字を覚える事や、漢文を読み下し朗読することに快感を覚えるようになっていった。

そして真木和泉が蟄居すると、時々父親に連れられて「山梔窩」に菓子を持って訪れていた。一刻（二時間）ほど真木和泉の話を聞くのだが、その造詣の深さと堂々たる態度に倫太郎は心酔してしまう。この時、真木和泉、三十九歳であった。

三　下田湊

ペリーとの下田条約では、下田湾の責任者の元に三名の水先案内人が設けられることが決められた。

富三は、下田湾だけではなく浦賀から下田までの海洋に詳しいと言って申し込んだ。半年前に浦賀で、黒船が初めて投錨した時に傍まで漕ぎ寄せた話などもしたことが良かったのか水先案内人として採用され、考えてもいなかった給金をもらい、新しいフロックコートとアメリカ国旗を支給された。水先案内をするときに外套を着て旗を掲げるのだ。

ペリー艦隊が去った後、一旦浦賀に戻ったが、しばらくすると桂の下僕として下田に住みついた。もちろん漁師を辞めた訳ではない、現金収入はある程度必要なのだ。雑魚は、桂庵と二人で食べたり近所に配ったりするのだが、ものの良いものは料理屋や飲み屋に持ち込んだ。

桂庵は地元では少しは知られた蘭学医で、富三の為にあちこちに声をかけてくれた。富三は、「出入りの漁師もおりましょう。良いものが出ました時に、少しだけ買っていただければ……」と、店にも商売仇にも気を使った。

しかし、魚が良いと何処の店も、「良いのが入ったらもっておいで……」と声をかけてくれる。

江戸時代、第一の魚はタイと言われ、アワビ、イセエビなどが持てはやされていた。富三はタイを釣るのが上手く、母の影響もあり子供の頃から潜りも得意であった。潮を見ながら日に二刻（四時間）程の漁で、必要な数を上げると、後は桂庵の家の雑用をこなしていた。

桂庵は、閑々に色んなことを教えてくれる。難しい文章も多少は読めるようになった。そして、酒も教えてくれた。富三が魚を卸す小料理屋へ時たま連れて行っては、「酒は旨いまでに留めろよ。味も分からなくなるまで酔うというのは愚か者のやることだ」と言うが、桂庵は酔ってても旨いと言ってなかなか酒が止まらないのだ。

　酔うとしきりに西洋の脅威に対してどう立ち向かうかと講釈を垂れる。この時代の知識人で西洋への危機感を募らせていたのは何も松陰だけではなかった。

　その桂庵のもとへ十五、六歳の娘が治療にやって来た。首筋あたりの出来物が着物の襟に当たり痛いし、膿も出るという。

「どうれ、うーん、これは、切開し二針ほど縫った方が速いが……、ちょっと痛いぞ、我慢できるか」

　娘は、キッと桂庵を見ると「大丈夫です」と言って、さあー切ってくれと言わんがばかりに眼をつぶった。娘は名前を吉と言った。吉は下田町の料理人市兵衛と妻のきいとの間に生まれた二人娘の妹で、姉のもとは昨年嫁いでいた。

　江戸時代、伊豆の下田湊《みなと》は海運航路の要所で、風待ち港として栄えていた。温泉街でもあり『伊豆の下田に長居はおよし、縞の財布が空になる』と唄われ、料理茶屋も数多かった。市兵衛は通いの料理人で妻のきいは三味線が上手く芸者として、二人で共働きをしていたのだが、その市兵衛は二年前に病没している。

　姉のもとは、長子でもあり小さい頃から母親を手伝うなど家事に明け暮れていたが、吉は小さい頃から鳴り物が好きで、三味線を母親から習い覚えていた。

後家となったきはは、姉のもとを嫁に出すと、吉を芸者として独り立ちさせようとしたのだ。

その矢先、首筋に大きな出来物がでて、着物を着るのもつらいし何より襟足は芸者姿の粋の要なのだ。

「先生、大きな傷は残らないでしょうね……」吉は心配げに眼を見開いて桂庵を見た。

「なーに、半年もすれば化粧で隠れてしまうし、二年もすれば襟足のきれいな傷が売りになるかも知れないぞ」と、茶化すように心配するなと付け加えた。

「富三、サラシで出来物の周りを押さえていてくれ」と片肌を脱いだ吉の首筋を指差した。

桂庵の手捌きは素早く、切開し出来物の芯をくり抜き縫合するまでに、茶の一杯を飲むほどもかからなかった。富三の持ったサラシに少し血が滲んだ。傷口をアルコホールを含んだサラシで押さえ三角巾を脇へ回して傷口を押さえた。

「三日ほどサラシの取り換えに通って来るんだな……」桂庵は桶の水で手を洗いながら言った。吉は重い鈍痛が、切り傷の鋭い痛みに変わったと思った。

「たいしたことはあるまいが、富三、念のためだ。家まで送ってやってくれ」と桂庵が言った。これが富三と吉の出会いだった。

富三は、今朝方釣り上げた型の良い鯛を一匹籠に放り込むと、それを提げて吉に付いて行った。富三にもなぜ吉に鯛をやろうと思ったのか判らなかった。目鼻立ちの整った娘の気を引きたかった事は確かだろうが、たまたま眼に入ったのでつい籠に入れたのだ。

吉にしても、富三は提げている籠の鯛を、何処かに持っていくのだろうと気にもかけなかったのだが、吉が「ここです……」と家の前に立つと、「塩焼きが旨いぞ……」と言って鯛を差し出した。

「えっ……、私に……」意外な展開に途惑っている吉を後目に富三は立ち去った。

四　ハリス来航

ペリーは日米和親条約で、条約締結から十八カ月後に下田に領事を置くことを認めさせていた。これは本格的な通商条約を結ぶには時間がかかると判断したペリーが、じっくりと時間をかけて日本に開国通商を迫るための方策であった。

ペリーが去った後、下田奉行は海を見渡せる下田の高台に監視所を設け外国船の航行を見張らせていた。

それは八月二十一日の昼近くだった。「八月二十一日午《うま》の刻《こく》、船影見えず」と報告書に書き入れようとした時、「ウヌ……、あれは」と、もう一人が呟いた。
水平線に帆柱が見えたようだと思ったら、それがアッと言う間に大きくなっていく。
「来たぞ……」男は大声で叫んだ。報告書の筆を置くと船影を確認した男が、判った
というように頷くと奉行所に知らせに走った。
ペリーが去って一年半ぶりに下田沖に現れたアメリカ船を確認した富三は、自分の
小舟の舳《へさき》にアメリカの国旗を掲げ、ペリーから与えられたフロックコートを着て沖に
漕ぎ出した。すぐ後に同じ格好の二隻が続いている。
三人は一旦沖に停泊したサン・ジャシント号に乗り移り入港の打ち合わせを行った。
富三は二隻の伝馬船を先行させ、その間を航行するように段取ると、自身は操舵室で
身振り手振りで前進や舵の方向を示しながら船を進めた。そしてサン・ジャシント号
は、難なく港に投錨した。
タウンゼント・ハリスは、その日の日誌に「アメリカの免許証を持った、日本の水《か》
夫《こ》が艦を港に難なく誘導したことは幸先が良く、これからの交渉が上手くいく前兆だ
ろう」と記しているが、ハリスにとっては困難な道程の始まりだった。
タウンゼント・ハリスは外交官でも政治家でも無かった。
タウンゼントは三人兄弟の末っ子で彼が幼い頃、長子のジョンは、田舎からニュー

ヨークに出て陶器店を開き、店を数店舗持つようになっていた。ジョンはイギリスとの戦争でイギリス海軍が東海岸を封鎖し、ニューヨークの土地の価格が暴落した時、持っていた資金で相当な土地の借地権を手に入れ値が上がるまで持ち続けることにした。

そして、数年後イギリス海軍が封鎖を解くと土地の価格は瞬く間に暴騰しジョンは大きな資産を築くことが出来た。ニューヨークに出て十年ほど経ち、ジョンの商売が順調に展開している頃、ハリスの一家もニューヨークに移住した。タウンゼントが十代半ばのころである。

はじめは兄の店で働いていたが、十代後半になると自分の店を持ち、母親と二人の養子の生活を支えていた。

兄と二人三脚の陶器屋稼業は、やがて兄がイギリスで仕入れをし、タウンゼントがアメリカで販売するという役割で順調に推移し、およそ三十年間に及んだ。

この間、タウンゼントには学校へ行く暇など無かったが、読書の時間はたっぷりあった。客が来ないときは本に噛り付いていればよかった。彼は本を手元から離したことは無かった。

母親との絆が強く、四十代に至るまで母親の膝元を離れなかったタウンゼントは結婚もしなかった。母親の影響もあり、教育への関心は深く学校設立に尽力し、ニューヨーク市立大学の創立者となり、学校内に「タウンゼント・ハリス・ホール」の名を残している。

ところがニューヨークで名を知られたタウンゼントが、アッと言う間に海外に逃げ出す事態が生じた。四十五歳のころであった。

これは八十三歳で亡くなった母親の影響が大きかったと言われている。幼い時から母親の影響を受け、母親にとっての良い子として四十過ぎまで来たときに、それを失った喪失感は大きかった。

タウンゼントはその為に、酒に浸るようになった。このとき兄のジョンはイギリスに居て、アメリカでの売上が急激に減少したことに驚いて、急ぎアメリカに戻りタウンゼントを難詰した。兄の攻撃に耐えられずタウンゼントは残った資金で輸送船の株を買うと極東との貿易を始めるためにニューヨークを離れる。彼はカリフォルニアを経由してアジアに向かうが、この後数年に亘り港々に寄港し、毛皮、米、砂糖などを商いし、時にはウラジオストックから大量の氷を南国に持ち込んで大儲けするなどしている。

この航行の途中で、彼は何度か日本の島影を眺めていた。その頃の日本は固く門戸を閉ざし、西欧諸国では神秘的で黄金伝説などが信じられていた国だった。

アメリカの東インド艦隊が日本を目指すことを香港で知ったハリス（これからはハ

リスで統一）は、ペリーに同行させてくれるように頼むが体よく断られた。

これは日本へ行きたがる民間人が多いなか、一人でも例外を作りたくないというもっともな理由で、ペリーは政治家などから圧力がかかることを恐れ中将命令として、民間人を同行しない事を正式に布告している。

ペリーは二度に亘り日本に来航し和親条約を締結するが、この時、後日下田に領事を置くことも認めさせていた。

ハリスはこの事を知ると、ニューヨークに帰り猟官運動を始めた。幸い日本の領事を希望する者も見当たらず、旧知の実力者を通した国務長官への売り込みが功を奏し初の日本領事となることが決まった。

ハリスには外交官としての経験は無く、決定後は関連業務の習得に忙しい日々を送らねばならなかった。幸い若い頃からの読書癖がものを言い着々と知識を蓄えていった。

しかし、日本の外交用語はオランダ語で、しかも、ピジンと呼ばれているオランダの船乗りたちの所謂《いわゆる》スラングが混じった崩れた言葉だと聞いていた。オランダ語の堪能なアメリカ人でもなかなか困難な仕事に違いなかった。

ペリーは自分が日本に連れて行った通訳のウイリアムスを推薦したが、独自の業績を作りたかったハリスは、これを断り英語の堪能なオランダ人を探した。

ニューヨークのオランダ人会ともいえる部署に、日本での通訳の仕事を募集すると何名かの応募があった。その中の一人がハリスと共に日本の開国に貢献し、攘夷の荒れ狂う中で暗殺されるヒュースケンであった。

ヒュースケンは、アムステルダム生まれで十五歳の時に父親を亡くしている。二十一歳で当時希望の大地としてヨーロッパからの移民が盛んであったアメリカに移住する。若く闊達な彼は職業を転々としながらもアメリカの生活になじんでいった。

ある日、オランダン人がよく集まる食堂で、日本での通訳募集の貼り紙を見た。オランダは、唯一鎖国の日本と交渉のある国で、ヒュースケンも多少の知識は持っていた。ポルトガル、オランダが大航海時代に目指した国、『ジパング』。興味を覚えた彼はハリスの事務所を訪ねた。

ヒュースケンと話したハリスは、フランス語にも堪能なことに驚いた。その語学力はフランス語で日記を記すほどのものだった。事実、彼は日本への航海から日本での生活や交渉過程など、フランス語で書かれた実に細やかな日記を残している。

こうして出航の準備を整えたハリスだったが、国務長官から意外な任務を依頼される。「日本へ行く前に、シャムとの通商条約の調整をやって欲しい」と言うのだ。

その頃、アメリカとシャム国（現在のタイ）とはすでに通商条約を結んでいたが、細部の調整が必要な状態だった。ニューヨークから日本への航路はここを通過する。日本での通商交渉に当たる前に、外交官の経験の無いハリスに何がしかの経験を積ませようという考えもあったと思える。このため、ハリスは細かい準備はヒュースケンに託し、自らは一足先にシャムへ向かい、ヒュースケンとはそこで落ち合うことにした。

一八五五年（安政二年）十月二十五日、ヒュースケンは雨上がりの早朝にアームストロング提督の艦船サン・ジャシント号に乗り込みニューヨークを後にした。

そして島影ひとつ見えない北大西洋をほぼ真東に進む事およそ五千キロメートル、出航から十六日、初めての島影が見えた。ポルトガルの沖合のマデイラ諸島だ。その後、喜望峰、セイロン、マラッカ海峡、シンガポールを経由して一八五六年四月十四日シャムに至った。百四十六日の航海だった。

ここで、ハリスは合流し一旦香港に向かう。船の整備や日本滞在の為の準備をする必要があり、肉食をしない国での生活を考えて狩猟が得意のアッサン、料理人のアセン、小使役のアロウ、掃除人のアチャブなど四名の中国人を雇い入れ連れていくことにした。

五　玉泉寺

出来物を切開した翌日、治療に訪れた吉は富三に言った。

「昨日の鯛、美味しかったわ……、良いわね、毎日あんなのが食べれて」

「毎日だと時には違ったものも欲しくなる……、ここで獲れる魚の種類は多いぞ」

富三は、そう言うと流しの籠の中から長さ七寸（およそ二十センチメートル）ほどのコチを五、六匹、笊にとってやり、「これは味噌汁が旨いはずだ」と言って渡した。吉は傷の手当てのため十五日間ほど桂庵の元へ通っていたが、富三は毎日、吉にその日に獲れた魚を分けてやった。十五日もたつと腫れも引き縫い合わせた糸も取れた。


この頃から、吉は芸者として座敷に上がるようになる。五軒はある贔屓の料理茶屋からは、毎晩のように声がかかり二、三の座敷を掛け持ちする忙しさだった。十六歳の吉は色白で切れ長の目にポッチャリとした唇、丸みを帯びた鼻が形よく整っていた。三味線も唄も出来るとあって、料理茶屋では客の声が掛からなくとも予め吉を抱えておくという具合で、半年もたたないうちに下田の売れっ子芸者になった。

この時代は夜明けとともに日常が始まる。富三は明け六ツ（夜明け）前に船を漕ぎ出し、巳の刻（十時）頃には港に戻る。魚影の多い時代だ。それで一日の稼ぎと自分たちの食べる量は確保できた。

そして、巳の刻過ぎに吉は桂庵の家に姿を現わす。富三はその日の釣果から適当に選んだ魚を籠に入れ下田の街を二人でぶらぶらと、

「どうだい芸者稼業は……もう慣れたかい」

「ええ……、でも昨日のお客さんは酔ってしまって手を握ったきりなかなか離さないので困ったわ……」等と他愛無いことを話しながら、まっすぐ帰れば十町（約一キロメーター）の道程《みちのり》を半刻もかけて吉の家まで歩いていく。

こんなことが一年ほど続いたある日、下田沖に黒船の黒煙が見えた。ちょうど吉を家まで送っていた富三は沖を指差した。

「お吉……、あれは黒船だ、こうしては居られない。船を出さなくては……」と言うと魚籠を吉に渡し、訳が分からずポカンとしている吉を残して駈け出していった。

家に着いた富三は、行李の中に仕舞っておいたアメリカの国旗とフロックコートを引き出すと、伝馬船に飛び乗り舳にアメリカ国旗を掲げて沖に漕ぎ出したのだった。

無事下田湾に入港させたが、しばらくは港内に係留したままのはずで、次に港を出

るときには早めに連絡を取ることを告げられて三両ほどの手当をもらった。三両は当時江戸の職人の二タ月ほどの給金と同じ額で、一回の水先案内の手当としては法外なものだった。

翌日、いつものように桂庵の家から魚籠を提げて街を歩く吉と富三だったが、「今晩、新田に行こうと思うがお前は来れるかい」と、下田でも上等な料理茶屋の名前を言った。

「えっ……、どうしたの」

「なにね、昨日あぶく銭が入って……、お前の芸者姿を一度見てみたいと思ってな」

お吉は、嬉しそうに笑いながら、「少し遅くなるけど……」と、「五ツ半（午後九時）くらいなら……」と言った。

その晩の五ツ半少し前に富三は新田の座敷に上がった。四畳半の部屋には、掛け軸が掛けられ一輪挿しの花器が置かれた床の間と、焼き物が飾られた棚があり、中央に座卓が用意されていた。

座るとすぐに酒にイカとネギの和え物が出され、それを肴に呑みはじめたが、隣の部屋では既に酔いが回っているのか、時々大きな話し声が聞こえてくる。

「昨日、アメリカの黒船がとうとうやってきたぞ……」

「夷狄《いてき》にこの国をいいようにされてたまるか……」

富三は、「ほう、隣は攘夷論者か……」と呟いた。


ペリーの来訪を機にして高まる海防への意識から、幕府は水戸藩主の斉昭を海防参与に命じた。それを受けた同藩では、尊王攘夷派を結成しその思想の普及を図った。もともと水戸は尊王思想の厚いところで、久留米水天宮の神官真木和泉守も江戸留学中に水戸学に傾注しており、彼らを中心に特に九州や西国で、尊王論と攘夷論が結びついた尊王攘夷論が沸々と湧き上がっていた。

又、ここ下田は二年前に吉田松陰が密航を企て失敗した所だが、その松陰はこの年の春から自宅に幽閉され、強烈な攘夷論の教育を開始している。

この頃はまだ尊攘派と保守派の深刻な武力対立は無く、尊攘派はひたすら言論で自説の普及を図っている時代だった。

桂庵は蘭学者だけに外国の軍事力などにも知識があった。富三に「攘夷だ攘夷だと騒いでも、今のこの国の力じゃーどうにもならねーよ」と、いつも言っている。

桂庵と富三は現に黒船の大砲を見ている。

「あれに掛かれば台場の大筒なんぞ一溜まりも無いだろう」と言った。

「じゃーどうすれば……」

「連中と同じようにとはいかなくとも、戦ったら相当な損害が出ると思わせるくらいの軍事力を持つことだろうな」

　桂庵は他人事のように、それには異国と付き合っていくしか無いと言った。今、攘夷派の連中は清国のアヘン戦争の結果ばかりで外国の脅威を話しているが、あれは、元々は清国の屋台が腐りかけていた事が原因だと言う。

「いくら異国でも、何の理由もなく向こうから仕掛けてくることは無い……」

　桂庵は続けた。欧米では永い諍《いさか》いの歴史から彼らはお互いを縛る約束事を決めた、それが万国公法で、戦争を始めるにはそれなりの理由がいる。

　紅茶が大流行となったイギリスは中国と貿易を始め中国のお茶を大量に輸入していた。対価として銀を輸出していたが、それに代わるものとしてアヘンを輸出してみたところ清国で大流行してしまった。その原因は賄賂などの横行や人民の疲弊でアヘンに一時の快楽を求めた結果だった。

　アヘンを求めて清国の銀は大量に欧州へ流出し経済や世情は悪化の一途をたどった。時の皇帝にアヘンの絶滅を命じられた大臣の林則徐は、イギリスの貿易商が持ち込んだアヘンを大量に海へ投棄してしまう。これを理由にイギリスは戦争を仕掛けた。

「富三、日本で国が傾くほどアヘンが流行ると思うかい……」

「いいえ……」

「そうだろう。いいか、外国と交易を始めてアヘンの代わりに銃や大砲や様々な西洋の知識を輸入するんだ。外国が欲しいという我が国の物を輸出する代わりにな。そうすれば、何時かは外国に追いつけるんだ」

富三は、隣の部屋から漏れてくる攘夷論を聞きながら桂庵の言葉を思い出していた。


一方、下田湊に投錨したサン・ジャシント号に早速、下田奉行支配の三人の役人と二人のオランダ語通訳の五人が乗り込んできた。役人の日本語を通訳がオランダ語でヒュースケンに話し、彼がそれを英語でハリスに伝えるという、まどろっこしい方法での交渉が始まった。

下田奉行支配調役の斉藤源之丞は、ハリスの来航を慇懃な態度と言葉で歓迎したが、返す言葉で、「一昨年発生した大地震で、下田は大変混乱している、どうかこの度は一旦引き返して一、二年後に出直してもらえないか……」と言い出した。

実は、幕府はアメリカが正式に領事を任命して突然来航するとは思っていなかった。というのは、ペリーとの和親条約締結後ハリス来航の前年までに、函館、長崎、下田にアメリカの船は二十一隻来航していた。これほど頻繁に来航するのであれば、領事館設置に関しては事前に細かな打ち合わせが出来るだろうと考えていたのだった。なんの準備も整えていないところに、突然、領事自ら来航し、「やれ、領事館を設置しろ……」と言わんばかりの態度に幕府は、下田奉行にハリスの滞在を認めないように指示をしていた。

困った下田側では、ハリスの要請に言を左右にして確約を与えないばかりでなく、サン・ジャシント号のアームストロング提督に、下田を出港するときにハリスを連れ帰ってくれと要請する始末となった。アームストロング提督は、「私と、ハリスはそれぞれ異なる任務を担っており、私の任務はハリスを日本へ連れて来ることである……」と言ってハリスを艦船に引き取ろうとはしなかった。

それまでは船室に居住していたハリス一行の宿舎を、仕方なく下田から半里ほど離れた柿崎の玉泉寺とした。

玉泉寺の歴史は古く、天正年間（十六世紀）以前は真言宗の草庵だった。天正のはじめころ一嶺俊栄という僧侶が曹洞宗の寺として開創し、ハリスがここに領事館を開くころには三百年ほどが経っていた。

ハリスは、サン・ジャシント号の船員達に船の帆柱を運ばせ境内に建ててもらい、アメリカ国旗を掲揚した。

「さあー、いよいよこれからだな……」

国旗を見上げながらハリスはヒュースケンに語りかけた。

若く、根っからの明るさと好奇心にあふれたヒュースケンは、初めて日本の土を踏んだ時から目にするもの全てに興味を示して、はしゃいでいたが国旗を掲揚した後、入港十四日目にサン・ジャシント号が下田を離れる時は、丘に登って船影が小さくなるまで見送った。

その日の日記に別れの寂しさを詩で記している。

あわれ異国の浜辺に追われ
いかばかり嘆きしか

六　お吉とお福

ハリスは、諸外国の開国の要請に、頑なに国を閉ざし続けているこの国の扉を最初に開けるという、歴史的な偉業をやり遂げたいという野心に満ち満ちていた。その為には江戸に出向き、幕閣の責任ある立場の者と交渉をすることが必要だと考えていた。

しかし、いま応対している者たちは、ハリスに何とか立ち去ってもらいたいとの態度があからさまだった。

「一度アメリカに帰国されて、二、三年後に再び来航願えないだろうか……」

これが、交渉に応じた最初の発言だった。

ハリスは、烈火のごとく反論した。

「アメリカの領事館を置くことは、二年前に国同士で約束した事、これを破ることがどういうことか判っているのか」

ハリスは、アメリカ大統領の日本皇帝への国書を携え、自分が大使として全権を与えられているので、江戸へ出向いて交渉したいと言い張った。

黒船は既に香港に帰還しているとはいえ、黒船の威圧を背景にした強硬な態度を押し切る権限も度胸も下田の役人には無かった。

「貴殿の申し出は確かに江戸表へ伝えるが、しばらく時間がかかろうと思うので、この玉泉寺に滞留願いたい、ついては護衛のために数名の藩士を同居させたい」

ヒュースケンはこれを通訳するときに、我々を見張るためだと言い添えた。

こうしてようやく下田での生活が始まった。イス、テーブル、ベッドとハリスは図面を書いて作らせることから遣らなければならなかった。そればかりでは無い。野菜と魚主体の日本の食事ばかりでこれから何カ月も、否、ひょっとしたら何年も過ごせる訳が無かった。鶏肉は比較的簡単に手に入れることが出来たが、牛肉を手に入れることは今のところ難しそうだった。

　農耕用の牛は見かけるので、その内に何とかとヒュースケンは思っていたが、それまではアッサンが仕留めてくる野生の動物で我慢をしなければならなかった。

　玉泉寺のいく部屋かの改造と家具を作るために経師屋の平吉が雇われた。平吉は障子やふすま、天井の紙貼りなどが専門だが、木工も器用にこなすので声を掛けられたのだった。

　内装の改造に一ト月ほどかかるのだが、この間、毎日のように昼の弁当を運んでくる娘がいた。名前を福と言った。大きめの目元が美しく明るくまだ無邪気さの残る十七歳であった。

　ハリスが名前を聞くと、「福です……」と言う。その大きな眼を指差しながら「オフクメ、オフクメ……」と言ってニッコリと笑った。

　ヒュースケンがこのお福に惚れた。小間使いの女が二人居たのだが年増の田舎女で、お福の出現はヒュースケンにとっては驚きだった。

「この国にこんなキュートな女性が居るのか……」

二十三歳のヒュースケンは毎日昼時になると、平吉の作業場に行き片言の日本語でお福に話しかけた。まだ一ト月ほどしか経っていなかったが、簡単な会話は出来るようになっている。否、お福を口説こうとこの数日は、通訳の森山から「かわいい……、散歩に行かないか……、自分の世話をしてくれないか……」など必要な日本語を教えてもらっていた。

ペリー一行が一ト月近く滞在したこともあり、下田では異人に対する抵抗は少なかった。若く活発で愉快なヒュースケンに、お福は次第に親しみを感じるようになっていく。

ハリス達が下田に着いて二タ月も経ったころ、下田の村を強烈な台風が襲った。湾内の船は岸に打ち上げられ、家屋の三分の一が崩壊した。台風の爪痕を見に出かけたヒュースケンはその日の日記に「浜辺には帆柱が散乱し、倒壊した家屋や船の破片がうずたかく積まれていた。しかし、日本人の態度には驚いた。泣き声ひとつ聞こえなかった。絶望なんて、とんでもない！　彼らの顔には悲しみの影さえなかった。それどころか台風などまったく関心がないという様子で、嵐のもたらした損害を修復するのに忙しく働いていた」と記している。

この嵐でお吉の家が崩壊する。この時逃げ遅れた母親のきはが足に怪我を負い、吉は桂庵の診療所に担ぎ込んだ。戸板に乗せられて来たきはに、桂庵は「これではしばらく歩くことは出来ないな……」と言って宿泊室に運んだ。そこは十畳ほどの広さで既に三人の患者が居た。

桂庵は吉に「どうだ、しばらく患者たちの世話をしてくれないか」と持ちかけた。取りあえずのねぐらを心配してくれたのだった。

富三は、台風が去ったのを見計らって船を見に行っていた。岸に乗り上げてはいたが、破損は小さく修理に手間取ることは無く、ほっと胸をなでおろしながら帰ってきた。

「お吉、どうしたんだ……」

診療所で、かいがいしく働いている吉を見て驚いたように言った。

ひとつ屋根の下に過ごす二人は、急速に親しくなった。三人でとる食事が賑やかなものになった。富三はお吉の話を笑顔で聞いている。桂庵がからかうように話にチャチャを入れる。そんな様子が二十日も過ぎたある日、お吉が押し黙って給仕をしながら時々富三に視線を送るのに気付いた桂庵は、「おっ……、やっと何とかなったのか」と、にやりとした。

嵐から一ト月も過ぎると下田の街もようやく落ち着きを取り戻しつつあった。お吉は借家を借りて料理茶屋に通うようになっていた。

その日、お吉を座敷に呼んだのは下田奉行所の与力佐々野だった。佐々野は客を連れて時々座敷に上がりお吉を呼んでいたが今日は一人だった。

「今日はおひとりで……おめずらしい」酒を注ぎながらお吉は言った。

佐々野は、ニッコリと笑うと盃をあげた。

「じつはな……今日は折り入ってお前に相談があってな」と切り出した。


じつは、下田入港以来ハリスとヒュースケンは、攘夷論が主流となりつつあった日本の状況の中で、ハリス達を排除しようとする下田の役人との交渉に忙殺されていた。

諸外国が入港しては、かってに近海の水深を測るのだ。が、これは日本にとっては国土を脅かされる行為と映るのだが、ハリスは「これから貿易を行う為には、船の安全航行の為に必要なことで、世界では日本の海域のみが測量されていないのだ……」と説得せねばならなかった。

また貿易には通貨の交換が必要だった。貿易が始まってはいないとはいえ、和親条約で既に燃料や水、食料等は売買されていたのだが、ペリーは日米貨幣の為替レートを決めていなかったのだ。ハリスは着任早々に、このややこしい問題に取り組まなければならなかった。

一ドル銀貨の銀含有量が一分銀の三倍含まれるのに、日本側は一ドル銀貨と一分銀貨の等価交換を主張した。ハリスは、一ドルの銀量は一分の三倍含まれるので三分との交換を主張する。

日本では、幕府の信用のもとに貨幣を流通させており、公定歩合を銀四分で金一両としていたが、四分の銀の価値は、一両の金の価値の三分の二ほどの価値でしかなかった。

幕府は、国内の銀の価値を三倍ほど高く評価して小判と交換していたわけだが、これは国内通貨として流通するぶんには問題はなかった。が、これが一ドル銀貨と銀三分で交換され両に両替された場合、例えば香港あたりで日本の金を売りドルに換えれば莫大な利益を生むことになる。

ハリスは日本側の提案を聞いたとき騙すつもりかと訝った。が、日本側は丁寧に日本の貨幣制度を説明した。確かに国内の流通なら問題はなかろうが、貿易の場合は銀の等価での交換を譲ることは出来ないとハリスは主張した。

しかもこれらの交渉の経緯は逐一江戸表へ報告され、指示を受けなければならなかった。これら交渉はいっこうに進まないばかりか、先に決めたことを平気で翻してくる。ハリスの苛立ちは頂点に達していた。

結局この件は、一ドルと三分の交換レートで決着する。

しかし後に、幕府が懸念した通りアメリカの商人は、いやハリス自身も、日本で両に交換した金を香港で売ることで元手の三倍の利益を得ることに気が付きこれを実行する。

日本からは大量の金の流出が始まった。これを防止するために幕府は小判の改鋳を実施する。それまで流通していた安政の小判の重さをおよそ三分の一に軽くした万延小判に変えたのだ。これで金の流出は収まったが、貨幣の価値が下がったため、幕末は空前の物価高（スーパーインフレ）に見舞われた。

もともとハリスは病気がちであった。長い船旅の影響、一向に進まない交渉に対する心労などが重なり、ベッドに寝込む日が続くようになっていた。

与力の佐々野は、「じつはな……」と、話し出した。

領事のハリスの体調が悪く、看護など身の回りの世話をしてくれる女を探していると言った。

「実は、通訳のヒュースケン殿から申し出があってな……」

若く活発なヒュースケンは積極的に下田の街の人々と接し、街の有力者の自宅に度々訪れるようになっていた。彼らは時々妾宅に招いて歓待するのだ。

「彼女は、あなたの何なのですか……、奥さんは怒りませんか」

「いえいえ、これは男の甲斐性ですよ」平然として言う。

ヒュースケンはこの国には妾という制度があるのを知った。そうなると若いヒュースケンはどうしてもお福を迎えたいと思ったのだ。

しかし、ハリスをさておいて自分だけが女を迎えることは気が引ける。しかもハリスは敬虔なカトリック教徒で、妻以外の女性を受け入れることは考えられなかった。いやこれまで彼は結婚したことさえ無いのだ。

その頃ハリスが体調を崩した。ヒュースケンはいい機会だと考えハリスに言った。

「領事……、我々には身の回りの世話をしてくれる女性が必要だとは思いませんか、特に領事には……、この国の女性は優しく気働きも素晴らしいですよ」と切り出した。

ハリスも短い滞在ながらこの国の女性の気性が優しく、しかも忍耐強いことを感じていた。気弱になっていたハリスはこれを承諾した。手当は支度金として、吉に三十両、福に二十両（現在の約二百万円）、そして月々に七両二分（現在の約七十五万円）が支給された。

ヒュースケンは単なる通訳としてというより、ハリスの右腕として次第に手腕を現わすようになっていく。何より日本の役人をはじめ、街の者たちとの広い親交が多くの情報をもたらし、ハリスにはヒュースケンの存在が掛け替えのないものとなっていった。

下田に入港して九カ月が過ぎた新緑のころ、ヒュースケンは二十五両もの大金を使って馬を購入する。

ヒュースケンは馬を持った嬉しさを日記に記している、「ああ、ニューヨークよ、夕飯抜きで過ごした時代、あやうく野宿しそうになったのも度々だった。着古して光っている黒服。踵も爪先も風に吹かれていた靴。穴だらけのズボン。あれらはみんなどこへ行ってしまったか。ここへきてヒュースケン殿下を見てくれ、馬に乗って練り歩いているんだぜ」

その中で俺の馬はサラブレッドだと言っているが、この時代、伊豆の下田でサラブレッドが手に入るはずもなく、嬉しさのほどが表れているようだ。得意絶頂のこの時、後に馬が大きな災いをもたらすことになろうとは、ヒュースケンは知る由もなかった。

ヒュースケンはよく鞍の前にお福を横抱きにして馬を走らせた。街からはなれた柿崎の小山や丘は淡い緑に包まれていた。馬からお福を抱き下ろすと草の香りのする丘に二人は寝転がった。春の日差しは木の枝から漏れ二人の身体にまだらの模様が煌めいていた。ヒュースケンはお福を抱き寄せた。

七　三池において

ここに希代の策士が居た。出羽庄内藩清川村の郷士、清河八郎である。八郎は庄内藩随一の造り酒屋斎藤家の五人兄弟の長男として生まれた。このため幼いころから様々な塾や人物から多くの学問を学んでいる。十代になると剣術にも興味を持ち地元の剣客に教えを受ける。十八歳で江戸へ出て千葉道場で北辰一刀流の免許皆伝を受けると、二十五歳で神田三河町に、文武両道を掲げた「清河塾」を開いた。江戸で文武両道の塾を開いたのは彼一人であった。

こんな話が残されている。

八郎四歳の時、庄内藩は未曽有の米不足に襲われた。この時清川村の十六人の若者が、斎藤家の蔵に預かっていた藩の米を盗むという事件が起こった。この時八郎は、酒造用の大きな釜の陰に隠れて見ていたのだ。八郎は何が起こっているのかすぐに判り、家人に連絡したのだ。十六人は捕らわれ重い処罰を受けた。大人たちは、わずか四歳の子供が状況を適切に把握して通報したその明敏さに驚いたと言われている。

ハリスの浦賀来航の頃、清河八郎は諸国を巡り地方の論客と議論するが、その頃の知識人たちの専らの論争は開国か否かであったが、しかし鎖国のなかにあって声高に開国を叫ぶことは憚《はばか》られた。およそ十五年前の天保十年（一八三九年）に渡辺崋山と高野長英が、鎖国を批判して断罪された「蛮社の獄」の記憶はまだ生々しく、開国が必要とする者は数多く居たが、その声はなかなか大きくはならなかった。

一方では、西洋諸国による清国への侵略が日本に及ぶという危機感は国内に充満し攘夷を叫ぶ声は必然的に大きくなり、攘夷論でなければ論客に非ずという雰囲気になっていた。

このような世情のなか清河八郎はおよそ二カ月をかけて、九州を遊説する。九州における尊王攘夷論の巨頭、真木和泉をはじめ筑前の平野國臣、肥後の轟武兵衛、宮部鼎蔵らとの親交を深め攘夷論者の一角を占めるようになる。

八郎が久留米に滞在し真木和泉の「山梔窩《くちなしのや》」にしばしば訪れている時、菊水堂の倫太郎が父親に連れられてやって来た。

「清河殿は、江戸で文武両道の塾を開かれている。どうだ倫太郎、しばらく江戸で学んでみないか」と、真木和泉が江戸遊学を勧めた。倫太郎は眼を輝かして大きくうなずいた。

塾といっても清河は、じっと座って講釈を垂れるわけではない、幕臣や薩摩江戸藩邸の藩士などと盛んに交流し、政情を解析しどう行動すべきか等を議論するのだ。清河塾はそのための看板でありアジトでもあった。倫太郎は八郎の使い走りとなって彼らとの交流を深めていった。

八　安政の大獄

初めてお吉が佐々野に連れられて玉泉寺にいるハリスに会いに行ったとき、ハリスは力無くベッドに横たわっていた。具体的に何処かが痛むというわけでは無いという。ただ身体がだるくて力が入らないと言うのだ。

佐々野は、看護のためお吉を雇ったことを報告すると、「よろしく頼むぞ……」と言い残して帰って行った。

玉泉寺には香港から連れてきた清国人四人のほかに、日本で雇った女性三人が既に居たが、これにハリスの世話にお吉、ヒュースケンの世話にお福が加わることになったのだ。

医師の診察を受けていないハリスに、お吉は桂庵に診てもらうように勧めた。

「蘭学医ですよ……」

「ほう……ここに蘭学医が……」

ハリスが興味を示したのでお吉は桂庵の診療所に頼みに行った。桂庵は出かけていたが、富三はお吉を見ると、「お吉、お前はハリスの妾になるつもりか……」と、問い詰めた。

富三は、お吉がハリスの元に行ったことを街の噂で知った。

「そうじゃないよ……富三さん」

ハリスの体調は、身体が起き上がらないほどにひどいと言った。

「それに、領事は私の身体に触れようともしないし、信仰心から不犯《ふぼん》の誓いを立てていなさる。富三さんも会ってみると判りますよ」と、桂庵と一緒にハリスに会うことを勧めた。

お吉としては、富三の誤解を解いておきたかったのだ。

お吉の案内で桂庵は富三を連れて玉泉寺へ行った。桂庵は勿論オランダ語が分かる。ヒュースケンを立ち会わせて、ハリスを問診し脈を取り触診をする。

「確かに疲れてはおられるようだ、しかし、それよりも心が暗く落ち込んでおられることが一番の原因でしょう……」

桂庵は、ハリスが今悩んでいることを話してしまうことを勧め、「およばずながら、私が聞いて差し上げましょう」と言った。

ハリスは、下田の役人の要領を得ないノラリクラリとした対応や、アメリカだけではなく、早晩イギリス、ロシア等の諸外国も武力を背景に国交を求めてくることが分かっている時に、アメリカと正式に条約を結べばそれが基本になる。しっかり話し合って先ずアメリカと条約を結ぶことが大切なんだと言った。

「日本人はこの重要さがわかっていない……」と、話している内に感情を高ぶらせる。

「幕閣の中でも開国が必要と考えている者は多いと聞いているが……」

と桂庵は、「いずれにしても下田ではどうしようもない……、何としてでも江戸へ行くことでしょう。悩むより、どうしたら江戸へ行けるかを考えられたほうが元気が出ますよ」と笑った。

その後に桂庵は、「こういう時は、何か欲しい食べ物が手に入ると元気がでるものですが……」と話を変えた。

その言葉に反応するように「ミルク……」とハリスは叫んだ。

富三は、桂庵の顔を見た。

「牛の乳だ……」

ハリスの食事の世話をするお吉は桂庵の言葉がきっかけで、牛の乳を手に入れなければならないはめになった。お吉は、「牛の乳を飲みたいだなんて……、どうしたら手に入るの」と、富三に恨みがましく言った。

この頃、日本の庶民の間では牛乳を飲む習慣は無かったが、実は七世紀の奈良時代には、殿上人の世界ではあったが、薬として飲む習慣が百済からもたらされていた。

桂庵は、「近ごろ子牛が生まれた百姓家を探すんだな……、いいか、乳はこうして乳房を上から下に搾るんだ。いや、俺も実際やったことはないが、オランダの本に書いてある」と手振り身振りで説明しながら自信ありげに言う。

「ただし牛を怒らせないように、持ち主に牛をなだめてもらいながらやるんだぞ……」

「先生、私には無理……、無理ですよう……」

桂庵は、おまえがやってやれとでも言うように富三を見た。

数日後、富三は、一升徳利いっぱいの牛乳を手に入れてお吉に渡しながら言った。

「このまま飲むのか……」

「ううん、一度沸かして冷まして飲むんだって……、富三さん、ほんとうにありがとう」

「いや……、いいんだ。疑ってわるかったな。しっかり世話をするんだな」と笑った。

お吉や桂庵の介護のかいもあり、ハリスは気力が充実してくるのを感じ始めた。なんとしても、この国が海外に対し閉ざしている扉を、最初に開ける栄誉を歴史に刻むのだと自らに誓った。その為には、あまり使いたくは無かったが、艦隊の威光を借りるしかないと思った。

ハリスは下田奉行に、ここにアメリカ国務長官から私に宛てた手紙があると言って封書を取り出した。

そして、「国務長官は、もし日本が条約を回避しようとしたら、大統領は躊躇《ちゅうちょ》なく、議会に対して日本が拒み得ないような権限をハリスに与える事を要求すると、書いてきた」と、言った。

つまり、ハリスの要求を拒み続けるとハリスに武力行使の権限を与えると言うのだ。

「理由は、どうにでも言えます……、例えばここ下田で無礼な対応を受けたなどと……」

これは脅しに近かった……、否、脅しそのものだった。

「このことは、江戸表へ早速伝えましょう」と、その効果はてきめんだった。

また、下田での交渉も着々と進んだ。

この後の下田条約では、通商条約締結の前提となる米中貨幣の交換レートの決定、下田、函館居留の許可、オランダのみに許可されていた長崎港のアメリカへの開港などが決定された。

ハリスにとっては通商条約締結のお膳立ては整えたが、正式の通商条約は幕閣のしかるべき役職の者との交渉が必要で、何より大統領の親書を将軍に渡す使命も果たさなければならないのだ。

下田奉行所では、一定の成果を得たハリスがこのまま引き上げてくれないかとの思いから、またもノラリクラリと話を逸らすなど時間稼ぎの態度に徹してきた。


このころ、ヒュースケンの周辺をうろつく侍にお福は気が付いた。ヒュースケンは若く快活で、下田の街を歩き回るわ馬に乗って駆け回るわと、派手な行動が目立っていた。

世情は外国人を排斥しなければならないという攘夷論が充満していた。下田に開設されたアメリカ領事館が、これら攘夷浪士に注目されるのは当然であったが、まだ異人を襲撃するような血なまぐさい事件は起きてはいなかった。

ヒュースケンは時々お福を馬に乗せ街中を闊歩するのだが、これを軒先からじっと見ている侍の眼に浮かんでいる、憎悪の眼差しに気づいたお福はゾッと身を震わせた。

侍は左手の親指を刀の鍔《つば》に掛け今にも抜くのではないかと思われた。
お福はこの事をヒュースケンに告げたが、「お福の思い過ごしだろう」と言って取り合わなかった。ヒュースケンは、この国の人心が素朴で善良なことを感じていた。
日本にしばらく住んだ後の印象を日記に記している。

「しかしながら、いまや私が愛しさを覚え始めている国よ、この進歩は本当に進歩なのか？　この文明は本当にお前のための文明なのか？　この国の人々の質朴な習俗とともに、その飾りけのなさを私は賛美する。この国土の豊かさを見、いたるところに満ちている子供たちの愉しい笑い声を聞き、そしてどこにも悲惨なものを見出すことができなかった私には、おお、神よ、この国の幸福な情景は、終わりを迎えつつあるのではないか。西洋人が重大な悪徳を持ち込もうとしているように思えてならない

……」

と書いているヒュースケンは、自分に危害を加える者など居るはずが無いと思い込んでいた。

しかし、いつの時代にも一時の思想や風潮に病的に浸ってしまう者がいる。攘夷の魁《さきがけ》にならんと思う浪士にとって下田の領事館は格好の対象であった。領事館には警護の目的という名目で数名の侍が待機していたが、差し迫った緊迫感は無くハリスは

ともかくヒュースケンは自由に街を闊歩している。

安政三年の十二月十六日、この日ヒュースケンは一人で下田の郊外を散策していた。向こうから歩いてくる一人の侍と眼があった。侍が腰の刀に手を掛けたのだ。ヒュースケンはお福の話を思い出し、とっさに身をひるがえして走って逃げ去った。ハリスはこの事を奉行所に告げたと日誌に記しているが、当のヒュースケンの日誌には記載が無く、おそらく思い過ごしかもしれないと思ったのかもしれない。

しかし、このことがあって、ハリスとヒュースケンは外出時に必ずピストルを携帯することになった。


このころ桂庵はオランダ語での会話が楽しくもあり、その力を高めようと頻繁にヒュースケンと接触していた。桂庵の他にも、ヒュースケンから海外の事情や技術を学ぼうという数名の若者が居た。

その中に、後に日本の初期の写真家として名を残す下岡蓮杖も居た。蓮杖は絵師を志していたのだが、ある時に目にした一枚の写真に驚嘆し写真の技術を究めようと決心する。

蓮杖は、そのためには外国人から直接学んだ方が早道だと、浦賀奉行所の足軽として勤めることとした。そしてヒュースケンに接触し、写真の原理や技術を学ぶことになる。ヒュースケンを取り巻くこれらの目立った動きが、攘夷浪士の標的の的となっていく。

ある日、桂庵と富三はヒュースケンを料理茶屋新田に誘った。その日富三は、朝早くから漁にでて、鯛、アワビ、伊勢海老を大量に獲り、新田に持ち込んでいた。

さすがに生にはあまり手を付けたがらなかったヒュースケンだったが、これらの野趣味たっぷりの炭火焼きには、二人が驚いたほどの食欲を示したのだ。

三人は上機嫌で新田を出た。五ツ半（九時）を少し回っていた。桂庵はおぼつかない足取りで、ヒュースケンとしきりにオランダ語で話しながら、富三は二人の前で足元を提灯で照らすようにして歩いていく、その横合いから「天誅……」と叫びながら一人の男が斬りつけてきた。

富三はとっさに提灯をその男目がけて投げつけた。ヒュースケンが素早く取り出したピストルが燃え上がる提灯の火に照らされた。それを見た暴漢は身を翻して逃げて行った。

「桂庵先生……」富三が叫んだ。

暴漢が振るった刀が、桂庵の太ももを深々とえぐっていた。

「動脈をやられたようだ……、この出血じゃー助かるまい……」

桂庵は帯で止血しながら言った。

「とにかく治療所へ……」

富三は、桂庵を背負うと懸命に駆けた。

ヒュースケンは、自分の巻き添えを食ってしまった桂庵にしきりに謝るのだったが、

「いや違うようだ……、あ奴は明らかに俺を目がけて斬りかけてきた……」

桂庵は、大量の出血で意識が薄くなるなかで、「異人より異人に媚を売る日本人が裏切り者として憎かったのだろう」と、日本語で呟いて意識を失い、目覚めることはなかった。オランダ語が話せない富三には、それをヒュースケンに伝えることは出来なかった。

こんな折、ペリー来航時に対応した筆頭老中の阿部正弘が病没した。その後を継いだ堀田正睦《まさよし》は開国通商論の持ち主だった。堀田は、数年前より開国の件については検討を開始しており筆頭老中に就任してすぐさま幕府としての方針を開国通商にまとめた。

ハリスが江戸への上府を強く求めていることは分かっており、その機会を覗っていたのだが直接会うことを決心した。

下田入港から一年と二カ月、安政四年十月にハリスとヒュースケンは十三代将軍徳川家定に謁見のため江戸へ向かった。堀田が筆頭老中に就任してから四カ月後のこと

であった。

このとき家定はまだ三十代半ばであったが身体が弱く、実子にも恵まれていなかった。そのため病が悪化したころから次の将軍を巡る将軍継嗣《しょうぐんけいし》問題《もんだい》が激しくなっていた。

紀州藩主の徳川慶福《よしとみ》を推す井伊直弼一派と、一橋慶喜を推薦する一橋派の島津斉彬《なりあきら》等の対立である。

江戸幕府が混乱しているこのような時期にハリス一行は江戸へ行ったのだ。江戸へ着いた二人は、江戸元麻布に公使館を設置した。領事は外国における自国民の保護等を担うが、外国との条約交渉を担うのが公使だからだ。

交渉を開始するに当たりハリスは幕閣に向かって、ヨーロッパ列強のアジアの植民地化の実態と、アメリカは通商は希望するが領土的な野心は無いことと、アメリカと通商条約を結べば、それが基本となり、他国もこれに準じた条約とならざるを得ない事、貿易により江戸幕府に大きな利潤が生まれる事などを力説し、通商条約を迫った。

アヘン戦争の結果と欧米列強のアジア進出は国内に知れ渡っており、開国を既に決心している堀田はハリスの演説に同感の思いで聞き入った。

ハリスは十月十九日に徳川家定に謁見しアメリカ大統領の親書を渡した。これで、目的のひとつは達成した。あとは通商条約の締結である。

親書提出から一ト月以上もの間、幕府からは何の回答も無かった。ここまで来てまたも引き延ばしにかかるのかと、ハリスは担当の幕僚に今すぐにでも上海にいる艦隊を差し向けるぞと脅した。

ここにきて、堀田が直接ハリスとの交渉に当たることを告げた。

交渉は数カ月に亘ってようやく結論を得たが、条約締結に対する大名達の非難が沸き起こった。

開国反対の大名達は明確な意見を持っていた訳ではなかった。神国が穢れる、異人は野蛮であるなど世界情勢を知らない、単なる無知からくる異人嫌いにすぎなかった。開明的な大名と言われ当時の幕政に影響を持っていた、幕末四賢公と呼ばれていた島津斉彬や松平慶永など国際情勢に明るい大名は賛同したが数は少なかった。

しかも、四賢公の一角であった水戸斉昭の水戸藩尊王攘夷派が、開国を阻止するために朝廷活動を開始した。

考えあぐねた堀田は、面倒にならないうちに尊王派を抑えようと開国に対する勅許を得ることを思いつく、天皇の命令ならこれに背くことはないだろうと考えたのだ。建前としては朝廷から戴いた征夷大将軍の官命の下に徳川幕府はあるのだ。

これまで幕府の決定事項に勅許を仰ぐことも無かったが、朝廷で実質的に意思決定を行っている関白なども、開国は仕方がないと考えていることを知っていた堀田は、容易に勅許が得られると思っていた。

ところが、病的なほどの異人嫌いと言われていた孝明天皇が、これまでに例のないことであったが直接下級公家を動かし通商条約反対の行動に出たのだ。天皇の意志として条約反対が示された以上、勅許が出ることは無かった。

堀田の勅許取得へのハリスの期待は大きかったが、失敗したいまの失望と悲嘆はそれ以上に大きかった。このままでは条約締結が何時になるのか見当もつかなかった。

しかしこの時、ハリスにとって神が味方したかと思われるような政変が起こった。

徳川慶福と一橋慶喜の将軍継嗣問題に、将軍就任いらい一度も自ら決定を下したことが無いと言われていた徳川家定が、徳川慶福の後継とそれを支持していた井伊直弼の大老就任を決めたのだ。

大老となった井伊は通商条約問題と向き合うこととなった。既に条約の骨幹は決まり調印の段階まで煮詰まっているアメリカだけではなく、清国で一定の成果をあげたイギリスが日本に向かってくることも明らかになっていた。

もはや、諸外国からの開国要請を拒み続ける事は困難だと考えた井伊直弼は、勅許を受ける事無く条約を調印する決心をする。従来から徳川幕府は、公家諸法度によって天皇との関係を律しており、治世に於いて勅許を得ることなど無かったのだ。

安政五年六月十九日、ついにハリスは日米通商条約調印に成功した。これを皮切りに、この年の九月までに、徳川幕府はオランダ、ロシア、イギリス、フランスと次々に通商条約を調印した。

アメリカとの通商条約調印の後、将軍継嗣問題で敗れた一橋派の松平慶永や水戸斉昭等が、勅許を得ずに開国したことに抗議するために、無許可で登城し井伊直弼を詰問する。

一方、勅命もなく条約調印を行った幕府に激怒した孝明天皇は、従来から親天皇の姿勢が強い水戸藩に対し、幕府改革の密勅を与えた。ここにきて再び井伊直弼と一橋派の対立が表面化するが、大老となった井伊の権力は強大で、一橋派の松平慶永、水戸斉昭などの六大名、近衛左大臣等四名の公家などに謹慎や蟄居の処分を下した。

そして、これらの人物の下で実際に活動した、松平慶永のブレーン橋本左内、島津斉彬の手足として働いた西郷吉之助を始めとする志士達への弾圧を開始した。安政の大獄である。

西郷は、偽名を名乗り奄美大島に逃れたが、橋本左内、吉田松陰などおよそ五十名が、獄死や刑死に倒れた。

一方、松平慶永らの処分を知った島津斉彬は、烈火のごとく怒った。もはや言論で事態を変える時では無いと、島津の精鋭三千の兵とともに上洛しその兵力を後ろ盾にして、幕府へ改革を迫る決心をする。

島津が兵を進めるという話は、浪士の間ですぐに広まり、これに呼応しようとする動きがあちこちで噴き出した。

九　三池において

「島津が起つ……」清河八郎は力強く呟いた。

かねて連絡を取り合っていた江戸薩摩藩邸の伊牟田尚平や益満休之助らから話を聞いたのは昨日だった。

「先生……」興奮気味の八郎に何事かと倫太郎は声を掛けた。

「倫太郎、これから九州に行くぞ……」

清河は、先の九州遊説で知己を得た真木和泉や平野國臣、塚本源吾らと図って、島津斉彬の挙兵に呼応しようと考えたのだ。

江戸から九州へは、船で大坂港を経て、瀬戸内から大分の佐賀関へ至る航路が便利で、七日もあれば辿り着く。

佐賀関からは豊後道を通り肥後に入り、まずは肥後の宮部鼎蔵に会おう。肥後からは高瀬街道、三池街道を上り三池の塚本源吾、久留米の真木和泉、福岡の平野國臣らと策を練ろう。

清河は、これら尊王の浪士を京都に糾合し、薩摩藩の動きに乗じて攘夷のために蜂起しようと考えたのだ。

しかし島津斉彬が兵を整え錬兵を終えた八日後に急死する。いざ出立を目前に起きた変事に、斉彬と深い対立関係にあった父斉興による暗殺ではないかと、西郷をはじめとした斉彬股肱の家臣は疑いを持つが、大殿である斉興を追及することなど出来るはずもなかった。

これを知った清河は倫太郎に言った。

「薩摩はいずれ起つ……、倫太郎、お前は三池に帰り真木和泉殿とその時を待て、時が来たら俺も行く」

清河は薩摩を幕府改革に動かしたのは斉彬だったが、彼が育てた家臣たちが実権を握っている現状なので、彼らは何時か必ず動き出すと見ていた。

安政五年、各国との通商条約が調印され安政の大獄が吹き荒れ、斉彬が逝去したこの動乱の年、真木和泉はいまだ「山梔窩《くちなしのや》」に蟄居の身であった。度々訪れていた平野國臣は京都で西郷や月照と共に幕府改革に動いていた事もあり、長州備中の国に隠れ住んでいた。

真木和泉は、身辺の慌ただしい情勢を感じていたが軽挙に動くことなく、じっと行動の機会を覗っている。

そんな折、江戸より三池に戻った菊水堂の倫太郎が訪ねてきた。倫太郎は江戸の清河が薩摩藩江戸屋敷の藩士や幕政改革派の幕臣、あるいは江戸に流れてきた浪士などと親交を深め、密かに自ら「虎尾《こび》の会」と名付けた組織を作ろうとしていると告げた。

「虎尾の会……」

「はい、清河先生は、国を守るためなら虎の尾を踏むことも恐れないという意味だと」

「ほう……、清河殿らしいな」

真木和泉は、文武両道指南などと大風呂敷を広げたがる清河らしいと思ったのだ。

「それで、私に真木和泉先生の下で薩摩が起った時に備えろと……、薩摩は必ず起つと言われました」

十　下田

ハリスとヒュースケンが江戸へ発った後の領事館玉泉寺は、二人がまた戻ってくる可能性もあり、いつも通りの日常であった。ただハリスは、江戸に出立する前にお吉に暇《いとま》を告げていた。亡くなった桂庵の助けもありハリスは、精神的にも肉体的にも充実し、江戸行きを取り付けた。もともと健康介護のためのお吉であり、最後の給金に幾ばくかの礼金を付けて渡された。

一方、お福は違っていた。建前がどうであれ、お福は公然としたヒュースケンの妾であった。ヒュースケンは、江戸へ発った後も月々の給金をお福に渡している。ヒュースケンには艶聞が多く残っているようだが、この一事をみてもお福を思っていたことは確かだろう。

領事館を去ったあと、お吉は下田の街で芸者に戻った。しかし、客からのお座敷がなかなか掛からないのだ。たまに呼ばれると、「異人の味はどうだった……」などとからかい半分で、根掘り葉掘りとハリスの事を聞いてくるのだ。

適当にあしらっていると、自分を袖にして異人に大枚な金で身を任したと怒り出す客も居た。何度、領事館にはハリスの介護で行ったのだと言っても、鼻先で笑われるか卑猥な言葉で貶《けな》されることが続いた。

ある晩、お吉は富三に愚痴るように言った。

「富三さん、私は佐々野の旦那に頼まれてハリスさんのところへ行ったとき、確かに妾覚悟だったんですよ。佐々野の旦那は、ヒュースケンさんからそう言われていましたからねー。ハリスさんと何でもなかったと言っても、心は抱かれたと同じなんですよ。そんな私が芸者に戻って、洋妾《らしゃめん》と罵られたって仕方がないんですよ……」

「芸者なんか辞めちまえ……、しがない漁師でもお前一人ぐらいは養っていけるぞ」

「ありがとう……、富三さん。でもね、ハリスの洋妾だと押された刻印は、一生消えはしないのさ。何せアメリカの領事の妾だからね……」

そのころの横浜居留地には、本国で何らかの問題を抱えた者が流れ込むことが多かった。しかも三十半ば以下の若者達であった。これらの者の欲望のはけ口と、治安対策もかねて港崎《みよさき》遊郭の建設がなされていた。完成したこの遊郭には、総勢三百人の遊女を抱える遊女屋十五軒、安女郎を抱える局見世《つぼねみせ》と呼ばれる店が四十四軒もある壮大な町であった。

お吉はそこで、洋妾として生きていくと富三に告げた。

「そこで、たっぷりとお金を貯めて下田に戻ってきてやる……、富三さん達者で暮らしておくれ」

それから数日後にお吉は消えた。

十一　江戸元麻布善福寺

ハリスとヒュースケンは、元麻布善福寺に公使館を開き通商条約締結の交渉を行った。

二人が江戸をめざし下田を発ったのが安政四年の十月、老中筆頭の堀田と初めて会ったのが十二月の二日で、この間なされた交渉を踏まえ、江戸における居住地と移動に関する件、幕府役人の介入しない日本人との貿易の自由、開港場の追加の三項目を基調とした条約が合意される。

実は、ハリスは江戸へ来てその日までの四カ月もの間、室内に籠りきりで業務をこなしていた。そして合意がなる数日前に、嘔吐と頭痛、背中、脚、腕の痛みを訴えた。これが瀕死の重病となってしまう。事実、残されているハリスの日誌はこの日から以降の記載が無い。日記も書けないほどの状態だったのだ。残務は、ハリスと相談しながらヒュースケンが実施することになった。

そして堀田は、この条約締結に対する勅許を得るために二カ月の猶予をハリスに約し、安政五年の一月下旬に京都へ向かった。

同じころ、ハリスとニュースケンは蒸気船で下田に帰った。この後、ハリスの容体が急変する。身体中に紫色の斑点が広がり四日の間意識を失い死線をさまよった。医師たちは首を横に振った。しかし、この日を境に病状は次第に和らいでいった。

ハリスの看病に疲れたヒュースケンにとって、お福と過ごすひと時が何よりの癒しとなった。柔らかで滑らかな肌で添い寝する小さなお福だが、次に江戸へ行けばおそらく再び下田に戻ることはあるまいと思った。二人が下田を去ったあとお福は母親のもとへ帰り、ヒュースケンの事もあり静かに暮らしていく。

約束の二カ月が近づくとハリスは病み上がりの身体を押して、江戸への出府を計画する。今度の出府で必ず交渉を成功に導かねばならないと思った。清国で一応の成果を挙げたイギリスが日本に爪を伸ばしているとの情報ももたらされている。イギリスに先を越されることは、日本への交渉に先鞭をつけたペリーに対し顔向けが出来ないとの思いも強かった。

そもそもペリー来航の時は徳川幕府の威信も強く、ペリーから帝の話など聞いたことは無かったのだ。ところが、現在徳川幕府は、帝の許可が必要だとしてこれに時間を費やしているのだ。

江戸での交渉でハリスはこの点を質した。

「日本の皇帝は、将軍なのか帝なのか……」と。

異国人が途惑うことは、もっともだった。国内の諸藩が二派に分かれて争おうとしているのだ。

出府に際しハリスは、これ以上の引き延ばしには大砲による威嚇だと決意する。軍艦ポーハタン号に乗り込み、ミシシッピー号を引き連れて江戸湾から睨みを利かした。

堀田はまだ京都から帰ってはいなかった。ハリスに対応する幕閣たちはさらに三カ月の猶予が欲しいと主張した。

「三カ月の根拠は……見通しがあるのか……、単なる時間稼ぎなどで愚弄するつもりなら当方にも考えがある」

これまでも幾度か武力を背景とした恫喝で、少しずつであるが切り開いてきたのだ。

「せめて堀田老中が戻られるまでは猶予を……」

彼らがそう言うしかないことは分かっていた。とにかく堀田の成功を待つしかないのだ。

しかし、前述したように勅許を得ることに失敗した堀田は通商条約が成った後に罷免されることとなる。大老となった井伊直弼は、イギリスが日本に向けて出港するという情報を既に得ていた。イギリスばかりではなかった。オランダ、ロシア、フランスとアジアを席巻した諸外国がアジアの東端の日本に押し寄せているのだった。井伊直弼は勅許を得る事無く通商条約を締結することを決意した。

ついにその時がやって来た。安政五年六月十七日深夜、通商条約交渉の全権二人が突然ポーハタン号に乗り込んできた。深夜にもかかわらずポーハタン号の提督タットノールが放った十七発の祝砲が江戸湾に響き渡った。幕臣の一部は、いよいよアメリカの砲撃が始まったのだと勘違いをしたという。

交渉は夜明けまで続いた。交渉といっても法案は詳細まで既に完成しているのだ。この法案については、ハリスの体調が思わしくない中、ヒュースケンがオランダ語と英語を駆使して日本側と取りまとめたものだった。

日本の全権は、アメリカと締結する内容で後に続くイギリス、フランスなども締結することを保証するようにハリスに迫って時間を費やしたのだ。

ハリスは、自分の一存で他国のことを決める訳にはいかなかったが、その旨努力するとの手紙を書いて全権に渡した。

六月十九日、再びポーハタン号に引き返してきた全権二名が法案に署名してようやく条約が調印されたのだ。

幕府は、アメリカにつづくことわずか一ト月程の間に、やつぎばやにオランダ、ロシア、イギリス、フランスと同じ内容の通商条約を調印した。

これにはヒュースケンの貢献が大きかった。ヒュースケンはハリスの代理としてアメリカと同様の内容で調印するように各国と調整し短期間での調印を成し遂げたのだ。イギリスの条約調印が終了するまで、ヒュースケンを全面的に頼りにした全権大使のエルギン卿はヒュースケンの活躍に感謝し、「ヒュースケン氏は通訳として適任であるばかりでなく、私の相談役として何事につけても理解力があり、またきわめて有能でした、お力添えを賜りましたことを本国政府に申し伝えることと致します」と書き送っている。

この間のヒュースケンは各国の宿泊所や役所を馬で飛び回り、外国人のなかでも最も目立つうちの一人になっていった。

十二　三池において

安政の大獄が吹き荒れるころ、これに対抗する尊攘派の水面下での活動も活発化する。対立する勢力の一方が攻勢にでれば、対抗する勢力の反発も大きくなる。やがていずれかが、立ち上がれなくなるまで大きな抗争が続くことになる。

そして井伊直弼の大老就任以来二年間吹き荒れた大獄の嵐は、水戸藩急進派による桜田門外での井伊大老襲撃で突然に終焉する。

じつは水戸藩と井伊直弼の確執は、勅許を得ることなく通商条約を締結した直後に始まっている。

孝明天皇は勅許無しに開国した幕府に抗議するようにと、水戸藩主に密かに勅命を出した。

後に戊午《ぼご》の密勅《みっちょく》と呼ばれるこの内容は、調印したことへの説明と責任の追及、攘夷推進のための幕政改革を実行するよう水戸藩に求めていた。

幕府を通り越して、天皇が直接徳川幕府の臣下である諸藩に勅命を出すなど幕府の威信をないがしろにする行為であった。

調印への説明を求め水戸斉昭、松平春嶽らが無断登城したことを口実に斉昭の永蟄居、春嶽の隠居の沙汰が出されたのを皮切りに関係者の処罰が実施されていくが、主犯とみなされた水戸藩への対応は厳しいものとなった。

隠居斉昭の蟄居、藩主水戸慶篤《よしあつ》の登城停止をはじめ、家老安島帯刀等四名の死罪、勘定奉行の遠島、その他十名ほどの押込（座敷牢）と水戸藩の攘夷派は壊滅的な打撃を受けた。

残った攘夷派の水戸藩士が井伊直弼暗殺を計画することになるのだが、これに薩摩藩江戸屋敷の有村次左衛門等が加わった。薩摩藩の攘夷派は斉彬の後を継いだ久光が兵を整えて出府し幕府に改革を迫ると信じていた。現に大獄の影響を受けて薩摩藩誠忠組の棟梁西郷吉之助は大島に流されているのだ。

水戸藩に呼応して薩摩から脱藩突出しようとした藩士を、今は時期が早い、何れ立ち上がるから今回は思い留まれと、久光自らが説得し突出を止めさせた。井伊襲撃に際し薩摩からの参加者が来ないことを詫び有村次左衛門は一人襲撃に参加し、井伊直弼の首を取るのだった。

一方、江戸薩摩藩邸の尊王過激派などと「虎尾の会」を組織した清河八郎は、三千の兵を率いて幕府改革のために上洛をする直前に倒れた島津斉彬に代わって、島津久光がその意志を継ぎ上洛を計画していることを知る。

清河八郎は、その機に乗じて尊王攘夷派の志士を糾合し攘夷の為の挙兵を画策する。清河等が立てば、薩摩の同志もそれに呼応し久光の兵を攘夷の先兵にする目論見であった。

清河は九州に向かった。初期の尊王攘夷派を担った一角は、久留米の真木和泉を中心とした九州の勢力であった。

清河は九州で活発に動いた。清河は弁舌の人であった。「長州は必ず攘夷を決行する、水戸と薩摩もひそかに動いている。われら虎尾の会も攘夷を決行する。九州の尊王攘夷派は真木和泉殿のもとに糾合し長州とともに決起あるのみだ」と、各藩尊王攘夷派の事細かな動きを交えながら説伏した。

こんな折、真木和泉の蟄居が解かれた。一方の旗頭として知られている真木和泉は蟄居が解かれると早速行動を開始する。

真木和泉のもとには、三池藩の塚本源吾、菊水堂の倫太郎、肥後の宮部鼎蔵、福岡藩の平野國臣らが集まり久光の上洛に合わせて京に上ることを決した。

文久二年（一八六二年）、有馬新七をはじめとする薩摩急進派八名、熊本藩三名、久留米藩六名、真木和泉を中心とする塚本源吾、倫太郎などの浪士隊、総勢四十余名が伏見寺田屋に集結した。

かつて真木和泉は、義挙三策として「上策は大名を説き伏せて、中策は大名より兵を借りて、下策は浪士のみで義挙をおこすことだが、下策は用いるべきでは無い」としていた。

久光の上洛は真木和泉にとっては待ちに待った機会なのだ。薩摩藩士もすでに寺田屋に集結している。久光を説得できなくとも薩摩兵の一部でも蜂起させることができるかもしれない。

しかし、久光の意向は公武合体と幕政改革にあるのだ。久光は奈良原喜八郎ら九名を、有馬等の説得のために寺田屋に向かわせた。奈良原も有馬と同じ急進派であった。二階の部屋で向かい合った薩摩藩士十七名だったが説得は失敗に終わった。奈良原は「藩命によりまいる」と叫ぶなり有馬派の田中謙介を切った。双方入り乱れた乱闘となった。有馬は道島五郎兵衛と切り結んでいたが刀が折れた。有馬が道島に組み付き壁に押し付け「オイごと刺せ」と叫ぶと、橋口吉之丞が必死に二人を刺した。

この騒動で有馬派八名と奈良原の九名が死んだが、時間にすれば十分ほどだったといわれている。階下に居た真木和泉等は事が終わるまで気付かなかった。

これで今回の決起の計画は終わったと真木和泉は思い、塚本源吾、倫太郎等と共に長州に向かった。

荒療治で薩摩の過激派を抑えた久光は、井伊大老亡き後の政局を収めるため藩兵千人を引き連れて出府し、この兵力を後ろ盾に幕政の改革を画策した。その骨格は、井伊大老によって失権させられた徳川慶喜や松平春嶽等の復権と、公武合体体制の促進であった。

一応の成果を挙げ江戸から京都を経て薩摩への帰路、行列が横浜の生麦村に差し掛かると、東海道で乗馬を楽しんでいたイギリス人四名と出くわした。行列の先頭にいた薩摩藩士が身振り手振りで下馬し脇に寄るように言ったが、意味が分からなかったものと見えて乗馬のままで行列の中を進み、ついに久光の乗る駕籠の近くまで来た時に、供侍達に斬られた。一名が命を落とし二名が重傷を負った。

イギリスは、幕府と薩摩藩に対し犯人の処罰と賠償金の支払いを要求し、イギリス、フランス、オランダ、アメリカの四国連合艦隊を横浜港に入港させた。幕府内では賠償金の支払いについて紛糾するが、交渉当事者の小笠原長行が単独で賠償金を支払い、老中を罷免された。四国艦隊が戦闘開始状態に入ったことを知った長行の決断だった。

一方、薩摩に対しては賠償金の支払いの他に犯人引き渡しを要求したが、幕府にはこれを強制する力も無く薩摩はこれを拒否する。幕府からは、武力を背景にして幕府の最高人事に介入した久光は敵視されていたし、当時の薩摩は、実質的には幕府の手の及ばない地域でもあった。

イギリスは、単独で薩摩に艦隊を向けることを決定する。

十三　ヒュースケン暗殺と清河八郎

一方、三池を含む九州各地で決起を煽った清河は、自らも江戸に戻ると攘夷実行の計画を立てた。

虎尾の会には、直参旗本の山岡鉄太郎、松岡万、薩摩藩の伊牟田尚平、益満休之助など十五名が名を連ねていた。

「やがて薩摩の国父久光公が攘夷の挙兵をされる……」清河はそのことを信じ込んでいた。

「それに先駆け、この江戸で攘夷の狼煙《のろし》をあげる。いま江戸で一番名が通り目立つ異人はアメリカ国のヒュースケンだ」

ヒュースケンは、毎日のように馬に乗り諸外国の使節宿舎と日本の役所を行き来していた。そのころ横浜の外国人居留地の近辺で攘夷浪士が出没して殺傷事件が発生しており、ヒュースケンには警護の侍が付いていた。

万延元年（一八六一年）一月十四日、この日ヒュースケンは赤羽の公使館で夕方まで仕事をしていた。プロイセン公使への意見書を書き終わると、馬で江戸城の周りを回りプロイセンの使節宿舎に出向いた。そこで先方の誘いで食事を摂り夜の五卜四半《いつつしはん》時《とき》（八時半）ころ、幕府の騎馬役人三名と共に馬に乗った。徒歩の従僕四名と馬丁二名が付き添っていた。四半時（三十分）も進み、赤羽の中橋に来た時、刀を抜きながらいきなり飛び出した八名の浪士に襲われた。馬上のヒュースケンを目掛けて突き出された刀が、深々と脇腹を突き刺した。八名の浪士に一斉に襲われたため護衛の侍に為すすべは無かった。

ヒュースケンは、落馬することなく二町（約二百米）余りを駆け抜け、そして落馬した。すぐさまアメリカ公使館に運ばれたが傷口は深く翌日絶命した。

犯人は、薩摩藩士伊牟田尚平ら八名だった。伊牟田は後に捕縛され鬼界ケ島に流罪となる。

この後、清河は大胆な策を弄して攘夷の軍団を組織しようとする。将軍家茂の上洛の予定もあり、京都の治安を安定させることは重要な案件だった。桜田門外の変のあと、それまで抑えられていた尊攘派の京都での乱暴狼藉に対し京都所司代では取り締まることができず、会津藩主松平容保が特別警察である京都守護職に就いていたが実効は上がっていなかった。

清河は虎尾の会に参加している幕臣山岡鉄太郎らと共に、江戸に居る浪士を幕府において結集させ京都の治安を守るために派遣するべきだとの建白書を書いた。

江戸にいる腕自慢の浪人や郷士を組織し京の治安を守らせるという対策は幕府にとっても妙案と思われた。幕府総裁松平春嶽は五十名の枠で浪士隊を結成させることにした。

幕府の資金で結成した浪士隊で攘夷の挙兵を画策している清河は、二百五十名ほどを掻き集めた。中には二十人の子分を引き連れた山本仙之助というヤクザもいるという玉石混交の集団であった。

この中に、後に新選組を結成する近藤勇、土方歳三等の試衛館一派八名、芹沢鴨の一派五名が含まれていた。

京の宿舎新徳寺についた浪士二百五十名を前に、清河は「我々は徳川幕府を離れ、朝廷を支え攘夷の先駆けとなる」という趣旨の演説をし、血判を求めた。この血判状を朝廷に提出し、朝廷のために力を尽くすようにという天皇からの言葉を賜った。

ちょうどこの時期にイギリスは、幕府に対し生麦事件の責任を追及するため横浜港に軍艦を入港させていた。しかもフランス、オランダ、アメリカにも呼びかけ四国連合艦隊として幕府に圧力をかけていたのだ。

これを知った清河八郎は二回目の会合で、この状況を憂うる演説を行い、すぐさま横浜に引き返し攘夷の先駆けとなろうと煽った。騒然となった会場に、割れんばかりの大声が響いた。芹沢鴨であった。

「我々は何のために京都に結集したのか。天朝を安んじ奉るため京都守護の任にあたる為ではなかったか……我々五名は京に残る」

すかさず近藤勇も立ち上がり静かだが腹に響くような声で続いた。

「我ら八名も残りもうす……」

清河は、突然の反発に顔を真っ赤にして言葉に詰まっていたが、怒りを込めた声で
「勝手になされよ」と叫ぶと畳を蹴って退席した。


江戸に帰った清河のもとには新たな浪士たちも集まりだした。清河達は横浜の外人居留地に火を放ち外人を手当たり次第に切り倒そうとしているとの話がきこえてくる。攘夷を叫ぶ清河は幕府にとって危険な存在と映った。徳川幕府はすでに開国に舵を切っているのだ。このままでは、いつか外国との大きなもめ事を引き起こしかねないと考えた老中板倉勝静《かつきよ》は、腕の立つ幕臣七人を家に招くと清河暗殺を命じた。

その日清河は、昼頃に同志である金子宅を訪れて酒を馳走になった。七つ（午後四時）過ぎに、右手には鉄扇を持ちほろ酔い気分で麻布一の橋に差し掛かった。すると、かつて講武所で共に剣を学んだ間柄の、佐々木只三郎と早見又四郎が橋を渡ってくる

ところだった。

佐々木は被っていた笠を脱ぐと、「清河先生」と深々と頭をさげた。そうなると清河も笠を脱がない訳にはいかない。空いた左手で笠を脱いだ清河の両手がふさがった瞬間、清河の後ろに回っていた早見の一太刀が清河に襲いかかった。

「あっ……」と声を上げ刀に手をかけたが抜く事は出来ず、清河は膝から崩れ落ちた。

懐には歌の書かれた一本の扇子が入っていた。

「魁《さきがけ》て　またさきがけん　死出の山　迷いはせまじ　すめらぎの道」

昼間、金子宅で白扇をもとめ酔いに任せて書いた歌であったが、これが辞世となった。

十四　禁門の変

寺田屋事件の後、長州に移った真木和泉は攘夷を声高に叫ぶ長州藩士と、これを支持せざるを得ない藩主に向かって、

「長州一藩で列強を相手にしても勝ち目は無い。天皇を中心とした体制を作り全藩が一体となり立ち向かわねばならない。その為にはまず朝廷の主立つ公家を攘夷派とし

て組織する必要がある」

と、言った。

この時の長州藩主は毛利敬親《たかちか》で、当時「そうせい公」と綽名《あだな》されていた人だった。長州藩内の徳川幕府支持の守旧派、攘夷派の激しい攻防の間、双方の主張に「そうせい」と答えていたと言うのだ。

この時、守旧派は既に敗北し、長州藩は尊王攘夷派で占められていた。彼らは真木和泉の戦略に沿って朝廷での活動を活発化させた。そして、中納言の三条実美《さねとみ》卿をはじめ七名の公家の支持を得て朝廷内での主導権を握るかと思われた。

この朝廷での攘夷の高まりに、病的な異人嫌いといわれている孝明天皇は、新しく徳川将軍となった徳川家茂にしきりに攘夷の決行を迫った。度重なる要請に、家茂は具体的な計画もないまま文久三年五月十日をもって攘夷を決行すると答えた。

攘夷派の中心となっていた長州では、これを受けて突出した。

下関は海路の要所であり、すでに通商条約を結んだ諸外国の商船が行きかっているのだ。五月十日、田ノ浦沖に停泊しているアメリカの商船に対し、海岸の砲台とイギリスから購入していた蒸気軍艦二隻から砲撃を開始した。不意の攻撃に、この商船は周防灘へと逃走した。

さらに二十三日には、長府沖に停泊中のフランス商船に、二十六日にはオランダ商船に砲撃し逃走させた。

長州の意気は大いにあがり、朝廷からも褒勅がもたらされた。

攘夷を成し遂げたとの思いが益々過激な朝廷活動になっていった。


こうした長州の動きに公武合体派の公家たちは反発し始め、朝廷における尊王攘夷派の長州と、薩摩、徳川の公武合体派との対立が深まった。

そして文久三年（一八六三年）八月十八日、公武合体派が長州藩を京都から追放する政変が起こる。七卿落ちといわれた変である。

その日の早朝、会津藩兵千五百、薩摩藩兵百五十が御所にある九か所の門に兵を配して閉鎖した。関白や重職であろうと一切の参内を許さなかった。この守護兵に土佐、米沢、備前など五つの諸藩が加わった。

参内禁止を伝えられた三条実美の邸宅には、真木和泉、宮部鼎三、塚本源吾、倫太郎等の浪士隊を含む長州兵士およそ二千名が集まった。

真木和泉は、三条卿にこれらの兵を率いて参内するように願いでたが、三条卿はこれを許さなかった。そして、双方の一触即発の睨み合いは夕刻近くまで続いた。

しかし天皇の意志は変わらず、双方ともに兵を引くことで合意し三条卿以下の公家と二千の兵は東洛の妙法寺に参集し善後策を話し合い、結局一旦長州へ引くことに決定する。

多くの諸藩が天皇の命令で動いたことで、これ以降天皇の権威の高まりと徳川幕府の凋落が強まっていく。


長州に移ったあとの軍議で真木和泉は、御所を攻撃することは恐れ多いことだがと言いながらも、武力による京都奪還策を三条卿らに説いた。三条卿が積極的に賛同したとは思えないが、この勢いを止めなかった事は確かで、禁門の変が終わったあと敗北の報を受けている。

長州藩士等は天皇を玉と称して、手段を択ばず玉を手中にすれば政治の主導権を握れると息巻いていた。京には桂小五郎をはじめ長州藩士、北添佶摩ら土佐藩士など数十名が潜んで、長州の出かたをうかがっていた。具体的な計画はともかくとして、京都から天皇を長州にお連れし長州から国を動かすのだという構想はあった。まだ模糊とした構想であったが、その時に備えて身分を偽り、隠れ家を作り武器を隠すなどの準備も整え、集会も重ねていた。

その隠れ家のひとつに炭屋商枡屋があった。店主の枡屋喜右衛門は京の寺勤めをしていた男だが、枡屋を引き継ぐと古道具や馬具も商いしていた。古くからの尊王浪士で、商売の名目で諸大名や公家の屋敷に出入りし、長州の間者として情報収集や武器の調達を行っていた。

七卿落ちの変の後、長州の桂小五郎や宮部鼎三など多くの藩士や浪士が京に残り密かに尊王攘夷派の挽回を画策していた。この事は京都守護職配下の新選組も察知しており洛内の探索に力を入れていた。

その捜査網に枡屋喜右衛門が掛かった。枡屋喜右衛門は別名古高俊太郎と名乗る尊王浪士で、六月六日に三条木屋町の池田屋で浪士が集まることを、土方歳三がすさまじい拷問のすえ白状させた。「風の強い日に御所に火を放って、混乱に乗じ天皇を長州に連れ去る」と言うのだ。


元治元年六月六日、池田屋には尊王の浪士三十名ほどが集まっていた。すぐに事を起こすというような緊迫した会合ではなかったろう。数十名で御所を襲い天皇を長州に連れ去るなどを実行する訳はなく、あくまでも長州藩が動いた時にどう対応するかなどを話し合っていたのだ。

しかし、京の不穏浪士を取り締まる新選組にとっては、功名を挙げる何よりの機会だった。池田屋に向けて出動しようとしたとき、新たに四国屋に浪士が集まっているとの情報がもたらされた。

亥の刻（二十二時）まえ、これ以上は待てないと思った近藤は、自らには沖田総司、土方永倉新八、藤堂平助等剣の手練れを含む七名で池田屋に、残りの隊士数十名は、土方の指揮のもと四国屋へ向かわせる決心をする。

結果、池田屋にいた三十数名の浪士に対し、近藤は三名を出入口に配置して、沖田等と四名で切り込んだ。

多勢に無勢の中、近藤は「切り捨てぃー」と甲高い声で叫びながら刀を振るった。沖田は大いに活躍したが喀血して倒れこんだ。藤堂は額を切られ、血が眼に入り戦線を離脱した。近藤と永倉の二人が奮戦していたが、土方隊が四国屋に浪士がいないことが分かると池田屋に急行し、戦列に加わったため戦いは収束した。

池田屋事件で、死亡した浪士は十五名、捕縛された者十八名でこの内刑死や獄死した者が八名に上った。宮部鼎三は、池田屋で負傷し逃れられないと悟り自刃した。尚、無事に逃走した者が十名いた。

長州に居た真木和泉が、池田屋事件を知ったのは一週間後の六月十二日であった。長州の過激派の怒りは激しかった。すでに出陣の準備は整っていた。四日後の十六日には、長州防府の三田尻港を出立した。塚本源吾は旗奉行として、倫太郎も当然これに加わっている。そして二十四日には御所の南、天王山に布陣した。

また、福原越後軍は二十三日に大坂の長州屋敷を出立し翌日に伏見に陣営を設けた。

そして、来嶋又兵衛隊は二十七日に嵯峨の天竜寺に、久坂玄瑞隊が真木和泉隊と合流し、国司信濃隊が来嶋隊と合流した。

こうして長州軍は御所を三方から取り囲み、幕府に対し長州藩主及び七卿の赦免を要求するが、幕府側は一歩も引かず長州軍追討を決定した。

こうして長州軍と、幕府及び薩摩連合軍の戦闘が開始された。

七月十九日早朝、来嶋隊が会津、薩摩藩が守る蛤御門を攻撃し戦闘が開始された。長州軍は一時蛤御門を制圧するが、薩摩軍の猛烈な反攻に遭い、来嶋が銃撃で死亡し残兵は撤退する。

伏見に居た福原隊は、京への進軍中に彦根軍に阻まれ福原家老が負傷し撤退。真木和泉と久坂軍は堺町御門で戦闘を開始するが、蹴散らされ鷹司邸に退避する。そこに会津、桑名の兵が加わり包囲を始めたため、天王山へ退却した。この鷹司邸の戦闘で久坂は銃創を負い、鷹司邸が燃え上がるなか自刃する。

一旦、天王山に籠った真木和泉隊であったが、すぐさま会津、桑名、新選組の追討を受ける身となった。

真木和泉の身に敵兵が迫った時、倫太郎は「ここは我々が時間を稼ぎますので先生は早く落ちてください」と叫ぶと十数名の同志と共に敵兵に突進していった。

しかし、逃れることは不可能だと悟った真木和泉は、十六人の同志と共に皇居の方角を拝し自刃する。

一方、塚本源吾は忠勇隊を組織し真木和泉隊に加わって堺町御門で奮戦したのだが、負傷した同志で久留米藩浪士原盾雄に頼まれ介錯した。自らも腹部を負傷したが傷は浅く、天王山まで逃れることができた。ここで塚本源吾は真木和泉等と別れ山を下り、退却する福原越後の部隊と遭遇し長州まで引きあげた。

長州についた塚本源吾は、三条卿に拝謁し敗戦の報告をした。

十五　下関戦争

この後、長州は未曽有の困難に陥る。

長州の過激派が京都に攻め入っていた六月十九日、イギリス、オランダ、フランス、アメリカの四国連合が二十日のうちに海上封鎖を解かなければ武力行使に踏み切る旨を幕府に通達した。

実は前年の五月十日に攘夷の決行として外国商船を追い払った後も長州海軍による海上封鎖が続いていたのだった。このため実質的に貿易が停止されていたのだが、これにより最も被害を被っていたのが最も大量に貿易を行っていたイギリスであった。

イギリスは先の外国商船追い払いの際、砲撃はされていないにもかかわらず、他の三国を説得し四国連合艦隊を組織して日本に迫ってきたのだ。

この決定は当然イギリス本国での決定で、この時イギリスに留学していた長州の伊藤俊輔（後の伊藤博文）と井上聞多（後の井上馨）はこれを知ると、いまの長州、否、日本の軍力でヨーロッパ諸国に立ち向かうことが如何に無謀なことであるかを知らせ、開戦を思い留まらせようと急ぎ帰国の途についた。

二十日を過ぎても長州は封鎖を解かなかった。四国連合艦隊は通達通り横浜に停泊させていた軍艦十七隻を長州に向けて出港させた。

又、この四国連合艦隊がまさに長州に迫ろうという七月二十三日、朝廷は幕府に対し、御所に向かって大砲を放ち、京の町を炎の海にした長州を追討するようにとの、勅命を出した。組織された征討軍は、三十五藩で総勢十五万人に上った。実際に兵を整え布陣したのは十一月半ばであった。

一方、六月半ばにイギリスから駆け戻った伊藤と井上は、藩主と首脳に外国と戦うことの無謀さを説くが、攘夷論に凝り固まった連中を説き伏せることはできなかった。

そして、八月五日連合艦隊は長州の砲台群に艦砲射撃を開始した。この時連合軍側の兵力は六千強、長州側は禁門の変に兵力を削がれており約二千という状態であった。

さらに大砲の威力の差は歴然としており、砲台が破壊されつくすのに半日も要せず、翌日には上陸を許し交戦状態となった。

その頃、すでに京都から長州に舞い戻っていた塚本源吾は、開戦の五日から十三日まで三田尻、吉田、長府と慌ただしく駆け巡り、忠勇隊の一員として市街戦を展開した。

戦闘で惨敗を喫した長州藩は高杉晋作を講和使節に任じ講和交渉を託した。高杉は四国連合軍の要求である、下関海峡の自由通航、石炭、水、食料等必需品の売り渡し、緊急時の船員の上陸、砲台の撤去、さらに三百万ドルの賠償に応じた。

ただし、今回の商船打ち払いは、幕府の命令により実行した結果なので賠償金については幕府に要求するようにと長州藩での支払いを拒んだ。連合軍はこれに従い幕府に要求し賠償を受けている。

連合軍の要求にはもう一つ、彦島租借が入っていた。これについて高杉は、頑なに拒んだ。高杉はこの国の国土は神代から受け継がれたもので何人も侵すことはできないと、長時間に亘って長々と日本書紀を通読した。交渉に当たった官吏は呆れ返って諦めたという話が残っている。

こうして小康を得た長州であったが、次には幕府征討軍が迫っていた。

しかし今、海外の勢力が迫ろうとしている時に、大きな内乱を起こすことは国の存亡に係わると考えていた征討軍の参謀西郷隆盛は、長州との和平を画策する。

そして、禁門の変で京都に上り舞い戻っていた国司、益田、福原の三家老の切腹、四人の参謀の斬首、三条実美ら五人の公卿の追放などの条件で和平がなった。

十六　攘夷の終焉

薩摩、長州の攘夷熱は双方が経験した薩英戦争、下関戦争を経て急激に冷え込んでいく。

薩英戦争では、イギリス側は生麦事件の賠償金をすでに幕府から受け取っていたのだが、さらに薩摩湾に七隻の軍艦を航行させ、薩摩藩に対して生麦事件の犯人の逮捕と処罰、遺族への今後の生活費の支払いを要求していた。さらに、要求が受け入れられない場合は、武力行使を行うと通告してきた。

そしてイギリス側は交渉に際しての担保として、薩摩の軍艦三隻を奪取したのだった。西洋諸国が数百年にも亘ってアジアを侵略してきた手口が見え隠れするようだ。

これに憤激した薩摩藩が、薩摩軍本営からイギリス艦船団に向けて砲撃し戦闘が開始された。戦闘開始を知った対岸の桜島砲台からは、眼下に一隻のイギリス艦が見えた。敵は桜島の砲台には気が付いていない模様で、艦船の砲身は本営を向いている。桜島砲台はこの船に向けて砲撃を開始し、見事に着弾させた。これに慌てた艦長は錨を切断させ逃走する。桜島からの砲撃にイギリス軍の提督は、体制を整えるため一旦沖合へ退却した。

再び船列を整えて砲撃を開始したイギリス軍に対し、薩摩軍はよく応戦した。戦闘は四日間に及んだが、イギリス艦隊は弾薬、燃料の消耗が大きく多数の死傷者も出し、その結果、横浜港へ撤退して行った。

イギリス軍の損害が死傷者六十五名、艦船の大破一隻、中破二隻に対し、戦闘による薩摩軍の死者は一名、八名の負傷者だったが、市中戦で流れ弾に当たって死亡した者が四名いた。そして火災による市街地の焼失は一割に及んだ。

当時、西洋で最強と目されていたイギリス艦隊が、東洋の小国しかもその地方都市との戦で勝利を得ることができなかった事が、驚きをもって報道された。

この時ニューヨークタイムズは「この戦争によって西洋人が学ぶべき事は、日本を侮るべきではないということだ。彼らは勇敢であり西洋式の武器や戦術にも予想外に長けていて、降伏させるのは難しい。英国は増援を送ったにもかかわらず、日本軍の勇猛さをくじくことはできなかった」と評論している。

この戦闘の後、薩摩とイギリスは急速に親交を深めることになる。武士道と騎士道、互角に戦った武人同士が互いを認め合ったということだろう。

またこの後に起こった下関戦争で、攘夷の先端をきっていた長州藩もその無謀さに気づき軍備の西洋化を目指した。

そして、あろうことか犬猿の仲であった薩摩と長州が手を結び討幕へとひた走ることになるのである。

十七　お福とお吉

ハリスとヒュースケンが下田を去り領事館が閉ざされた後、お福は実家へ帰り静かに暮らしていた。狭い町のことだから、ヒュースケンの妾だったことも知れていたことだろう。

ところが、美人で賢く働き者のお福を見込んだ船宿の女将が居た。名前をおりうと言った。おりうが、柿崎にある船宿仲間の定次郎という男の嫁にどうかと言うのである。この時お福は二十二歳、ヒュースケンが暗殺された三年後のことであった。定次郎はすべてを知った上で娶ったが、おりうは客商売でもあり、お福という名前では昔を思い出させて都合が悪いと考え、自分の亡き母親の名前である「おみや」と変名させて嫁がせた。

お福は、船宿の女将として客扱いから商売仲間や近所の付き合いなど、そつなくこなすだけではなく富士額の美貌と中肉中背の肢体で、あでやかな船宿の女将として穏やかで幸せな晩年を過ごし、明治二十八年に五十三歳で没した。

一方、お吉の晩年は波乱に満ちていた。横浜の港崎《みよさき》遊郭でため込んだ金を持って下田に帰ると安直楼という名の居酒屋を開いた。アメリカ領事の妾だったという話が付いて回り、面白がって来てくれる客もいたがあまり繁盛する店ではなかった。そのうえお吉自身が客以上に飲むのである。

「ねえー、一杯もらうよ……」

湯呑に燗酒を注ぐと、グイグイと飲み干してしまう。それが度々では当然のことだが次第に客足が遠のいていった。

それでも富三は毎朝、魚を持っていってやり晩には酒を付き合ってやった。

「もうよさねーか……、身体に毒だぞ」そう言って寝かせる生活がしばらく続いたが、安直楼は二年で店を閉じることになった。行く当てもないお吉を富三が引き取った。

「ねえー、富三さん、お酒だよ、お酒をおくれ……」

陽が傾く頃になるとそう言って酒をねだるお吉に、

「これだけにしておくんだぞ……」と、富三は三合ほどの徳利を渡した。

富三が毎朝、下田の料理茶屋に魚を卸すのはこの三十年ほど続く仕事だった。お吉をかわいがっていた新田の女将が言った。

「お吉ちゃんはあい変わらずかい……、富三さんも大変だね」
「いいえ……、あいつも可哀そうなやつでねー」

その富三が、いつものように漁にでた。その朝はどんより曇った空模様だったが、風は凪いでいた。漁場につき網を仕掛けている時、俄かに風が強くなった。仲間の漁師で網を仕掛けるのをやめて岸に向かう者もいたが、富三は残った網を仕掛け終わってからにしようと船べりから身体を乗り出していた。その時、船が大きく揺れた。体勢を崩した富三は海に投げ出されようとして、これを防ごうと身体をよじった。これが良くなかった。

富三は、頭からではなく横殴りに投げ出されたため、左のこめかみを船べりに叩きつけられ意識を無くした状態で海中に落ちた。

近くにいた仲間が、海中から富三が泳ぎ上がってくるのを待ち構えていたが、見つけることはできなかった。

富三が死んで七日目に、生きる術を無くしたお吉は稲生沢川の淵に身を投げた。明治二十三年五十歳であった。

エピローグ

禁門の変、下関戦争と転戦し負傷した塚本源吾は三池に帰国して養生をすることを余儀なくされた。もともと塚本家は三池で石炭の採掘、輸送、販売で財をなし、薬種や油の製造販売なども営み三池では分限者として知られ、三池藩士族に取り立てられていた。

源吾は文政六年（一八二三年）、シーボルトが長崎の出島に来た年、塚本家の長男として生まれた。源吾が三十歳、まさにこの物語の端緒であるペリー来航の年に父親が六十六歳で死去している。この時すでに真木和泉は山梔窩に蟄居しており、源吾も攘夷運動に目覚めかけていた時期であった。

源吾には三人の妹と末っ子の弟が居たが、店は番頭達奉公人の手に負うところが多かったことだろう。何せ、この後、源吾は脱藩し尊王攘夷運動に邁進するのだから。そして、源吾が帰省したころには既に家業は斜陽化の様子を見せていた。

明治三年、源吾は三池藩庁の役人となり、三池藩の石炭関連の仕事を担っていた。

明治四年、政府は薩摩藩の軍事力を後ろ盾に廃藩置県を実施する。三池は久留米、柳川と共に三瀦《みずま》県になるが、明治六年に源吾は三瀦県発行の三池支庁勤務の辞令を受けている。

明治八年には実家をたたみ、平原に移住した。

このころ源吾は体力の衰弱を感じ、もう一度、若い時に吉村春明等と目通りし、攘夷論を説いた旧藩主の立花種恭《たねゆき》に会いたいと思った。

当時種恭は、静かに話を聞いてくれた後、「幕府の勢力が衰えているといっても、三池藩のような小藩が軽挙すれば、たちまち兵を向けられて潰されてしまうだろう。時期を待て」と諭されたが、自分を抑えきれず脱藩し真木和泉等と長州に潜伏したのだった。

その後、種恭に会う機会もなく、いつかその時のことを詫びたいと思っていたのだ。身体の衰えを知って、今行かなければ後悔するとの思いで、東京に向かい謁見する。帰省後発病し、ついに明治九年五月三十一日に逝去した。享年五十四であった。

剣豪（小説　大石武楽）

一　誕生

小さい丘の上にそびえている銀杏の大木を目指して、田んぼの苗が青く色付く道筋を一人の中年女が駆け足で走って行く。丘の坂を駆け登ると、まだ芽吹いて間もなく葉も茂らぬ銀杏の木の下で、苛立ったようにウロウロと円を描くようにして「まだか、まだか」と呟いている初老の武士に叫ぶように言った。

「やえ様のご様子は……」

「おうーお安か、もうやがて二刻（約四時間）ほどになるが、まだだ……」

それを聞いた安は、慌てて部屋の中に飛び込んだ。

初老の武士は、柳川藩槍剣術師範の大石太郎兵衛《たろうひょうえ》種芳《たねよし》である。種芳はこの時五十六歳、頭に白いものが交じりかけてはいるが、顔色は艶立ち眼に力がこもり開《はだ》けた胸元からは鍛えぬいた筋肉が見え隠れしている。

種芳はまだ十代のころ柳川藩に留まっていた豊後岡藩浪人の村上一刀長寛《むらかみいっとうながひろ》から、大島流槍術と愛洲《あいす》陰流《かげりゅう》剣術を学び始めた。大島槍術は江戸初期の開祖になるが、愛洲陰流は兵法三大源流と呼ばれる武術のひとつで、室町時代の愛洲移香《いこう》が日向の国で創始し九州をはじめ関東にも広がり、上泉伊勢守の新陰流、柳生宗矩により完成された柳生新陰流等々の、多くの分派も生みながら、やがて全国に広がりを見せた流派である。

種芳は、某柳川藩士の三男であった。当時、侍の次男三男は養子に出て他家を継ぐことが身を立てる最良の方法で、それが叶わない時は一生長子が継いだ家の厄介者になるか、学問や武芸で身を立てる事になる。

十代にして村上道場の麒麟児と呼ばれるようになっていた種芳は、柳川藩士大石種政の養子として迎えられた。そして二十四歳の時には早くも柳川藩槍剣術師範となり、柳川近隣では知らぬ者は無い存在となった。特にその槍の腕前は諸藩にも知られ、「薩摩の鉄砲、剣の久留米、槍は柳川」と、九州近辺では言われるほどになる。

大石家の養子となった種芳であったが、ついに男児に恵まれる事が無く、娘のやえに養子を迎える事となり柳川藩士田尻藤太の次男を、娘婿として家督を継がせた。大石八左衛門種行である。

そして、自らは隠居して大石遊剣と名乗った。種行も愛洲陰流の免許皆伝を得て、藩の剣術指南を勤めているが、腕は遊剣に遠く及ばないというのが衆目の見るところだった。しかも、地方の代官なども務めており公務にも忙しく立ち働いていた。従って当然のように道場は遊剣が見るようになっていた。

その種行の妻女やえ、つまり遊剣の娘がいま産気づいているのだ。やえを生んだ後、母親はしばらくの間、産後の肥立ちが悪く床に就いていることがしばしばであった。そこで子守として大石家に通っていたのが近所の農家の娘、安だった。十歳を過ぎたばかりの安は舐めるようにしてやえの面倒をみた。成人してからも二人は年の離れた姉妹のように過ごしていた。

この朝、安の父親が大石家に野菜を届けに行って家に帰ってくると、やえが産気づいたがどうも難産の様だと告げた、それを聞いて安は駆け付けたのだ。

この時代、女にとってお産は大仕事だった。もちろん簡単に産み落とす妊婦もいるが、難産の場合の措置が確立していないのだ。出産の経験のある女達の手助けを受け、励まされながら結局は自分自身の力で産み落とすしかないのだ。難産の場合しばしば死産や妊婦自身が亡くなることも起こっていた。

安は三人の子供を産んでいる。部屋に入ると産婆を含む三人の女が付き添っていた。

「安……」

やえの母親が、不安そうに言った。

「奥様……大丈夫、大丈夫よ」

「もう、とうに頭は見えているのに……普通、頭が出ればあとはすんなりと……」産婆は訝《いぶか》し気《げ》に呟いた。

「やえちゃん……しっかりするのよ」

安が大きな声で呼びかけたとき、その声の方を向こうと、やえがわずかに腰を捻った、その瞬間だった、大きな産声を上げて大きな男児が飛び出してきた。

「あらまー、大きな子だわ……これじゃー引っ掛かりもするわ」安堵の声で産婆が笑い出した。

銀杏の木の周りをウロウロとしていた遊剣は産声を聞くと、「生まれたか」と一言発して部屋へ向かった。

「どっちだ」

「おめでとうございます、立派な男の子でございます」

女達から口々に告げられて、遊剣は首を縦に振りながら、「でかした……でかした」と繰り返した。その子は大石進と名付けられた。

二　ウドの大木

遊剣は大石家に養子に来たが男児を授かることが無く、再び養子をもらった。そして今、自分の孫がしかも男児が授かったのだ。遊剣は固く決意した。いまだ筑後地区では傍流でしかない愛洲陰流を自分とこの子で広めて、確固たる立場を築かねばならないと。

　このころ筑後地区では、室町時代に完成された日本の兵法三大源流である、念流、神道流、陰流の内、念流の流れをくみ清水八右衛門隆通が創始した家川念流《かがわねんりゅう》が主流であった。

　清水八右衛門は江戸の生まれで念流を樋口十郎兵衛に学び、二十六歳で奥義を受けた後さらに自ら工夫を凝らし、家川念流を創始した。そして柳川藩七代藩主立花鑑通《あきなお》に召し抱えられ、藩の御留流《おとめりゅう》として藩外不出の剣とされた。それが、進が生まれるおよそ二十年前のことである。それゆえに柳川藩ではこの家川念流が主流で、陰流の流れをくむ愛洲陰流は傍流なのであった。この七代藩主鑑通は進が生まれる前年に逝去し八代藩主鑑寿《あきひさ》となっていた。

　養子の種行もこの剣についてはなかなかの使い手でだが、「今から先は、もう腕は伸びまい。それにあいつの剣は優しすぎる。確かに竹刀を軽やかに操るが裂帛《れっぱく》の鋭さに欠ける。あれでは、一撃で相手を倒すことは出来まい」と、遊剣は日頃よりそんな気持ちを持っていた。

進の成長を待ちきれないかの様に、遊剣は進が三歳になると同時に自ら進の為に木刀を作ってやった。もともと剣法の稽古は、木刀や真剣により流派ごとに編み出された型を繰り返すことが基本であった。いざというときに自然と身体が動くようになるまで、一人で仮想敵を想定しひたすら型を繰り返す。あるいは一人または数名の相手と組んで繰り返す。

いずれにしても稽古で実際に打ち合うことはなかった。これを変えたのが新陰流で考案された袋竹刀で、割った竹を束ね、革袋を被せた模擬刀であった。これならば打たれて多少の痛みは感じるだろうが、大怪我や命を落とすことはない。その後、面や小手、胴などの防御具も考案され、進の時代には実戦さながらの竹刀による打ち合いが普通になっていた。

しかし、三歳の子に打ち合いは早すぎる。遊剣は大まじめに愛洲陰流の型稽古を開始した。

道場に座り大人たちの激しい稽古を見ている眼はキラキラと輝き祖父の動きを追っている。遊剣は、孫の態度を満足げに眺めていたが、やがて道場の隅に進を連れて行き木刀を握らせて指導し始めた。

愛洲陰流の兵法書が残っているが、主に精神的な心得といったものが記されている。まず、「この流派は性根を据えて学ばなければ会得できない」と説く。さらに立ち合いに際しては「鬼面のごとく立ち、相手の刃先に眼をつけ動きを見放すな。切坪をはずすな、切り出すときは矢のごとく、引くときは用心して注意深くすべし」と言った具合である。

もっとも、これらのことは稽古の際に言葉として添えられることで、刀捌きとその精神的な心得が一体として身についてくるものなのだろう。進のぎこちなかった木刀捌きも一、二年もすると形になってきた。

そして進が六歳になったとき、藩主立花鑑寿《あきひさ》の御前で型を披露する機会に恵まれた。柳川藩では毎年の年初めに、文武両道を奨励するために盛大な稽古始めを実施していた。これには、各種学問、剣、槍、弓、鉄砲と武士として習得すべきものが全て含まれていた。

その年は、少年達による剣道の御前試合が計画されたのだ。むろん六歳であった進と立ち合う相手はおらず、藩の槍剣術師範の大石種行の一子が既に剣を学んでいると知った鑑寿が披露させたのだった。鉢巻とタスキをきりりと引き締め、木刀を振るってみごとに型を演じた。会場はその愛らしさに微笑が広がり、藩主からも褒美が下された。陪席していた遊剣は相好を崩して見入っていた。

大きく生まれた進だったが、六歳ころまでは他の子供と比べて少しは背が高い程度であったが、八歳ころになったとたん、するすると年に一尺（約三十センチ）余りも伸びだした。成長期には筋肉は付きにくく進は背だけがヒョロヒョロと伸び、背の高い身体を持て余すような緩慢な動きをするようになった。竹刀を打ち込むにも瞬発力がでない、受けても太刀筋がのろく簡単に打ち込まれてしまう状態だった。道場仲間からは「ウドの大木」と、陰口を叩かれていた。十歳になった時には五尺（百五十センチ）を超え背丈だけは大人と変わらないほどになっていた。

そしてこの年、例の年始めの稽古始めに出場することになった。十歳前後の子供が二十人ほど参加した。相手は進の肩よりも背の低い少年だったが、準備の時からいかにも素早そうに動きまわっていた。立ち合い開始の合図で進が正眼に構えるや否や、鋭い気合と共に打ち込んできた。進は相手の竹刀を弾くこともかわす事も出来ず、アッという間に小手を取られてしまった。

「あっ……」遊剣は小さく唸った。敗れたあと肩を丸めて退場する進の姿が哀れでならなかった。

この事があってから遊剣は稽古の方法を変えさせた。「要は背だけが伸びて筋肉が伴っていないのだ」と思ったのだ。

二貫目（約七・四キログラム）と四貫目ほどの石に両手で持てるようにと、鏨《たがね》で把《と》手《て》を作ってやった。それを十分腰をかがめて、ゆっくりと持ち上げさせた。

「腰をまっすぐに……、腕で持ち上げるな……」

遊剣は基礎的な動作が固まるまで付きっ切りで見守った。

「じいさま……、これをやると強くなれるのですか……」

進自身も不甲斐ない試合結果に自信を失いかけているようだった。

「なれる……、進はな……、背丈が急に伸び過ぎてその体を素早く動かす肉が付いていないのじゃよ」

遊剣は、これからやる稽古の意味をかんで含めるように話した。遊剣には多くの門人が居るが、時として人の個性に応じて稽古の心得を使い分けてきた。

「剣は瞬速、心・気・力の一致じゃ……、石ひとつ持ち上げるにも心静かに、丹田に気力を溜め」と、遊剣はへその下をゆっくりと撫で、「一気に力を発揮させる……、今は持ち上げられない石も持ち上げることが出来るようになる」

朝に一刻、夕に一刻、進は石を持ち上げ続け、昼は型の稽古に励んだ。持ち上げる石も少しずつ大きくなっていった。

三、四年も経つと背丈も六尺（百八十センチ）まで伸びたが、体つきもガッチリと引き締まってきていた。竹刀での打ち合いも一方的にやられる事は無くなり、上級者に対しても五本に一本は取れるようになった。

三　開眼

　進が十四歳の頃、隣の三池藩陣屋内にある道場・武道館で評判の少年剣士が居た。名前を前原丈太郎と言った。少年剣士と言っても年は十六歳で既に元服を済ませている。その丈太郎を遊剣が道場へ連れてきた。このころ、三池藩は奥州下手渡に移封されており、藩士は江戸藩邸、下手渡藩、三池藩の三か所に分かれていて、三池藩は柳川藩の預かりとなっていた。当時、柳川藩と三池藩の境は白銀川で、しかも三池村は柳川藩と三池藩にまたがっていた。遊剣の道場のある宮部は三池の隣村である。その為遊剣は時々三池陣屋内の武道館にも出かけていた。

　実は柳川藩と三池藩は豊臣秀吉が天下を治めた後、秀吉の九州平定に功績のあった立花宗茂と弟の高橋統増《むねます》に与えた領土である。立花宗成は、柳川藩の藩祖とされる高橋紹運《じょううん》の嫡男で高橋統虎《むねとら》と名乗っていた。そして高橋統増《むねます》は次男である。

　立花道雪と高橋紹運は九州北部を支配下に置いた大友宗麟配下の武将で、大友宗麟の勢力が弱まり蒲池《かまち》氏や黒木氏など武将の離反が起こる中で、共に宗麟を支えていた。

この立花道雪には男児が無く、高橋総虎を娘誾千代《ぎんちよ》の婿に迎えて居城である立花城を継がせ、立花宗成と名乗らせた。

　そして猛将立花道雪が病死すると、それを好機とみた鹿児島の島津氏が九州制覇を目指して筑後地方へ侵攻してきた。これに歯向かったのが高橋紹運親子であった。紹運は薩摩軍五万に対し七百六十三人で岩屋城に籠城し十三日間の激戦の結果、全ての将兵が玉砕した。薩摩藩の死傷者は三千人に及んだ。既に豊臣秀吉には援軍を要請していたが、岩屋城陥落には間に合わなかった。しかしこの十三日の攻防が功を奏した。立花宗成が籠る立花城に対し、島津氏は再三に亘って城を明け渡すように使者を出すがいっこうに攻め懸けてこないのだ。

　島津方にも豊臣軍が向かっているという情報は届いている。岩屋城より堅牢な立花城を陥落させる前に背後から攻撃されたらひとたまりも無く、薩摩氏の滅亡にもなり兼ねないとの思惑が力攻めを躊躇《ちゅうちょ》させていた。

　そしてついに薩摩軍は、城下に火を放つと囲みを解いて退却し始めたのだ。岩屋城落城からおよそ一ト月後、籠城は二十日以上にも及んだだろうか。この動きを見た立花宗成は、籠城の疲れの残る身体で馬に打ち跨《うまたが》ると城を飛び出し追撃にでた。退却で最も重要とされる殿《しんがり》の備えをおろそかにしていた薩摩軍は、宗成の猛攻に這《は》う這うの体で筑後川を渡って逃げ去った。返す軍馬で宗成は、大友勢の居城で薩摩軍に落とされ薩摩兵が守る高鳥居城を奪還し、父紹運が討ち死にした岩屋城も奪還した。

この後、秀吉は本隊三十万の兵を以て島津征伐を開始し、島津藩主義久がついに降伏し秀吉の九州平定が終わった。秀吉は博多の筥崎宮に陣を張り九州国割を実施し、立花宗成に柳川藩十三万二千二百石を、高橋統増に三池藩一万八千石余りを与えたのだ。

この三池藩は、石高は低いが優秀な藩主に恵まれた。藩の経営状態は良く、幕府の要職に就く者も多かった。その中の一人である七代種周《たねちか》の治世は、農業政策で実石高を五割ほど増やし、石炭産業に乗り出し財政を豊かにし仏閣などの改修など文化面での功績も残している。

その名は幕閣にも知られ、老中松平定信の推挙で幕政に関与することになり、若年寄に栄進する。若年寄は老中に次ぐ重職で、老中、留守居役、町奉行、寺社奉行、勘定奉行の管轄以外を統括する役職であった。

種周を推挙した松平定信は「寛政の改革」を主導し、厳しい倹約、緊縮財政政策を断行した。これに反抗したのが、将軍家斉《いえなり》と妻寔子《ただこ》の実父島津重豪《しげひで》、それに大奥である。島津重豪は、海外狂いと呼ばれたほどに海外の事物を手に入れた為に、薩摩藩の財政を大きく傾けた張本人でもあった。松平定信の「寛政の改革」は阻まれ、病気を理由に辞職するが、粛清は定信と共に改革を推進した種周にも及び、お役御免のうえ下手渡移封を命じられたのだった。

前原丈太郎を道場に案内した遊剣は、「武道館の前原だ。名前を知っている者も多かろう」と、皆に紹介した。

「今日は、五番ほど立ち合ってもらおうと思っている。一番手は井上……」

「はい……」と言って立ち上がった少年は十五歳で、突然名指しされた為か顔を紅潮させて道場の中央に歩み寄った。互いに蹲踞《そんきょ》して竹刀を構え立ち上がった。一旦間合いを計るように離れたが、前原丈太郎はすかさず鋭い気合を発すると大きく踏み込み面に打ち込んだ。

その後、三人を指名して立ち合わせたが皆打ち負かされてしまった。同世代の子供の中で丈太郎の腕は群を抜いていた。遊剣が丈太郎を連れてきた理由のひとつは、進と立ち合わせてみたいと思っていたことだった。進も同世代の子供との申し合いでは、ほとんど負けることは無くなっていたが、丈太郎には及ばないかと思いつつ「進……、参れ」と声をかけた。

「はい……」と、気のこもった声を上げると、丈太郎の圧倒的な強さに意気消沈して座り込んでいる少年達の中から、進はすっくと立ち上がった。この時、進の背丈は六尺（百八十センチ）に近かった。丈太郎はといえば進の肩ほどの背丈であった。

双方が構えて立ち上がった時、進はサッと上段に構えた。遊剣も周りの少年達も息を呑んだ。上段の構えは、普通は相当に腕の差がある相手に対して構えるものだとされている。北辰一刀流の千葉重太郎は、上段の構えから片手面で相手を翻弄したと伝わっているが、上段の構えは突きや左右の小手が狙われやすい。つまり千葉の小天狗ならではの構えなのだ。それを、いきなり進が上段に構えたのだから皆は驚いた。

前の四番の試合を見て、進は普通の戦いでは勝てないと思ったのだ。『相打ちでい い……』と、間合いは進の方がはるかに長い、小手に打ち込まれた瞬間に素早く振り下ろす事だけを考えていた。しかし正眼に構え振りかぶり打ち下ろすとなると、振りかぶる時間だけ遅れることになる。ただ打ち下ろすだけなら最初から振りかぶった方が速いと考えたのだ。

自分から打ち込むことは考えなかった。交わされて小手をやられる事が見えている。進は自分の間合いを取りつつジリジリと前に詰めていく。丈太郎は打ち込んでこいとでも言うように、小手にスキを見せるが進に打ち込む気配は見えなかった。

丈太郎は道場の板壁際まで追い詰められた時に進の考えに思い至った。『俺の打ち込むことを待って振り下ろすつもりだ……、相打ちを覚悟している』と。丈太郎は自分から仕掛けるしかないと、左に回り込みながら進の右の小手に切り込んだ。その瞬間、進が大きく一歩踏み込むと竹刀の鍔元近くで丈太郎の面を捉えた。

「まいった……」

声を上げたのは進だった。対戦相手同士にはどちらが早かったかは判る、小手を打たれた後に面が入ったのだ。しかし、丈太郎は床に倒れこんだまま起き上がれないでいた。

「それまで……両名とも見事だ」遊剣の声が飛んだ。


丈太郎と試合をした日の夜、遊剣は進を自分の部屋に呼んだ。

「今日は、立派だったぞ……」

「じいさま……俺は負けました。確かに小手が早く入りました」

「ハハハ……、よく聞け」

遊剣は言った。今の時代、真剣で切りあうことはめったにないが、本来、試合とは命を賭けたやり取りだ。確かに小手は入ったが、骨を割くような鋭さはなかった。しかも、右の小手だ、進の刀は左手で操られていた。あの差ならばたとえ右手が飛んでいようが、進の剣は丈太郎の頭を割っていた。

「進……、真剣で対峙する場合には怯《ひる》みが出て、どうしても踏み込みが浅くなる。陰流では鍔元で打てと教える、そこまで踏み込んでやっとものうちが届くのだ」

刀には「ものうち」と呼ばれる部位がある。刀の先端からおよそ三分の一までの所で、文字通りにそこでものを切るのだ。

「丈太郎のあの腕の冴えを見た後で、よく怯まずに押して出て踏み込んだ。今日の気持ちを忘れるな」

遊剣は、初めて進の非凡さに気が付いたと思うと明日からの稽古が待ち遠しくなった。

ひとつの壁を越えた進の進歩は目を見張るものがあった。何よりその巨体で鋭く踏み込まれると思わず飛び去りたい衝動に駆られると言われたりした。

ある日遊剣は言った。「その竹刀、短くは無いか……」

当時、竹刀は背丈の乳の位置ぐらいが丁度いいと言われていた。長いと有利だと思われがちだが、それはあくまでも素早く扱うことが出来ればということになる。当時、竹刀の長さが決まっていた訳ではないが、三尺八寸（約百十五センチ）の物がよく使われていた。六尺を超える背丈の進が竹刀を立てると柄《つか》の先がへそのあたりに来る。

遊剣はこの時、進の乳の高さの四尺七寸（約百四十センチ）の竹刀を作って使わせてみた。さすがに竹刀捌きは鈍くなった。

しかし、竹刀を振り回すのではなく、まっすぐに突き出すつまり突きならば、その速さは衰えることはなかった。

「進……突きを磨け」遊剣は、進の進むべき道を見出した思いがした。

この日から、遊剣は大島流槍術の稽古にも力を入れだした。槍術の稽古も突いてこられた槍の柄を上段で受けて払う、下段で受けて払うなどの型もやったが、進は槍を的に向かって一心不乱に突く稽古を繰り返した。紐で吊るした石や、穴を開けひもで結んで木の枝に吊るした板を突く、板はひらひらと揺れるが素早く板の表面と向き合い中心を突いた。中心に当たると二分（約六ミリ）の板がパキッと割れて弾け飛ぶ。やがて四分の板が割れるようになった。

進は十五歳で本格的に槍を始め、二十二歳で大島流槍術の免許皆伝を受けた。この槍の突きがそのまま剣術の突きに生かされた。

大島流槍術の免許皆伝を与えた時、遊剣は八十歳に達していた。進の上達を目を細めて見守っていたが、往年の力は無くなっていた。

進が槍の免許皆伝を受けて、一年ほど経ったある日、進の姉のマツが遊剣に言った。

「じいさま、進に嫁を取って身を固めさせてはどうですか」と。

言外に、じいさまの眼の黒い内にとの気持ちを込めている。このごろ遊剣は、時々床に臥せるようになっていた。

「文《あや》さんはどうかと思うとります……」

「おう……、文は何歳になったかな」

文はマツが嫁いでいる甘木の光照寺の二女で、その時二十歳であった。

この時代、結婚は親同士が決めていたと思われがちだが、必ずしもそうではなかった。武士社会と庶民では多少の違いがあったろうが、どの時代も同じ人間で男と女なのだ、好きにも嫌いにもなる。慎み深い者もおれば好き者もいる。江戸時代、意外と知られていないようだが離婚や死別して再婚する女性も多かったようだ。

実は、進には五、六歳のころからの心を許した友が居た。名前を山科欣吾《やましなきんご》という。もちろん剣友でもあるのだが、これが実に面白い男だった。ひょうきんというのでは無く軽妙なのだ。時々駄洒落を飛ばすが下品ではなく、二十歳前から酒も飲むという具合であった。

この欣吾が、知り合った頃から進によく声をかけてくるようになった。人一倍背丈が高いが、寡黙で優しい進と一緒だと、居心地でもいいのか顔を見るとすぐにそばに来た。

十歳の頃の進は、背丈ばかりが伸び剣術にしても動きが鈍いなど、何事にも自信が持てない頃だったが、欣吾の軽妙さが進の心の陰りを癒してくれていた。

進が、ウドの大木と陰口をたたかれていた時、「進……、ウドという字はこう書くんだ、知ってるか」と、落ちていた木の枝を手に取り地面に『独活』と大きく書いた。

「ウドの若芽は旨い……、ウドは若い時に人から葉をむしり取られた後でも、独りで堂々と生きているんだ」

　欣吾は、その時進が悩んでいる事を察していて、何か声をかけたいと思ったのだろう。

「俺にも、何を言っているのかよく判らんが、要はウドは独りでちゃんと生きているということだ」と照れるように言い添えた。

　その欣吾が「甘木へ行こう」と言った。

　文との話が出てから一ト月が経ったころだった。一度、会っておいたが良いと言うのだ。

「婚礼の席で初めて顔を見て、しまったと思うより一度見ておくと覚悟も出来る、会う必要は無い、見ておくだけでもやっておくべきだ」などと言い出したのだ。

　欣吾は、早く進の嫁の顔が見たかったのだ。進の返事も聞かず、脚絆とわらじを突き出した。二人ともまだ部屋住みで身の自由はきく、進も「ようし、行ってみるか」と言って、それらを受け取った。

　甘木までは十三里（五十二キロ）はある。時間にして六刻（十二時間）ほどかかる。明け六つに発って甘木に着いたのは暮れ六つ（六時）ごろであった。空には月がこうこうと輝いており、灯りがなくても不自由はなかった。

「今夜は野宿だな」と進が言った。進は、昼間にこっそりと盗み見をするのかと思っていたのだ。だが、欣吾は初めから決めていたらしく、ずんずん歩いていくと光照寺の門をくぐって、部屋に灯りがともっているのを確認すると、「お頼み申すー」と声をかけた。

出てきたのはマツであった。

「欣吾殿……、まあー進も」欣吾のやり方に口を挟むことも出来ず、入り口の陰に所在なさげに立っている進に気づくと、驚いたように声をだした。

二人の様子をみてマツは、進が欣吾に乗せられて文に会いに来たのだと悟った。

「欣吾殿……、あなたは……」マツは笑いを込めて欣吾をにらんだ。

座敷に通された二人の前に、マツの亭主が文を連れて現れた。マツは文との話を遊剣に告げた時、文は久留米藩の大身の屋敷に行儀見習いを兼ねて奉公していたと語っていた。しっかりとした性格のようだが、皆で話していると、何がおかしいのかコロコロとよく笑うのだ。

進は、どこかホッとしていた。色白の可愛げのある女で、なにより屈託のない明るさを感じた。行儀見習いの話を聞いた時に、堅ぐるしい性格ではないかと疑っていたのだった。

この話はとんとん拍子に進み、数カ月後には式を挙げることになった。

進、二十四歳、文、二十歳だった。

四　小野派一刀流

結婚して二年、この二十六歳の年、進の背丈は六尺五寸（約百九十四センチ）になっており、五尺三寸（百六十一センチ）の竹刀を使っていた。この時代、剣客は自分自身で竹刀を作っており、長さも自分が操り易い長さを選んでいた。最も幕府は刀の定寸を二尺九寸（約九十センチ）としていたため、それに習うものも多かった。

この年に、進は愛洲陰流の免許皆伝を授かった。進の長竹刀から繰り出される突きの鋭さが、次第に九州の剣客達に知れ渡るようになっていった。特に生来の左利きを生かした中段からの、左片手突きは鋭く、突きを払う竹刀が弾き飛ばされるほどだった。

明治維新以降、剣による闘いが無くなり剣道がスポーツ化する中、進の長竹刀による突きが邪道であるかに語る人が居るが、それはおかしいと思う。

この時代、剣術は究極のところ命を賭けたやり取りなのだ。自分の最も得意とする武具を用いるのが当然ではないか。三国志で活躍する張飛は蛇矛《じゃぼう》と呼ばれる矛《ほこ》を得意とした。これは柄が長く、敵を倒したときに傷口を広げるために、先についている刃が蛇のようにくねくねと曲がっていて、長さが一丈八尺（六メートル）もあった。重さも長さも張飛でなければ操れない代物なのだ。そして進は、五尺三寸の竹刀を自在に操れるようになるまで懸命に修行したのだ。

進に免許皆伝を授けた後、ひと安心したのか遊剣の身体が急速に衰えて行った。もうすでに道場に顔を出さなくなって三カ月を過ぎていた。食の量が次第に細ってきていたのだが、このころは水以外は口にすることが無くなっていた。それでも、気持ちはしっかりしているようで力強い眼力が感じられ、時には庭に出て銀杏の木を仰ぐように眺めることもあった。

それがとうとう床に伏して三日目、それまで閉じていた眼を開け「進……」と一言呟くと再び眼を閉じて、二度と開けることは無かった。

「じいさま……」進は涙をこらえて一晩中枕元に座っていたが、こらえたつもりの涙で膝に置いた手の甲が、ぐっしょりと濡れていた。遊剣八十二歳の大往生だった。

遊剣の死から半年も過ぎたころ、進は、豊前中津藩の長沼双右衛門《ながぬまそうえもん》に、長沼道場で是非教えを請いたいという旨の手紙を書いた。長沼は小野派一刀流の使い手として九州近辺で名を馳せていた。

小野派一刀流は、戦国末期から江戸初期に活躍した伊藤一刀斎が創始した一派だ。一刀斎は流派を譲る際に二人いる弟子の、善鬼《ぜんき》と神子上典膳《みこがみてんぜん》に真剣の勝負をさせる。そして勝った神子上典膳は名を小野忠明と改めて、柳生新陰流の柳生宗矩と共に徳川将軍家指南役として召し抱えられている。

その小野派一刀流の長沼との試合は壮絶な結果になった。

柳川藩の愛洲陰流免許皆伝の武士からの丁寧な依頼状であった。長沼は快く道場へ受け入れた。しかし、道場へ現れた男は、六尺五寸の背丈に五尺三寸の竹刀を下げてきたのだ。

長沼は驚いた、一体あの長竹刀をどのように操るのか見当もつかなかった。幕末近くになると長い竹刀が有利だと思われるようになり、四尺を超えるものを使う者もあらわれたが、幕府の講武所では三尺八寸（百十七センチ）を上限と決めていた。

長沼も背丈の低い方では無く、この三尺八寸の竹刀を使っていた。二人の竹刀の長さは四十五センチも違うのだ。この為、長沼は進の太刀筋を見届ける必要があると思った。

「貴公、しばらく当道場に通って弟子たちに稽古をつけてくれぬか。拙者との試合はその後でということに……」と、その日の試合を避けられてしまったのだ。

「しばらくとは……」

「まあ、しばらくは……しばらくだ。ハハハハハ……」

進は話をはぐらかされてしまったが、長沼の心は読めていた。長沼が尋常でない自分の竹刀をみて、どれぐらいの使い手か値踏みをしたいのだろうと思った。

そのしばらくが、七日間続いた。

長沼は、床より一段高い畳敷きに座って見聞するのだ。

ほぼ午前中をかけ、最初は素振りから切り返し、打ち込み稽古、掛かり稽古とすすみ、地稽古で、二人組んで実際の試合のように打ち合うのだが、審判が居ないので勝敗は本人たちが互いに納得するしかない。

この後、長沼は皆を座らせ「大石先生に稽古をつけていただけ」と、一人ずつ名前を呼んで試合をさせるのだ。一日に五番。これが七日続いたのだ。

この七日間、三十五番の試合で進は一度も負けることはなかった。それどころか腕の落ちる者は進の竹刀にも絡むことなく、面や小手を次々に取られていった。進はこの間、もろ手突きを一、二度みせたが、得意の左片手突きは封印していた。長沼との一戦には得意手で決着をつけるつもりでいたのだ。

八日目、長沼は五尺にそろえた青竹を二本持って進に言った。

「得物は、これでよろしいか……」

長沼は、進の踏み込みであれば、竹刀の長さが同じなら相応には戦えると判断したのだ。手元に五尺の竹刀は無く手ごろな青竹をそろえたのだが、これが長沼に思わぬ災いをもたらすことになる。

両者は蹲踞《そんきょ》して立ち上がると、素早く長沼が進の小手を狙って打ちこんだ。その青竹を弾くと距離を取り二人は中段に構え睨み合った。進は若干腰を沈め自分の間合いを計りながらじりじりと距離を詰めていった。長沼の腕が上がり打ち込む瞬間、進は素早く踏み込むと得意の左片手突きを繰り出した。青竹は長沼の面金を割って顔に食い込み、長沼は道場の板壁まで飛ばされ意識を失い、顔から胸にかけて血だらけになっているのだ。

弟子たちが一斉に長沼を取り囲むなか、進は「御免……」と、一言発すると急いで道場を後にした。

進に勝利の喜びは無かった。あれほどの結果になろうとは思わなかった、あれが竹刀であれば竹は四枚に割れており、たわんで面金を割ることもなかっただろうと思ったのだ。

思わぬ恨みをかってしまったことを悔やんだ。弟子たちが仕返しに襲ってこないとも限らないのだ。進は急ぎ足で宮部に向かった。

長沼を破った大石進の名前が九州の剣客たちに伝わると、俄かに宮部村を訪れる剣客の姿を見かけるようになった。道で出会い大石道場への道を聞かれる村人は一応に小高い丘の上にそびえる銀杏の大木を指さして教える。

その大石道場は突然の悲報にくれていた。進の父、大石八左衛門（種行）がぽっくりと死んでしまったのだ。その年の冬は悪性の風邪が流行っていた。八左衛門は数日前から風邪をこじらせていたのだが、以前に決まっていた会合でもあり冬にしては朝の内は日差しもさし、気分も良かった為に出かけることにしたのだった。

馬で一刻ほどの距離だった。会合が終わったのが夕方近くで、空から白いものが落ち出していた。半時も走ったころからみぞれに変わった。雨具の用意もなく馬をせめて家に着いたのだが、身体の震えが止まらなかった。衣服を改め囲炉裏の火で暖をとり家人が敷いた布団にもぐり込んだのだが、三日の間高熱にうなされて、そのまま意識が戻らなかったのだ。

この時、進は二十九歳。大石家の当主となり柳川藩の槍剣術指南役となった。

このことがあった次の年の春であった。日田、久留米を経て宮部に向かう二十名ほどの武士の集団があった。手甲に、脚絆で足ごしらえをし、いかにも剣客集団だと言わんばかりに竹刀袋を背にして急ぎ足で進んでいく。行き交う者は道を開けるようにして脇へ寄って行く。

統領らしい男は隻眼で、右目に黒い眼帯をしている。昼食でもとるのだろうか、街道沿いの茶店に寄ると茶をたのみ包みを広げだした。

「親父、ここから宮部の大石道場にはどう行けばいいかの……」

「お侍さまはどちらからおみえですか……」

「豊前の中津からだ……」

茶店の奥で昼飯をとっていた男がこの会話を耳にした。山科欣吾である。独り身の欣吾は飯時に、たまにこの茶店に寄って軽く一杯やるのを楽しみにしていた。

豊前の中津と聞いて、欣吾はすぐに思いあたった。

「長沼双右衛門だ……」と、欣吾は進から長沼との顛末を聞いていた。これは三年前の意趣返しに違いないと思った欣吾は「ここに置くぞ……」と銭を置き、ゆっくりと店を後にし、侍たちの姿が見えなくなったと同時に駆け出した。

そして大石道場に駆け込んだ。道場では三十人ほどの弟子たちが稽古をしていた。皆の中心になっているのは、一番弟子ともいえる柳川藩郷士の友清《ともきよ》鬼源太《きげんた》であった。

話は飛ぶが、進の三男の裕太夫は後にこの友清の養子となり友清裕太夫を名乗った。父や兄について剣術を学び、二十四歳で師範代、三十六歳で免許皆伝を授かっている。因みに、大福商事の初代社長友清健児氏はその曾孫《ひまご》に当たる。

その友清を手招きすると、欣吾が小声で言った。

「進は……」

「先生は母屋だと思います……」

「中津の長沼が、二十人程でもうすぐ道場にやってくるぞ。三年前の意趣返しの様だ」

欣吾は、茶店での様子を話した。

「ちょっと、あとを頼む……」

友清は、誰に言うでもなく道場の方に声をかけると欣吾について母屋へ向かった。

進は、縁側に面した座卓に座り何か書き物をしていた。長沼の件があった後、進は自らの突きの危険性を感じ突きに強い防具の工夫をしていた。

現在の形に近い防具を発明したのは、直心影流八代目の長沼四郎左衛門国郷とされている。国郷は「個性の異なる各人に、直心影流を会得させる方法は、打ち合い稽古に限る。しかし、烈しい打ち合いに、互いに傷を受けぬためには防具が必要である」として、面、小手、胸当てを発明したと言われている。進の時代にはその後の改善も進んでいたのだが、進はさらに、突きに対して強い十三本穂の鉄面や胴の工夫をしている。

料金受取人払郵便

新宿局承認

7552

差出有効期間
2024年1月
31日まで
（切手不要）

郵便はがき

1 6 0-8 7 9 1

1 4 1

東京都新宿区新宿1－10－1

(株)文芸社

愛読者カード係 行

ふりがな お名前		明治 大正 昭和 平成	年生 歳
ふりがな ご住所	□□□-□□□□		性別 男・女
お電話 番 号	（書籍ご注文の際に必要です）	ご職業	
E-mail			

ご購読雑誌(複数可)	ご購読新聞 新聞

最近読んでおもしろかった本や今後、とりあげてほしいテーマをお教えください。

ご自分の研究成果や経験、お考え等を出版してみたいというお気持ちはありますか。

ある　　ない　　内容・テーマ（　　　　　　　　　　）

現在完成した作品をお持ちですか。

ある　　ない　　ジャンル・原稿量（　　　　　　　　　　）

書　名			
お買上書　店	都道府県　　市区郡	書店名	書店
		ご購入日	年　月　日

本書をどこでお知りになりましたか？
1.書店店頭　2.知人にすすめられて　3.インターネット（サイト名　　　　　　）
4.DMハガキ　5.広告、記事を見て（新聞、雑誌名　　　　　　）

上の質問に関連して、ご購入の決め手となったのは？
1.タイトル　2.著者　3.内容　4.カバーデザイン　5.帯
その他ご自由にお書きください。
（　　　　　　）

本書についてのご意見、ご感想をお聞かせください。
①内容について

②カバー、タイトル、帯について

弊社Webサイトからもご意見、ご感想をお寄せいただけます。

ご協力ありがとうございました。
※お寄せいただいたご意見、ご感想は新聞広告等で匿名にて使わせていただくことがあります。
※お客様の個人情報は、小社からの連絡のみに使用します。社外に提供することは一切ありません。

■書籍のご注文は、お近くの書店または、ブックサービス（0120-29-9625）、セブンネットショッピング（http://7net.omni7.jp/）にお申し込み下さい。

この時も、その図面を書いていたのだ。

「先生、大変です……、中津の長沼が乗り込んできます」

「うむ……長沼双右衛門が……、そうか。しかし、友清は、何をうろたえているのだ」

「二十名もの人数で乗り込んでくるのは先年《せんねん》の意趣返しではないかと」そう言うと、

「たとえそうであっても、やくざの殴り込みではあるまいし……」少し考えてから、

「互いの道場を挙げての、大試合になるかもしれんな」と付け加えた。

進は、道場の師範席に座って長沼をまった。

「お頼み申す……」野太い声が道場内に響いた。

弟子の一人が二十人を相手にする意気込みで緊張して入り口に出迎えると、頬に傷を持ち黒い眼帯をした大男が一人立っていて頭を下げた後に言った。

「拙者は、中津藩の長沼双右衛門と申す。大石先生には先年来、ご無沙汰を致しておりますが、本日は先生にお願いの儀があって参りました。お取次ぎをお願い致したい」と、丁寧に再度頭を下げた。

「お通し致せ……」進の大声が響いた。

長沼の顔を見た進は、「その眼は先年の試合で……」と言葉をのんだ。

向かい合って座った長沼は、

「ハハハハハ……、実はあの時、右目が飛び出しましてな」

「そうでしたか、それ程の事とは……、大変申し訳ないことを……」進は手をついて頭を下げた。

「否、お止めください……、勝負の結果でござる。同じ長さの得物ならと青竹を選んだ拙者自身の責任でござる。実は本日は……」

長沼は、十八人の弟子を連れてきて居るが、共に大石道場の弟子にしてくれと言った。時々弟子たちを交代で三池の宿に泊まらせるので、大石道場で鍛えてもらいたい、藩侯の許しは得ていると言う。

「おお、なんの遠慮もいらん。自由に出入りしてくれ、共に腕を磨こう」

進が快諾すると、

「屋敷の外で弟子たちを待たせている。呼んでくるので会ってやってください」と言って立ち上がった。

十八名は進の前に座ると名前と共に伝位《でんい》を告げて挨拶をした。

二十歳前と思われる若侍が、「前野真輔、切紙です」

三十前後と思われる色黒の侍が「伊藤昌之介、目録です」などと、つぎつぎに挨拶をしていく。進は、そのたびに大石種次ですと、挨拶を返していった。

伝位とは師匠から授けられる剣術の段位（当時は許と称した）であるが、流派ごとに名称は違っていた。しかし、概《おおむ》ね、初伝、中伝、奥伝、免許皆伝とすすむ流派と、切紙、目録、免許、皆伝とすすむものがあった。「素振り三年初伝の腕」という言葉が残っており、段位が上がるに従い、素質が在る者だけが授かることになるのだが、一段位に三年以上が掛かるとすれば免許皆伝を得るには十数年を要することになる。切紙、目録で終わる者も多かった。

この後は進の晩年にかけて、大石道場には九州一円だけではなく四国、中国地方から多数の弟子入り希望の者が訪れるが、一度に十九名もが加わったのは後にも先にもこの時だけだった。

五　柳剛流《りゅうごうりゅう》

大石道場の名前が九州一円に知れ渡ると、武者修行の剣客達がよく道場を訪れるようになっていた。他流試合、道場破りなどという荒ぶれたものではなく、大石道場の高弟達を相手に数日道場に通って稽古をするといった風であった。

ほとんどの場合、彼らを圧倒的に凌《しの》ぐ者は現れず、進に敢えて試合を申し込むという剛の者はいなかった。

ある日、二人の武者修行の者が道場を訪れた。師匠と弟子との関係と思われた。

「拙者、柳剛流師範の榊十史郎と申す。これは佐々隆之介、見聞のため同道させております。ご容赦を……」進も丁寧なあいさつを返した。

柳剛流は、進が誕生したころに岡田惣右衛門が開いた流派で、三十数年の歴史があった。古くからある心形刀流《しんぎょうとうりゅう》をはじめ、居合、薙刀、杖術などを取り入れた複合武術として開かれたものだった。

段位は、切紙、目録、免許の三段階で、免許を授けられると独立することが許された。

しかも、剣術だけではなく他の得物が得意な者もいる訳で、数多くの後継者や分派が生まれた。彼らは、武士社会だけではなく村落部へも進出したため、九州を含めほぼ全国的に広まった。

その中のひとりである榊は、剣術で免許を得ていた。

「本日は大石先生のご高名をうかがい、一手御指南にあずかりたいと思いまかりこしました」他流試合の申し込みだ。

柳剛流は、おそらく薙刀の脛《すね》を払う技を習ったものだと思われるが、長刀でいきなり脛を払ってくる。

刀の変遷を見てみると、武士団が形成された平安時代は太刀と呼ばれる反りの大きな刀が主体であった。武士と馬が切り離すことが出来ない時代、武士は馬上から敵の雑兵を撫で斬りにする必要があった。つまり、円を描くように刀を振り回すには大きく反った太刀が使い良かったのだ。時代が下って江戸時代になると反りは小さくなっていたが、いぜんとして刀を振りかぶって「切る」ことを剣客は修練した。すなわち面打ち、小手打ちが主流で横から払ってくる技は珍しかった。

この柳剛流の脛打ちには、当初江戸の各流派が相当にやられていた。これを最初に破ったのが千葉周作の弟千葉常吉の長男、重太郎だと言われている。柳剛流の脛打ちは飛び込みながら身を屈める必要があり、これをかわされると態勢が崩れてしまいがちになる。だから相手の虚をついて初手で確実に仕留めることが重要なのだ。

重太郎は片手上段を得意としていた。脛打ちを半歩引いてかわし、相手の態勢が崩れたところへ打ち込んだのだ。

榊は言った。「一本試合でお願い致す……、真剣勝負なら二本目はござらぬので」と、手の内を明かさずに一本取ってしまおうと言うのだ。

「望むところです」

進は、そう答えると道場の中央に進み出た。進は通常は五尺三寸の竹刀は使わずサンパチと呼ばれる三尺八寸の竹刀を使う。それを静かに正眼に構えた。榊は四尺強の竹刀を正眼に構えてジリジリと間合いを詰めてくる。いつもはズイズイと前に出て鋭く踏み込んでいく進が、ゆったりと構えて動かなかった。一本勝負にこだわるからには何かがあるのだと思って前後左右、自在に身をかわせる構えを取っていた。

榊が面を打つと見せて踏み込み、身体を屈すると脛を払ってきた。進が後ろに軽く引くと榊の竹刀が空を切り態勢が乱れた。その刹那、進は大きく踏み込みもろ手突きで榊の胸を突いた。榊は仰向けに倒れると道場の板壁まで吹き飛ばされていた。

渾身の脛払いがかわされたことが信じられないのか、口を開け呆けたように進を見ていた榊は、立ち上がると「参りました」と、一言呟いて道場をあとにした。

六　江戸出府

進が、柳川藩剣術指南になって七年が経っていた。柳川藩大石種次の名は九州では知らぬ者は無いほどになっていた。

その日、進は馬を駆って隣藩肥後の南関に出かけていた。弟子のひとりが大きな怪我をしたのを心配し様子を見に行ったのだ。日も傾きかけたころ帰路についたのだが、肥後藩士と思われる侍が四名、道を塞ぐようにして歩いていた。

「お願い申す……、道を空けて頂きたくお願い申す……」と、大声をかけた。

しかし、身をよけて馬を通す気配もなかった。進は仕方なく馬をゆっくりと操って通り抜けようとしたのだが、鞍が一人の侍の肩に触れたのだ。進は馬から降り丁寧に詫びたのだが、「なぜ最初から、馬を降りて通らなかった……、鞍に肩を当てられたのは足蹴にされたと同じではないか……」

武士の面目が立たないから決闘だと、いきりたって一歩も引かないのだ。もちろん数を頼んでの嫌がらせで、土下座でもすれば許してやるとの言い分だった。

「わかった、然らば武士の決闘なら互いの姓名を名乗りあうのが礼だから、ご尊名を承りたい、某《それがし》は柳川藩士大石種次でござる」

それを聞いた四人は、はっと一歩さがったかと思うと、「失礼いたした」と小さく呟くと早足で立ち去ったのだった。

このように進の名前が知れ渡る一方で、所詮、田舎剣法ではないかとの嫉妬交じりの陰口も聞こえてくるのだ。

この当時、剣は江戸との評価が一般的で各藩の若者は、江戸の各流派の道場を選んで入門していた。長州の桂、高杉、井上馨、伊藤博文など多くの長州藩士は斎藤弥九郎の練兵館、土佐の坂本龍馬は北辰一刀流千葉周作の弟、千葉常吉の桶町道場で修行している。

九州で剣客大石進の名前が有名になっていることが、江戸屋敷にまで聞こえるようになると十一代藩主立花鑑備《あきのぶ》が言った。

「大石の剣は、江戸で通用するのか……」

「さあーそれは……、江戸には多くの大道場がありますから……」

お側役の内藤は江戸の剣客情報を話し始めた。

「江戸で大道場といえば、士学館、玄武館、練兵館、練武館、それに麻布狸穴の男谷道場」


後に自ら幕府に設立を建白した講武所の頭取並、剣術師範となり剣聖とも呼ばれる、男谷精一郎は、直新陰流十三代を二十六歳で継承した。男谷は剣術のみでなく槍術、弓、兵法にも優れており、師の団野義高はその天分ぶりに驚愕したと言われている。

身体が特に大柄と言うわけでもなく、性格は温厚で弟子や婦女子に対しても平等に同じ態度で接する人であった。しかし剣には、余ほど自信があったのだろうか、他流試合を原則禁止する流派が多い中、男谷は積極的に他流試合を行い、申し込まれた試合は拒んだことが無かった。しかも、三本に一本は相手に取らせ花を持たせるという風だった。

男谷の影響もあったのだろうか、この頃では他の流派でも、他流試合を頑なに拒む傾向には無かった。なにより、恐れているとの評判が立つのは好ましくなかったのだ。

その男谷は千葉周作とも試合をしたことがある。周作は、一、二回合わせた竹刀を巻き取られてしまい唖然として立ちすくんでしまった。

男谷は、「千葉先生もあれだけお使いなさるには、ずいぶん苦しい修行をされたことでしょう」と後に語った。男谷、恐るべしとの話として残っている。


士学館は、鏡新明智流桃井春蔵の道場である。この時春蔵は四代目、三代目に十四歳で入門し二十七歳で婿養子となり跡を継いだ。士学館には土佐の武市半平太が岡田以蔵らを引き連れて入門している。武市は塾頭を勤めるまでになる。

玄武館は、北辰一刀流千葉周作の道場で神田於玉ヶ池にあった。千葉周作は理論的で合理的な稽古で、他派が十年かかる段階を五年で達成させたと言われており、多数の門人のなかに、清河八郎、山岡鉄舟などが居た。

練兵館は、神道無念流斎藤弥九郎の道場である。農家の出である斎藤弥九郎はいろいろな店の丁稚を経験した後、ある旗本の小者となって住み込んだ。勉学に熱心で仕事が済んだあと夜中に書物などを熱心に読む姿に感心した主人が、剣や学問を学ぶ道を進めてくれた。二十代で神道無念流岡田道場の師範代となり、二十九歳で独立し九段坂に道場を建てた。

鏡新明智流、北辰一刀流、神道無念流は幕末江戸三大道場と呼ばれ、「位の桃井、技の千葉、力の斎藤」と言われた。

この他に、心形刀流《しんぎょうとうりゅう》の練武館を入れて四大道場とも言った。

心形刀流はこの時代から百五十年ほど前の、天和二年（一六八二年）徳川綱吉の治世に伊庭秀明が創始した流派である。心形刀流では、必ずしも実子に流派を引き継がせるのでは無く、実力のある門弟を養子にして継承させ、伊庭軍兵衛と名乗らせた。

練武館は、八代伊庭秀業《ひでなり》が建て江戸四大道場と呼ばれるまでに隆盛させた。八代秀業の長男があの伊庭八郎である。しかし、進の江戸出府時にはまだ八郎は生まれていない。が、進は後年思わぬ出会いをするのだった。


「江戸の剣客と言えば、まずはこんなところでしょうか」

「どうだ、大石を江戸詰めにして修行させては……」

修行とは言っても若侍ではない。柳川藩剣術指南役が他道場へ出向くとなれば、道場主との試合になるのは目に見えている。各々の道場で無様な負け方をしたら藩の威信が著しく傷つくことになる。

また逆に江戸の大道場で互角の試合、いや一試合でも勝を得れば評価を受けることになるだろうと、内藤は思った。

「大石の長竹刀が繰り出す片手突きを、かわせる者がそう居るとも思えませんが……」

この内藤の言葉で、進の江戸詰めの話が決まった。


「進……、俺も行く」と、山科欣吾が言った。

山科家は柳川藩大身の家で、欣吾はその次男であった。年の離れた兄が家督を継ぎ欣吾は気楽な部屋住みの身であった。二人兄弟で、十歳も年の離れた二人は喧嘩のしようもなく、欣吾は可愛がられて育っていた。

剣友、と言っても欣吾は目録から中々抜け出せないのだが、そこそこに腕は立つ。兄に進と一緒に江戸へ行かせてくれと頼んでいたのだ。

「進は、試合の事だけ考えておけばいい……、俺が雑用は引き受けてやる、それに試合の様子を正確に記しておく必要もあるしな」要は江戸へ物見遊山もかねて進に付いて行くつもりなのだ。

「そうか、一緒に行ってくれるか……」

進としても、欣吾の共なら何の気兼ねもいらないのだ。

宮部から江戸へはおよそ二百五十里、徒歩で二十日ほどかかる。

「一歩踏み出しゃ旅の空ってな……」

欣吾は、はじめての長旅に年甲斐もなく浮かれていた。この時、進は三十八歳、欣吾は一つ年上である。いくら気ままな欣吾でも藩内ではあまり目立ったことをするわけにはいかないのだ。しかも部屋住みで肩身もせまい。この道中の間は誰の目も気にすることなく自由に振る舞えると思うと解放感に包まれていた。

それは進も同じだった。二人は一日の旅の終わりに、ゆっくりと湯につかり酒を飲んだ。欣吾は強いが進も嫌いではなかった。

明日は江戸という日、品川に着いたのは午後の一時ころであった。無理に行けば江戸下谷の柳川藩上屋敷までは、二里半（約十キロメートル）、八ツ半（午後三時）過ぎには着けるだろう。

「なあー進、上屋敷までは二刻《ふたとき》もあれば着くが……、今日は品川で旅の垢を落として、明日の昼前にしないか」

江戸から上方に下る際、親しい者を見送る時は品川まで同行することが多かった。逆に江戸へ入る時、時刻にもよるが、ここで旅の垢を落として小奇麗にして花のお江戸に乗り込もうという者も多かった。

「そうだな……、御重役に挨拶するにしても朝方の方が……」進は少し考えてから答えた。

実は、欣吾は品川まで着いても進が足を緩めないので、このまま通り過ぎるつもりなのだと思い声を掛けたのだった。最後の夜だ、品川には飲み屋も岡場所も多い、今夜は一人で羽目を外そうと思っていた。

このころ品川には、現在の喫茶店と言うところの水茶屋が七十軒ほど、街道沿いや寺の門前などに立ち並び、茶くみ女が給仕してくれる。飯盛り旅籠がこれも百軒ちかく、私娼の飯盛り女が約千人、そのほか飲み屋、遊郭などがあり賑わっていた。しかも品川は御府内の外でもあり、どこか自由な雰囲気を醸していた。

進と欣吾が二刻ほど品川の街をぶらつき日も傾いてきたころ、二人は一軒の飲み屋に入った。既に二十人ほどが盃を傾けている。奥には障子で仕切られた部屋もあるようだった。

四半時《しはんとき》も過ごしただろうか、奥の部屋から「だからな……」と大きな声が聞こえてきた。店の客が一斉にその部屋へ目を遣った。

「亭主……、ここに置いとくぜ……」一組の客が帰ったかと思うと、「じゃー親父、俺たちもそろそろ……」と、潮が引くように客たちが帰り出したのだ。

店の亭主は、困ったような顔で帰って行く客に挨拶をしている。進たちは、周りの客が居なくなったことに気づきもせず、この二十日余りの旅の思い出を話し合っていた。

やがて障子が開けられて、ほろ酔い気分の武士たち六人が現れて進たちの横を通り抜けて行った。と、最後の一人が身体を揺らした拍子にその男の鞘が進に触れた。

「うん……」と男が振り返った。進は気が付かなかったかのように盃を空けている。

「お主、今拙者の鞘に触れたな……」男は進の前に仁王立ちすると、怒声を浴びせてきた。

「おっ……、それはすまん」と進は軽くいなした。

「な　何だ、その言い草は……」と、つかみ掛からんばかりの態度に、店を出かけていた五人が「どうしたんだ……」と、引き返してきたのだ。

「表へ出ろ……性根を入れ替えさせてやる」六人は口々に言いだした。酔いに任せて人をいたぶるつもりなのだ。

進は、店の客たちが早々に居なくなったのは、部屋で飲んでいる男たちに気が付いたからだと合点した。

「よかろう……、亭主、荷物を預かっておいてくれ」と、軽く言い残すと竹刀袋だけを持って外へ出た。欣吾も後に続いた。

実は、進はこの二十日余り素振りや型の稽古は欠かさなかったが、本格的な打ち合いをしていない事で不満が溜まっていたのだ。これが男たちの不運だった。六人は立ち上がった進の大きさに、一瞬気圧されたように身を引いたが、酒の勢いが勝《まさ》った。進たちを取り囲むようにして店を出た。半町余りも行くと空き地があった。通りにはパラパラと人通りがあったが、一人がいきなり進に拳を喰らわしてきた。もとより鍛えた動体視力で難なくかわし背中を長竹刀で思い切り叩いた。よほどこたえたのか「ぎゃー」と叫ぶと草むらに倒れこんだ。

残りの五人は一歩下がると刀を抜いた。「生意気な……、命までとは言わんが腕の一本も叩き切ってやる」と、少しは使えそうな男が怒声を浴びせながら切り込んできた。が、進の突き出した竹刀が喉を突いた。その後振り上げた竹刀が隣に居た男の横面を襲った。

この間、欣吾が一人の小手をねらい、刀を打ち落としていた。竹刀とはいえ防具を付けていないのだ。三人は失神状態で一人は左腕を抱え込んでいる。残りの二人は戦意を喪失したのか構えてはいるが、打ち込んでくる気配はなかった。進と欣吾は残身を残しながら広場から引き揚げた。

「ご無事でしたか……」飲み屋の親父が安堵のため息をついた。

話によると、旗本の次男坊、三男坊達で赤鞘組と名乗り、時々規制のゆるい品川に羽目を外しに来るのだと言う。その度に、言い掛かりを付けられて乱暴されるので、姿を見ると皆係わらないようにしていたというのだった。

「やはりそうであったか……、欣吾、ちょっと飲み直して旅籠へ行くか」

二人はまた酒を注文した。

七　江戸

進たちは、翌日の十時近くに柳川藩上屋敷に着いた。上屋敷は上野不忍池から東に十町（約一キロメートル）ほど離れており、参勤交代で江戸詰めをする藩主を中心に、家臣団が居住し業務を行う、いわば寮付きの会社といった位置付けだろうか。

柳川藩はこの他に、さらに東へ五町の位置に中屋敷、また北へ二十町ほどの場所に下屋敷を持っていた。

進たちは上屋敷で上役に到着の挨拶を済ますと、江戸での住まいとなる下屋敷に向かった。この一帯は、上野のお山の東側に位置し浅草寺などもあり人の往来が激しい所であった。様々な店が軒を並べ多くの露店も出ており、あちこちで人だかりがしている。

「すごい人だかりだな……、今日は祭りか何かだろうか」

三池でこれだけの人だかりがあるのは、祭りの時ぐらいだった。

二人は露店を覗いたりしながら下屋敷に向かっていたが、浅草まで来ると「いなり寿司志乃多」という暖簾のかかった店を見つけた。いなり寿司は進の好物であった。

「欣吾、昼時だ……、いなりを食おう」と言うと、返事も聞かず店へ入り込んだ。

「これは……、旨い。江戸は寿司の味も違うようだ」と、舌鼓を打ちながら十皿、二十個をたいらげた。この志乃多が、江戸在住時の進にとって馴染みの店となった。

下屋敷には進の弟子も数名居る。進は彼らから江戸の剣術道場の話を聞き取ってから相手をしぼって行った。

「練武館の伊庭秀業（軍兵衛）殿は、まだ確か二十七歳の若さながら練武館を江戸四大道場と言われるまでにされています。三大道場の前に伊庭殿の練武館からいかがでしょうか」と、一人が言った。

「私たちがご案内を……」弟子たちがいっせいに立ち上がった。

「まてまて……大勢で出かけて行っては角が立つ、道案内はひとりでよかろう」

進は、一人に道案内を頼むと欣吾と共に練武館に向かった。

「お頼み申す……、拙者は柳川藩剣術指南役の大石種次と申します……」

進は応対に出た侍に丁寧な口上を述べた。道場へ案内されてきた進を見て伊庭軍兵衛は目を見張った。六尺五寸の大男が、五尺三寸の長竹刀を携え防具袋を提げて入ってきたかと思うと、膝を屈して座り「一手御指南を」と言うのだ。

「愛洲陰流大石種次です。右も左も分からない江戸の剣術界で、四大道場と呼ばれておられる練武館におじゃまをした次第です」

「そうですか……、御丁寧なあいさつ痛み入ります……」

既に腹の読みあいは始まっている。これから闘うであろう相手の言葉や態度から力量を探ろうとしているのだ。

「お相手願えますでしょうか……」進が言った。

軍兵衛にもはや断る口実は無かった。

「お支度を……」と、言うと軍兵衛も身支度を始めた。


『長い……』

共に正眼に構えたが、軍兵衛には進の竹刀が途方もなく長く見えた。軍兵衛は幕府の刀の規格である二尺九寸の竹刀を使う。両者の刀の長さはおよそ七十センチも違うのだ。

軍兵衛はこれまでは、三尺八寸の竹刀を使う者とはよく闘ってきたのだが、これくらいの差なら容易に踏み込んで一本を取ってきた。軍兵衛は、進の打ち込みを一、二本と、かろうじて弾き返していたが踏み込む隙を見出せなかった。次の瞬間、進の左腕がスーと伸びてきた。得意の左片手突きだ。軍兵衛はそれを弾いたのだが、弾ききれずに面の右側を突かれ、二、三歩後退《あとずさ》りした。

「まいった……」体勢を崩しながらも、倒れるのを堪《こら》えて叫んだ。

「浅そうござる……」進は、竹刀を収めながら言った。

確かに面は突いたが、致命的な一撃とは言えないと思ったのだ。

「否、お見事です……」

軍兵衛は、この長竹刀とは、二度と闘いたく無いと思って言った。


この話は、数日後には道場関係者には知れ渡った。背丈六尺五寸の大男が使う五尺三寸の長竹刀。伊庭が敗れたのなら長いだけでは無く、竹刀捌きも侮れないのではとの噂が広まった。

数日後、進達は桃井春蔵の士学館を訪れた。士学館は八丁堀に道場を構えているため町奉行所の与力、同心の弟子が多かった。その関係で江戸の情報はすぐに耳に入る。

「おお……、来たか」応対した弟子の報告に呟くと、少し考えて「お通ししろ……」と言った。

鏡新明智流は、安永二年（一七七三年）に初代桃井春蔵が創始したのだが、これを記念して芝神明社に自賛の額を掲げた。額に曰く「多年修練の功あり、人に負けざることを悟り得たり」と。

これが他流派の人々に目を付けられることになり、度々試合を申し込まれることになったのだ。

初代春蔵はこれに辟易し、度々居留守や病を理由に断っていた。三代目の時には神道無念流の練兵館と交流試合をするが惨敗するなど、けっして強豪の道場ではなかった。

そして四代目になって士学館は栄え、江戸三大道場、「位」の桃井と呼ばれるまでになったのだった。「位」とは修行の結果から醸し出される「品位」「品格」という事だろうが、四代目桃井春蔵にはそれが備わっていたということだろう。こんな話が残っている。

慶応元年末の稽古納めを終えた春蔵と門弟たち八名が道を歩いていると、江戸市中見回りの「新徴隊」と出くわした。隊士達が道の脇に寄れと凄んだため、弟子の一人が怒ると隊士達が抜刀し、あわや斬りあいになろうとした。春蔵が前に出て身分を明かすと新徴隊が謝って、事が収まったという。

春蔵は、長竹刀への対応を深く考えた訳ではなかった。「さてどうするか……」と思って弟子への返事が遅れたのだ。

二人は、共に正眼で向かい合った。春蔵は三尺八寸の竹刀を握っていた。およそ四十五センチの差があり、そのうえ腕も長い。しかも竹刀運びが鋭く重い。二、三度竹刀を合わせるとそれが分かった。

春蔵は、進の竹刀を巻き上げた瞬間に懐に飛び込むつもりだったのだが、それは不可能だと悟った。しばらく睨み合っていたが春蔵は、「これまで……」と大声を発して竹刀を収めた。

進も竹刀を収めると共に正座して面を外した。

「これまででござる」春蔵が軽く頭を下げながら言った。

「御指南ありがとうござった」

進はそう言って立ちあがり一礼して道場を後にした。


「今のは、進の勝ちだな……」欣吾が念を押すように聞いた。

「先方から竹刀を引かれた……、負けを認められたのだろう」

実は、進はいつ左片手突きを繰り出すかと隙を窺っていた。これまでと春蔵が大声を発した直後、それまで充満していた春蔵の気がスーと引いて行くのを感じ、思わず自分も竹刀を収めたのだった。むろん負ける気はしていなかったが、桃井春蔵は見切っていたということだと思った。これが実戦での闘いなら、春蔵は素早く身を引いて難を逃れるか、あるいは一旦身を引いて新たな対策を講じ、再び対峙することができるという事だ。

進は複雑な気持ちを振り払うように、「腹が減った……、いなり寿司を食って帰ろう」と言った。

翌日、進と欣吾はお側役の内藤に、練武館と士学館での結果を報告した。欣吾が試合の様子を詳細に記した書類を渡して、さも自分が立ち合ったかのように得意げに話す。進は黙って座っている。勝った試合を自ら語るのは憚《はばか》られる。そのうえ、進は両試合共に完勝であったとの気持ちは無かった。

柳川藩邸では、進の快進撃について内藤から報告を受けた藩主鑑備《あきのぶ》は、「そうか……大石の剣はそれ程のものか……」と、眼を輝かして言った。

田舎剣術使いに、江戸四大道場の伊庭と桃井が敗れたという話が広まるのに、時間はかからなかった。次はどの道場に現れるかと、巷ではかしましく噂されていた。


次に進達は千葉周作の玄武館を訪れ、丁寧に案内を請うた。応対に出た若侍は奥に問うことも無く「どうぞこちらへ」と、道場へ案内した。

玄武館では、いずれ大石達は現れるだろうと思い、その時の対応を話し合っていたのだ。玄武館には四天王と呼ばれる弟子達がいた。森要蔵、庄司弁吉、塚田孔平、稲垣定之介である。この時、周作は四十一歳、老練さは増しているものの、力業で押してくる初対面の大男に対抗し、もしぶざまな負け方をしたら名を汚すことになると彼

ら は考えた。

「先生、我らの所で止めます……」森要蔵は言った。

森要蔵は二十四歳、脂の乗り切った剣客だった。この後、二十九歳で常陸《ひたち》土浦藩の剣術指南役となり、後に上総《かずさ》飯野藩に登用され『保科《ほしな》に過ぎたるもの』と、呼ばれるほどになる。戊辰戦争で飯野藩から会津藩へ派遣され、官軍との戦闘で銃撃され戦死する。

「そうか……、やってくれるか」周作は静かに言った。

弟子を盾に取り自分の名前を守るようなことは、潔しとしないのだが今の森ならば、自分が相手をするよりは確かにましだろうとも思ったのだ。

「先生……、まず私が」

名乗り出たのは庄司弁吉、この時十五歳。水戸藩から玄武館に入門していた。兄の秀実は藩校弘道館の教授方を勤めている、武芸一家である。年少だが素早い動きと竹刀捌きで一目置かれていた。庄司弁吉は周作没後、玄武館師範代となる。

進が道場に入ると、周作は一段高くなった師範代席に座っていた。八十人ほどの弟子たちが道場脇に整列して座っている。

「柳川藩剣術指南、大石種次と申します。一手ご指導のほどをお願い致します」進は周作の前に正座して軽く頭を下げた。

　周作は、「庄司弁吉」と名指しすると、「年少ながらお相手を……」と告げた。

　進は、幼顔の残る庄司に戸惑いを覚えた。進の技量が分からない周作とすれば、素早い庄司が懐に入り込めばとの期待もあった。しかし結果はあっけなかった。蹲踞して構え合うや進が踏み込み払った左片手面が庄司を捉えた。

　周作は、並々ならぬ進の技量を見せつけられた。

「玄武館免許皆伝、森要蔵が私の名代としてお相手致します……」と、静かに言った。森が敗れることは自分が敗れる事だと言ったのだ。

「承りました……」と、大石。

「森要蔵……、お相手致せ」周作は凛とした声をあげた。

　師範代席のすぐ脇に控えていた要蔵が「はい」と力強い声を発して立ち上がった。二人は中央に向かい合って正座し、支度が終わると静かに蹲踞した。要蔵は立ち上がり早々の打ち込みを警戒し、何時もより長い間合いを取っていた。その為静かな試合開始となり二人は距離を置いて睨みあった。要蔵が右に回りながら竹刀の先を小刻みに動かしている、北辰一刀鶺鴒《せきれい》の尾である。打ち込みのタイミングを計っているのだろう。進も容易に打ち込むことが出来ずにいるようでにらみ合いは、四半時（三十分）近くにも及んだ。

そして進が大きく踏み込んでもろ手突きを繰り出すが、要蔵は進の竹刀を面の前で受け上げ、懐に飛び込み鍔《つば》競り合いとなった。相手を突き放し体勢が崩れたところへ打ち込もうと押し合いになったのだが、進の力に要蔵はグイグイと押し込まれていった。

思わず要蔵はもつれていた竹刀を外して飛びずさり竹刀を構え直すがその瞬間、要蔵の右側頭部に進の左片手面が入っていた。

「それまで……」周作の大声が響いた。

要蔵は、意識を失いそうになるのを懸命に堪えて、片肘を突き竹刀で身体を支えていた。

進は、正面に向かって一礼して道場を後にした。

江戸では無名の九州のしかも並外れた身体と竹刀を使う剣客が、伊庭、桃井、千葉と江戸の大道場を次々に破った話はあっと言う間に江戸中に広まった。特に進が逗留している浅草付近では度々見かける大男が噂の剣客だろうと、下町っ子が進を取り囲むようにして話しかけてくるようになった。

並の体格なら噂になっても顔が分かる訳では無く、騒動になることは無かったろうが、街を歩いていても思わず目を留めてしまうほどの風体なのだ。最初のうちは様子をうかがうように接してきていたのだが、やがて普段の進の穏やかな性格が知れ渡ると気さくに話し掛けてくる者が増えてきた。

いなり寿司の志乃多では、「柳川の先生」と呼んで一番奥の席を専用にしており、先客が居る時はその客が「さあこちらへ……」と席を譲ってくれるのだ。

皆は試合の様子を聞きたがるのだが、「いや……」と言って話したがらない進に変わって欣吾が「あの時は、二人は向き合って……」等と、対戦相手にも気を配り自慢話にならないように話してやるのだった。それがまた受けるのだ。江戸っ子としては、江戸の剣客が田舎剣士にやられっぱなしで面白い訳が無いのだから、鼻持ちならない自慢話なら江戸っ子の気持ちを逆なでしたことだろう。それが分かってか分からずか、二人の謙虚さが周りの皆を引き付けていた。

進たちは、明け六つには開ける下屋敷の近くの湯屋へ毎日出かけた。江戸の町は火事も多く発生しており、火事防止のため家で風呂を焚くことが禁じられており湯屋が発達していた。国元では家の狭い風呂に入っていたのだが、江戸には町ごとに湯屋があり明け六つから暮れ六つまで開いている。江戸の庶民は風呂好きで、なかには日に三、四度入る者もいた。

武士の為には二階に刀掛けが用意してあり、風呂では身分に関係なく裸の付き合いなどと言って気兼ねの無い話が飛び交っていた。進が湯に入っていると誰かが決まって、「先生……、背中を流しましょう……」などと言い、背中をこすりだすのだった。

その中の一人が「次は……斎藤先生ですか……、男谷先生ですか……」と言うのだ。『そうか、やはりその二人か……』と思いながら進は「そうだな、今、考えているところだよ」と軽く言った。

その日、斎藤弥九郎は浅草寺境内を歩いていた。伊庭、桃井、千葉が敗れたと聞いて次はおそらく自分の道場に来るだろうと思ったのだ。柳川藩下屋敷に居て浅草界隈を歩き回っているという。出会わなかったら藩邸を訪ねるつもりでいた。他意はなかった。立ち合う前にどういう男か見てみたいと思ったのだ。

ふと前方を見ると大勢の参拝客のなかに、頭ひとつ飛び出た侍髷《さむらいまげ》の男がいた。男は本堂で参拝を済ませると左へ折れ薬師堂の方向に歩いて行った。

斎藤は追いついて後ろから声をかけた。

「そつじながら……」

進は、「えっ……」と呟いて振り向いた。

「大石殿でござるか……、拙者は斎藤弥九郎でござる」

斎藤は、背丈だけをみて声を掛けた訳ではない、身体つき、身のこなしが剣術で鍛えたことを物語っていた。

また斎藤は親元を離れ、丁稚奉公なども経験した苦労人である。剣術を極めても驕《おご》ることもなく飄々とした性格であった。

名乗られた進は、「これは……、大石でございます。よく判られましたな」と言ったが、途中から笑いがこぼれだした。この風体ならすぐに気づかれたことだろうと思ったのだ。

「どうです……、蕎麦でも手繰りましょうか」

日も傾きかけていた。斎藤はそう言うと大石の答えも聞かずに歩きだした。進に否応は無く後ろから付いて行った。

「話は聞いております。江戸に来られてどのくらいになりますか……」

こぢんまりした部屋だった。卓には天ぷらと蕎麦、それに銚子が二本載っている。

「三月ほどになります……」

「もう何か所と試合を……」

「六道場になります」

伊庭、桃井、千葉との話は聞こえて来ているが、それ以外に三か所を破っているということかと斎藤は思った。いずれも一本勝負だという。

「どういう方か、試合の前に是非会ってみたいと思いましてね。今日はご無礼致した。楽しみに待っております」と言って斎藤は別れていった。

それから三日後、進は欣吾を伴って練兵館を訪れた。応対した弟子は床に座って丁寧に手を突き挨拶をした後、進たちを道場に案内した。取次ぎに行かないということは進が来た時の対応を言いつけていたのだろう。

斎藤は弟子たちの指導をしているところだった。進と欣吾は、道場入り口に座り稽古が一段落するのを待った。

ほんの間だった。「それまで……」と斎藤が声をあげると、皆は一斉に板壁側に整列し正座して面を外した。今日、斎藤弥九郎が大石種次と試合をすることは知らされていたのだ。

「大石殿どうぞ」と斎藤が言った。

「ごめん被ります……」と大きく声を掛けて立ち上がり、進は道場中央に進んだ。

共に正眼に構え徐々に間合いを詰めて行く。やがて進の間合いかと思われるところで、斎藤は腰を少し沈めピタリと止まった。斎藤は、進の剣を槍と見立てていた。槍の場合、離れて戦えばいつかはやられる。槍をかわすか弾くかして素早く懐に入り込むことが出来れば槍に勝算は無い。斎藤は『さあ来い……』とばかりに進の突きを誘っているのだ。

突きは、引きが重要だと言われている。新選組の斎藤一は「突き技は突く動作よりも引く動作、構えを素早く元になおす動作の方が大切、突きは初太刀でうまくいくことは少ない。私が成功したのはほとんど三の突きでした。沖田の突きは三度の突きが一本に見えるほどに速かった」と言っている。

もとより二人ともその心得は持っている。進は諸手突きを一つ、二つ、三つと繰り出した。斎藤はいずれも左右に弾いたが、懐に飛び込む余裕は無かった。再び飛びすざった二人だったが、進が上段に構え直した。『横面か』斎藤に千葉重太郎の上段が頭に過《よぎ》った。

二人はジリジリを右に回りながら次第に間を詰めあっていく。進が左片手面を繰りだしたかに見えた。斎藤は伸びてきた小手を狙って、左斜めに踏み込みこんだ。が、進の竹刀は右面を打つのではなく真っ直ぐに面金を狙ってきた。渾身の左片手突きである。面よりも突きの方が、斎藤にとってはわずかだが間合いが遠くなる。斎藤の竹刀は小手に届くことなく進の竹刀が面を突いた。斎藤は、ドーンと板壁まで突き飛ばされてしまった。「まいった……」斎藤はためていた息を吐き出すように言った。残身の構えを取っていた進は竹刀を収めると、道場中央に座って斎藤を待った。

「殿、大石が江戸の四大道場をすべて破りましたぞ」と、お側役の内藤が興奮げに話し出した。

「そうか……、大石の剣はそれ程のものか」

大石の噂は、斎藤弥九郎を破った後から急速に江戸中に広まった。武芸好きの大名、幕閣の重臣も多い。柳川藩の大石種次の話題は江戸城内でも盛んに語られた。

廊下で、あるいは控えの間で度々鑑備《あきのぶ》は「立花殿……良い藩士をお持ちですな」と声を掛けられるなど、しばらくの間は大石の話題で持ち切りとなった。もちろん鑑備は得意満面、鼻高々であった。


進の江戸滞在もやがて一年になろうとしていた。この間、進は江戸四大道場の他にも足を運んでいた。江戸には一刀流の流れを汲む流派が、北辰一刀流の他にも数流派あった。

伊藤一刀斎が創始し、弟子の神子上典膳が小野次郎衛門忠明と名を変え、徳川幕府の剣道指南となった小野派一刀流、また一刀流の型稽古一色から防具と竹刀稽古に切り替え盛隆した中西忠太子定《たねさだ》の中西派一刀流が有名であった。進はこれらの道場では、たわいもなく勝利を収めていた。

帰国を前にした進は、最後に男谷精一郎との試合を考えていた。江戸の剣客の間で男谷の評判が高いことが江戸滞在で分かってきていた。

男谷精一郎は八歳のときに、直心影流十二代の団野源之進に入門し二十七歳で認可を得て麻布狸穴に道場を構えた。男谷は寛政十年（一七九八）生まれで進より一歳下であった。

そして、進は二十四歳で愛洲陰流の免許皆伝を受けており、二人は剣術家として同じような歩みをしていた。

男谷は恵まれた環境で育っている。と言ってもその祖父、男谷検校は数奇な生涯を送っている。検校と言われるように祖父は、越後国、今の新潟県柏崎市の貧農の出で盲人であった。成人し、わずかな金を持って江戸へ出たが行き倒れになる。そこが奥医師の屋敷前だったため保護を受けるようになった。奥医師の石坂宗哲は男谷の非凡さに気付き一両二分の金を貸し与え金貸業で生業を立てていくように計らってくれた。

利財の才に長けていた男谷は江戸で十数か所の地主となり検校の位を買い、ついには大名貸しも行うほどになった。水戸藩への貸付だけで七十万両（おおよそ七百憶円）に達したと言われている。男谷はさらに御家人の株を買い取り、末子を武士にして男谷平蔵を名乗らせた。これが男谷家の祖となったが、男児が生まれず一門の中から男児を養子にもらったのだ。それが男谷精一郎である。

師の団野が驚くほどの天分を持ち、それを花咲かせた男谷精一郎の道場を、春の日が穏やかな昼前に訪れた。

道場敷地の一角に大きな桜が、今が盛りとばかりに咲いていた。

「りっぱな桜ですな……、私の道場には一抱えもある大銀杏がありますよ。それを思い出しました」進は挨拶が済むとそう言った後「江戸へ来てから先生のご高名を伺いました。一手御指南をお願いします」むろん男谷が拒むはずもなかった。

「それでは、行きましょうか……」と、散歩にでも出るような軽い調子で答えた。

二人は正眼に構え向き合った。進はジリジリと間を詰めると「やっ……」と声を発し諸手突きを、一本、二本、三本と素早く繰り返した。が、男谷は首を左右にヒョイヒョイと振ってそれをかわしたのだ。渾身の突きをいとも簡単にかわされた進は、焦ったのか三本目の突きを引くときに態勢が崩れた。それを見逃さなかった男谷の竹刀が進の小手を打った。

「まいった……」そう言って進は元の位置に座った。

面を取らずに座っている進を見て、男谷も対峙して座った。二人とも無言でしばらく座り続けた。進がなぜ突きが利かなかったのか考えているのだろうと、男谷は察していた。

やがて「今一度、お願い申し上げたいのですが」と進が言った。

「よろしい……」

二人は、再び正眼に構えあった。今度は、二人ともにらみ合ったまま、なかなか動かなかった。相手より早く自分の間合いに持ち込めると考えている進は、いつも積極的に間を詰めて行くが、男谷はいとも簡単に進の突きを外したのだ。進は慎重に左に回りながら間を詰め始めた。男谷は進に合わせて右に回ってはいるが前には詰めず、繰り出される突きをかわすための態勢を整えていた。突きが繰り出されるのは『まだだ……』と男谷が思った瞬間、進の左片手突きが繰り出された。片手突きは諸手突きよりも遠くから繰り出すことが出来る。しかも進は胸を狙って突いた。面に対して胴は横の動きが少ないのだ。

男谷は、四、五歩後《しり》ぞいて言った。「まいった……おみごと」

二人は面を取って座り直した。男谷が言った。

「今日の試合は、引き分けですな」

「いや、ご教授ありがとうございました」

この後、ほぼ同じ年の二人は互いに相手を認め合い親交を深めていった。江戸の弟子たちが九州に行くときは「大石先生の所に寄るように」と、逆に九州から江戸に出る者については進が、「男谷先生の道場に行くように」と、互いに交流を深めていった。

八　宮部の春

進の江戸での活躍は、各藩の江戸屋敷を通して興味の度合いは違っても、ほぼ全国に広まった。特に、土佐藩や長州藩では大きな話題となっていた。ただしそれは必ずしも称賛だけではなかった。特に長州では神道無念流を高く評価し、多くの藩士を錬兵館に送っている。あの斎藤弥九郎が負けるとは思えないという連中が数多く居た。

進が宮部に帰ると、各地から道場を訪ねてくる者たちが次々に現れるようになった。一日だけ汗を流して去る者、数日に亘り通ってくる者、弟子になりたいと申し出る者、進は何の屈託もなく、それらを受け入れた。

進には六人の男児と二人の女児がいたが、長男と二女が夭折している。この春、次男の種昌が十一歳、三男の裕太夫が十歳になった。進は自分と同じように二人が三歳のときから剣術を教えていたが、この頃、子供達の成長が著しいのを見て相好を崩すような気分を味わっていた。六男の雪江は三歳になったばかりで、これから剣術を教えるつもりでいる。

家族と多くの弟子、そしてたくましく育っている幼い剣客達が集《つど》う大石道場は、山桜に包まれていた。そして進は、今回の功績で禄三十石の加増を受けた。

そんなある日、長州藩士と名乗る二人の侍が訪ねてきた。北川半九郎、井上弁蔵と名乗った。江戸練兵館の者で、「大石先生が斎藤先生に試合を申し込まれた当時、拙者達は国許に帰っており立ち合いを見ることが出来なかった。ぜひ先生に一手お教え願いたく、まかりこしました」と、丁寧な挨拶だったが、まなじりは上がり顔は紅潮している。

自分達が尊崇する斎藤弥九郎を破ったという剣を、自分たちで見るまでは納得できないと言っているのだ。

この時折悪しく、進は外出をしておりいつ帰るのかも判らなかった。それではと、道場高弟の者達と立ち合おうということになった。まず北川が数名の者と立ち合い、これ等に勝ち進み友清に敗れた。次に友清は井上と立ち合うことになった。この時、友清は井上に勝てば、進が帰る前に二人を追い払えると思った。

これが良くなかった。友清の勝たなければという思いが、動きをぎこちなくさせ早々に面を取られてしまった。

「師範代がこの程度では、この道場も高が知れているというものだ……」

あまりにもあっさりと面を取った井上弁蔵の増長から発せられた言葉だった。

「なにっ……」と言って、友清が『もう一番……』と叫ぼうとする前に井上が言った。

「大石殿の帰りを待たせてもらおう」と。そして道場の床の上にあぐらを組み座り込んでしまった。友清たちは、稽古をする気にもなれず数人ずつ固まりとなり、

「皆で袋叩きにして、放り出すか……」

「ばか……、先生に知られたら大目玉だぞ」等と、てんでにぼそぼそと話し込んでいる。

一刻もして進が馬で帰宅したが、いつもなら道場の下道まで聞こえている稽古の喚声が聞こえてこないのだ。何ごとがあったのかと訝りながら、馬小屋に馬を入れてから道場に向かった。

「あっ……、先生」

「みんな突っ立って稽古もしないで、どうしたんだ……」

皆が一斉に井上の方を見た。たわいもなくあしらわれた屈辱で、進に対し発する言葉も無かったのだ。

「どなたかな……、大石ですが」

さすがに井上もあぐらを崩し座り直すと、「長州藩士井上弁蔵です」

「同じく、北川半九郎です」と、隣に座っていた男も言った。

「わが師、斎藤弥九郎を破られるほどの先生のご門弟が、どれほどの腕かと思いまし

て、教えを乞うておりました」と、嘲笑とも聞こえる調子で言った。

進は状況を合点した、二人に皆やられて意気消沈しているのだと。

「それで、私の帰りを待っておられたという訳ですかな……、それは待たせましたな。では行きましょうか」

進は軽く庭へでも出るような言い方で、着替えもせずに三尺八寸の竹刀を持った。

「ご支度は……、」と、面を着け直した井上が言うのに対し、進が「このままで……」と答えた。

面の中の顔が、怒りに震えているのが見えた。

二人が蹲踞して立ち上がると、進はいきなり上段に構えたままスーと間を詰めて行くとそのまま左片手面を繰り出した。面を打たれグラッと二、三歩、すざる井上に、進は「まだまだ」と言いながら、諸手突きを入れたのだ。

井上は板壁まで突き飛ばされてしまった。

見ていた北川は「あっ……」と声をあげ、呆けたように口を開けて進を見つめた。

井上は、唸り声のようなものを発していて、直ぐには立ち上がれずにいた。

「友清……、『振り上ぐる太刀の下こそ地獄なり　ただ踏み込めよ　先は極楽』良いかこれを肝に銘じておけ……、誰かお客人に水を差し上げて、お帰りいただけ」

そう言い残すと、進は着物を替えるために母屋へと向かった。

九　水野忠邦邸　御前試合

天保十年（一八三九年）、進は再び江戸出府を命じられた。この年に老中となった水野忠邦が自らの邸宅で、一流の剣客を集めて剣の技を競わせるというのだった。水野は立花家にたいして大石種次の出場を求めてきた。

水野忠邦の老中就任には、永くて暗い藩政の軋みがあった。水野忠邦は唐津藩の江戸屋敷に生まれた。学問好きの子供であったという。十九歳で家督を継ぎ、二十二歳のときに奏者番となった。奏者番は、将軍に拝謁する大名の名前や進物を単に伝えるだけの役目なのだが、この役目を通して権力の座の煌びやかさを垣間見た忠邦は、ひたすら中央政治に携わることに憧れるようになった。

しかし唐津藩は代々、長崎見回り役を務めることが決められており、唐津藩主が幕閣に係わることはできない仕組みになっていた。中央政治に係わるには国替えが必要であった。

水野家は家康の母親である於大の方を出した家柄で徳川家の外戚になり、時の老中水野忠成《ただあきら》は同門で賄賂と金権体質のとかくの噂があり、「水のでて、元の田沼に、戻りけり」などと川柳で揶揄されていた。

　これを利用しない手は無いと、忠邦は莫大な賄賂を準備する。唐津藩には一部天領に召し上がられた地域があり、住民からは国替え工作の賄賂とみなされ、天領の年貢取り立てが厳しかったため後年まで恨まれている。

　さらにこの国替えに際して、家老の二本松義廉は諫め腹で踏み止まらせようとしたが、忠邦は一顧だにしなかった。

　このようにして手に入れた老中の座であったが、老中就任当時は、徳川家斉《いえなり》の大御所政治が続いており、大きな政務や改革に手を付けることが出来ないでいた。

　この欲求不満のうっぷんを晴らすためでもなかろうが、忠邦は「文武を奨励して武士階級の士気高揚を図る」との名目で、自らの屋敷に名だたる剣客を招いて御前試合を開催させたのだった。

　これには伊庭軍兵衛を始め数名の剣客が名を連ねている他、柳川藩の江戸屋敷からも数名が参加し水野藩士達と稽古や申し合いを行った。

　水野藩剣術師範の田島巌は御前試合にも参加したが、たわいもなく敗れており、水野藩士達の腕前は推して知るべき程で、忠邦は柳川藩士達の腕前を褒めちぎり柳川藩主の立花鑑備《あきのぶ》を羨ましがった。

大石種次をたいそう気に入った忠邦は、試合後に反物と報奨金を授けている。

十　幕末の弟子

時の老中水野邸の御前試合に、はるばる柳川の大石種次が招かれるということは、大石の名が広く知られていたという事だ。事実、大石道場の門をたたく志願者は引きも切らず、進の後を継ぎ大石種次を継承した次男種昌の時代までに五百人を数えた。しかも、北は蝦夷松前藩から南は日向飫肥《おび》藩《はん》に及んだ。

水野忠邦の治世は、天保八年に大塩の乱が発生し幕府の屋台骨を揺るがし、やがて幕末の騒乱に繋がる転機の時代であった。時代が変化していると感じ旧態依然の体制を憂うる武士たちが台頭していた。彼らは、いつか来る日のためにと、学問と腕を磨くために名のある塾や道場へ足を運んでは文武を学んでいたのだ。

薩摩示現流の使い手十四名の飫肥藩士が、大石道場を訪れ一年間余りに亘って留まったのもそんな気持ちからだった。長州藩の来嶋又兵衛が藩士十名と共に、二年の間大石道場で起居したのも同じ時期であった。

大石道場で、居合わせた薩摩藩士と長州藩士は全員が申し合いをしている。来嶋は、その日記に『噂に聞く、薩摩人の勇気にはじめて出会った』と書いている。幕末を牽引する二大藩の小さな出会いが、やがて大きな流れになるとは思いもしなかったことだろう。

進は五十歳で次男種昌に種次と名乗らせ家督を譲り、自らは武楽と号して隠居をした。既に愛洲陰流を基礎として自ら創設した大石神影流は広く世間に広まっていた。

嘉永五年ペリー来航の前年、その大石神影流を高知で指導してくれないかという依頼が土佐藩から来た。

この土佐藩には複雑な身分制度があった。戦国時代、永らく土佐地方を支配していた長宗我部家は関ヶ原の合戦に敗れ改易し、代わって山内一豊が治めるようになった。長宗我部家には、「一領具足」と呼ばれた在郷武士団で、日頃は農業を営み、戦《いくさ》では兵として戦うという一団があった。山内家はこれを郷士制度として残し、郷士以下の徒士《かち》、足軽、武家奉公人等を下士《かし》と呼び、山内系の藩士を上士と呼んで厳しく差別した。

剣術を習う道場も分かれているという具合であり、種次が招請《しょうせい》されたのは上士たちが通う寺田道場であった。一刀流道場主の寺田忠次が九州に武者修行にきた時、しばらく大石道場に留まり稽古をしたのだが、この時感銘を受け弟子達にも大石神影流を学ばせたいと思ったのだ。

武楽は良い機会だと思い寺田に「自分は隠居して子供に道場を継がせ、種次を名乗らせている。武者修行のつもりで受け入れてくれ」という趣旨の手紙を出して、種昌と友清鬼源太の養子となり友清裕太夫となった三男を高知に向かわせることとした。

二人の高知滞在は二カ月に過ぎなかったが、土佐藩の剣術に大きな影響を与えたようだ。土佐藩から大石道場の門弟に名を連ねた者は五十九名に及んだ。

その中に、後に藩主山内容堂の下で参政として土佐藩を動かす吉田東洋が居た。東洋は若い時に口論となった家僕を無礼打ちにして蟄居になったり、江戸の酒宴の席で旗本を殴打して、お役御免になるなど気性の激しい男だったようだ。むろん剣にも自信があった。

種昌が見守るなか、これ見よがしに竹刀を器用に操って稽古相手を翻弄していた。やがて種昌に「一手ご指導を……」と声を掛けた。

種昌は黙って竹刀を取ると面も着けずに「遠慮なく打ち込んでこられよ……」と言った。短気で気性の激しい吉田の顔色が変わり、いきなり面に打ち込んできた。が、その竹刀は種昌の竹刀で跳ね上げられた。何度打ち込んでもその度に吉田の竹刀は弾き飛ばされるのだった。頑固な吉田もとうとう「まいりました……」と言って竹刀を収めた。

「大石神影流では鍔元で斬れと教えます。竹刀で打つのではなく、真剣で斬る気合で打ち込めば簡単に弾き飛ばされることはありません」静かに種昌は言った。

吉田はその場で入門を請うた。

この吉田は、高知郊外に私塾少林塾を開き、後藤象二郎、板垣退助、福岡孝弟《たかちか》、岩崎弥太郎などを育て、やがて彼らが「新おこぜ組」と称される一大勢力となっていく。

吉田東洋は、開国貿易を含め改革を進めていくが、尊王攘夷を主張する土佐勤皇党の武市半平太の指令を受けた暗殺者に殺害されてしまう。


二人が留守の間、宮部の道場は隠居の武楽が守るのだが、相も変わらず多くの武芸者が来訪していた。この頃、長州の来嶋又兵衛が三度目の宮部入りをしている。来嶋は以前二度、大石道場に留まり修行したり、江戸に滞在時も、長州の者がよく通う斎藤弥九郎道場ではなく、浅草にある柳川藩下屋敷の道場に通った。来嶋は二十歳年の離れた武楽を敬愛していたのだ。来嶋は武楽から免許皆伝を受けている。

豪放磊落な性格は武楽と意気があったようで、よく母屋に上がりこんでは酒など酌み交わしていた。その来嶋が江戸勤めを終え、挨拶に来たのだった。

「大先生、男谷先生がとうとう幕府講武所を設立されましたよ……」来嶋は、武楽を大先生、種昌を若先生と呼ぶ。

「ほうそうかい……、随分以前から幕府に働きかけておられたようだったが……、何よりだな」

太平の世が続く中、差した刀の重さで腰がふらつくなど、町人にからかわれるような侍が居る時代から大きく変わろうとしていた。日本の近海に数多くの外国船が姿を現し、開国を迫られ、清国ではイギリスとの間にアヘン戦争が起き、その結果香港を割譲されていた。

このような状況に危機感を持つ者の多くは、海防の強化が必要だと主張し、ある者は文武の奨励が必要だと言っていた。男谷が幕臣の文武奨励をはかるために、幕府講武所の設置を進言しそれが実施されたのだ。


講武所が設置されて二年が過ぎたころ、武楽は無性に江戸へ行って男谷に会ってみたくなった。井伊直弼が半年ほど前に大老になり、勅許を得ることなく米国との通商条約を締結し、これを批判する勢力を弾圧し始めたころであった。政治的な混乱が始まりかけてはいたが、庶民の生活はまだ和《のどか》に過ぎていた。

「欣吾……もう一度江戸へ行かないか。お主が六十三、俺が六十二、今行かなければもう行けないかもしれんぞ」

「男谷先生とまた試合でもするつもりか……」

「いやいや……会って話をしたいと思ってな……」

「そうだな……、船旅もいいか……」

この頃、九州と京都、江戸の行き来は瀬戸内海を通る船便が便利であった。二人は品川で船を降りた。

「初めての江戸行きを思い出すなー、ここで大暴れをしただろう」

欣吾が笑いながら言うと、武楽も愉快そうに笑った。

宿を探してゆっくりと歩いていると人だかりがしている。武楽は人だかりの頭越しに三人の侍が対峙しているのを見て、「おっ……」と呟いた。

「何だ、何をやっているのだ……」

「判らんが、どうやら決闘だな……」

浪人らしい二人が刀を抜いて一人の若い侍と対峙しているのだが、その若侍はどこかの店から借りたのだろうか、心張棒《しんばりぼう》をぶらりと下げているのだ。

欣吾は人垣を押し分けて前へ出た。侍たちの向こうには川が流れている。

「何があったのだ……」欣吾はささやくように聞いた。

「あっしが見た時には、何があったのか知らないが、茶店であの浪人二人が旅姿の女《おな》子《ご》二人にからんでいましてね」

あまりしつこいのでハラハラして見ていたら、若侍が間に入って、あっと言う間に二人を逃がしてしまったのだと言う。そして怒った二人が、ここの広場まで若侍を連れてきて刀を抜いたと言うのだ。

若侍が茶店の心張棒を持っているということは、闘うことを双方が承知しているということだと欣吾は思った。

「これは……、勝負にはならんな」と武楽は呟いた。

心張棒を軽く握っている腕の鍛えぬいた筋肉が、着物の袖からのぞいていた。

勝負は一瞬だった。若侍は左に回りながらスーと二人に近づくと一人の浪人の右の手首を打った。骨が折れたのか刀がポトリと落ちた。次の瞬間、その浪人の後ろに居たもう一人に向かって踏み込むと、心張棒が鳩尾《みぞおち》を突いた。鳩尾は急所のひとつで、強く打たれると横隔膜の動きが瞬間的に止まり呼吸困難になる。浪人は、尻もちをついたまま、口を大きく開けて必死に息をしようとしていた。

若侍は心張棒を返すつもりか、何事も無かったかのように茶店に向かった。

「ごめん下され……、拙者は柳川藩剣術指南の大石武楽と申します」

茶店に戻った若侍に声をかけた。若侍は驚いたようにして武楽を見上げている。何しろ首ひとつ以上の背丈の差があるのだ。背中には五尺三寸の竹刀袋を背負っている、剣客であることは一目瞭然だった。

少しの間をおいて「あっ……私は伊庭八郎と言います。大石先生のお名前は聞いております」と返してきた。

「お見事でした。いやあまりに見事なもので、失礼も顧みず声をかけてしまいました。そうですか、伊庭殿と言うと秀業殿の……」

「はい、父をご存じでしたか、父は昨年他界しました」

「えっ、それは……まだ若かったのに」

「四十五歳でした。道場は義父が軍兵衛を名乗って継いでいます」

四十以上は歳の違う大男が、丁寧なあいさつをするのだ、八郎も悪い気持ちはしない。三人は茶店に座り込んで話し込んだ。欣吾も名前を名乗ると、今日は品川で泊まるのでと言い訳がましい態度で酒の準備をさせた。

八郎は品川まで、旅に出る友を送ってきたのだと言った。


伊庭八郎。八郎は幼いころ剣術より学問に興味を持っており、剣術を始めたのは十代になってからだったが、秀業の後を継いだ秀俊は道場を是非に秀業の子である八郎に継がせたいと、厳しく鍛えたのだった。

親に似て筋が良かったのか、次第に頭角を現すと「伊庭の麒麟児」の異名をとるようになる。江戸庶民の八郎に対する人気は、何枚もの錦絵になるほどだった。江戸っ子で気風《きっぷ》も面も、そして腕もたつ。将軍の親衛隊である奥詰を勤め、独り者で金回りも良かった。

そんな八郎に、新吉原稲本楼の売れっ子花魁《おいらん》「小稲《こいな》」が惚れた。小稲は稲本楼の看板名で五代続いているが、その四代目である。

八郎は幕府遊撃隊として戊辰戦争に参加する。鳥羽伏見の戦いで敗れ江戸へ帰り、彰義隊の上野戦争に呼応して箱根で小田原藩と戦った。この時、湯本三枚橋付近で油断をした隙に左手首を切り落とされた。一旦江戸へ退却中の船内で、幕府御典医松本良順の手当てを受けるなか、「この骨が……」と良順が呟いた。

「先生、この骨がじゃまですか……」と、八郎は、脇差を抜くとスーと傷口すれすれに飛び出た骨を切り落とした。

「えっ……」と、良順は驚きの声をあげた。

八郎は一旦横浜に潜伏し、榎本武揚たちが立てこもる五稜郭に行く決意を固めるが、その費用を捻出する必要があった。これを知った小稲は五十両の金を工面し八郎に渡した。

八郎が、死に場所を探していることは判っていた。手首の無い腕を慈《いつく》しむように抱いて別れを惜しんだ。

五稜郭で八郎は、胸に銃弾を受けて戦死する。武楽と出会った十年後、二十六歳であった。

「江戸へはまた武者修行ですか……」と、横に置かれた竹刀を見ながら言った。

「いえ、まあーこれは癖みたいなものでしてな、旅に出るときはつい背中に……」と笑った。

「八郎殿も練武館で軍兵衛殿と……」

「いえ、私は今幕臣で、今年から幕府の講武所の教授として男谷精一郎先生の手伝いをしています。男谷先生はお強いだけではなく、実にご立派な方です……」

「おお、そうですか。実は、こんどの旅は男谷先生が講武所を開かれたと聞いて、是非お目にかかりたいと思い立ったのです」

「えっ、それは奇遇ですね。道場でまたお会いします。その時一手ご指導を……」と言って去って行った。

武楽が講武所開設の祝いに来たと聞いた男谷の驚きと喜びは、大層なものだった。

「今さら試合でもありますまい……、ゆるりとくつろいで居て下さい。今夜は飲み明かしましょうぞ……」

「ところで伊庭殿は……」

「八郎も、いつ見えるかと楽しみにしておりましたが、生憎、所用で江戸を離れております」

武楽が伊庭八郎と試合をしたという話は残っていない。

江戸から帰った四年後の文久三年、武楽は来嶋又兵衛から手紙をもらった。『私は今、王政復古をめざして御所で朝廷工作に携わっています……』という内容だった。前年には土佐の吉田東洋が暗殺されている。長州、土佐、薩摩の弟子達が幕末の騒乱に身をていしていた。

井伊直弼が桜田門外で水戸藩士達によって殺害された事件を契機に、それまで抑えられていた尊王攘夷派が活発に活動を開始していた。そして尊王攘夷は討幕に変化していたが、長州はもともと討幕思想を持っていた。

長州藩では、元旦に家老が藩主に対し「今年の江戸討伐はいかがいたしましょう」と問うと、藩主が「まだ時期では無い、今年は止めておこう」と答えるのが習わしであった。

関ヶ原の戦いで西軍の総大将となった毛利輝元は、敗戦で死は免れるが隠居を命じられ、安芸、長門、出雲など九ケ国、百二十万石の所領は、周防、長門の二ケ国三十七万石に大減封される。この恨みが幕末まで続いていたのだ。

長州藩王政復古の思想的、戦略的な背景に居たのが、久留米水天宮の宮司、真木和泉守であった。真木和泉は尊王論の水戸学の後継者的存在で、長州に留まって王政復古を画策する。

その頃は既に幕府の権威は薄れ、大きな問題は勅許を得なければ執行することが出来ないなど、朝廷の意向が政治に反映されるようになっていた。長州の討幕・王政復古に対し、薩摩は朝廷と徳川幕府を結びつける公武合体を推進していた。

真木和泉は長州の意向を朝廷に反映させるために、有力な公家を取り込む作戦を取った。

来嶋又兵衛はこれを受けて、上洛し朝廷工作に携わっていたのだ。

この作戦は功を奏し、中納言の三条実美をはじめ七人の公家の支持を得て、長州が主導権を握るかと思われた。

こうした長州の動きに公武合体派の公家たちは反発し始め、朝廷における尊王攘夷派の長州と、薩摩、徳川の公武合体派との対立が深まった。

そして文久三年（一八六三年）八月十八日、公武合体派が長州藩を京都から追放する政変が起こる。七卿落ちといわれた変である。

その日の早朝、会津藩兵千五百、薩摩藩兵百五十が御所にある九か所の門に兵を配して閉鎖した。関白や重職であろうと一切の参内を許さなかった。この守護兵に土佐、米沢、備前など五つの諸藩が加わった。

参内禁止を伝えられた三条実美の邸宅には、真木和泉が率いる浪士隊を含む長州兵士およそ二千名が集まった。

真木和泉は、三条卿にこれらの兵を率いて参内するように願いでたが、三条卿はこれを許さなかった。そして、双方の一触即発の睨み合いは夕刻近くまで続いた。

しかし天皇の意志は変わらず、双方ともに兵を引くことで合意し三条卿以下の公家と二千の兵は東洛の妙法寺に参集し善後策を話し合い、結局一旦長州へ引くことに決定する。

多くの諸藩が天皇の命令で動いたことで、これ以降天皇の権威の高まりと徳川幕府の凋落が強まっていく。


長州に移ったあとの軍議で真木和泉は、御所を攻撃することは恐れ多いことだがと言いながらも、武力による京都奪還策を三条卿らに説いた。三条卿が積極的に賛同したとは思えないが、この勢いを止めなかった事は確かで、禁門の変が終わったあと敗北の報を受けている。

長州藩士等は天皇を玉と称して、手段を選ばず玉を手中にすれば政治の主導権を握れると息巻いていた。京には桂小五郎をはじめ長州藩士、北添佶摩ら土佐藩士など数十名が潜んで、長州の出かたをうかがっていた。具体的な計画はともかくとして、京都から天皇を長州にお連れし長州から国を動かすのだという構想はあった。まだ模糊とした構想であったが、その時に備えて身分を偽り、隠れ家を作り武器を隠すなどの準備も整え、集会も重ねていた。

その隠れ家のひとつに炭屋商枡屋があった。店主の枡屋喜右衛門は京の寺勤めをしていた男だが、枡屋を引き継ぐと古道具や馬具も商いしていた。古くからの尊王浪士で、商売の名目で諸大名や公家の屋敷に出入りし、長州の間者として情報収集や武器の調達を行っていた。

七卿落ちの変の後、長州の桂小五郎や宮部鼎三など多くの藩士や浪士が京に残り密かに尊王攘夷派の挽回を画策していた。この事は京都守護職配下の新選組も察知しており洛内の探索に力を入れていた。

その捜査網に枡屋喜右衛門が掛かった。枡屋喜右衛門は別名古高俊太郎と名乗る尊王浪士で、六月六日に三条木屋町の池田屋で浪士が集まることを、土方歳三がすさまじい拷問のすえ白状させた。「風の強い日に御所に火を放って、混乱に乗じ天皇を長州に連れ去る」と言うのだ。

元治元年六月六日、池田屋には尊王の浪士三十名ほどが集まっていた。すぐに事を起こすというような緊迫した会合ではなかったろう。数十名で御所を襲い天皇を長州に連れ去るなどを実行できる訳はなく、あくまでも長州藩が動いた時にどう対応するかなどを話し合っていたのだ。

しかし、京の不穏浪士を取り締まる新選組にとっては、功名を挙げる何よりの機会だった。池田屋に向けて出立しようとしたとき、新たに四国屋に浪士が集まっているとの情報がもたらされた。

近藤勇は、会津藩の出動を待っていたが、亥の刻（二十二時）まえ、これ以上は待てないと思い自らには沖田総司、永倉新八、藤堂平助等剣の手練れを含む七名で池田屋に、残りの隊士数十名は、土方歳三の指揮のもと四国屋へ向かわせる決心をする。

結果、池田屋にいた三十数名の浪士に対し、近藤は三名を出入口に配置して、沖田等と四名で切り込んだ。

多勢に無勢の中、近藤は「切り捨ていー」と甲高い声で叫びながら刀を振るった。沖田は大いに活躍したが喀血して倒れこんだ。藤堂は額を切られ、血が目に入り戦線を離脱した。近藤と永倉の二人が奮戦していたが、土方隊が四国屋に浪士がいないことが分かると池田屋に急行し、戦列に加わったため戦いは収束した。

池田屋事件で、死亡した浪士は十五名、捕縛された者十八名でこの内刑死や獄死した者が八名に上った。尚、無事に逃走した者が十名いた。

長州に居た真木和泉が、池田屋事件を知ったのは一週間後の六月十二日であった。

長州の過激派の怒りは激しかった。すでに出陣の準備は整っていた。

真木和泉は、四日後の十六日に長州防府の三田尻港を出立した。そして二十四日には御所の南、天王山に布陣した。二十七日、久坂玄瑞隊が真木和泉隊と合流する。

そして、来嶋又兵衛隊は二十七日に嵯峨の天竜寺に布陣し、これに国司信濃隊が合流した。また、福原越後軍は二十三日に大坂の長州屋敷を出立し翌日に伏見に陣営を設けていた。

そして長州軍は御所を三方から取り囲こみ、七卿の赦免などを要求するが、幕府側は一歩も引かず長州軍追討を決定した。

こうして長州軍と、幕府及び薩摩連合軍の戦闘が開始された。

七月十九日早朝、来嶋隊が会津、薩摩藩が守る蛤御門を攻撃し戦闘が開始された。長州軍は一時蛤御門を制圧するが、薩摩軍の猛烈な反攻に遭い、来嶋が銃撃で死亡し残兵は撤退する。

伏見に居た福原隊は、京への進軍中に彦根軍に阻まれ福原家老が負傷し撤退。真木和泉と久坂軍は堺町御門で戦闘を開始するが、蹴散らされ鷹司邸に退避する。そこに会津、桑名の兵が加わり包囲を始めたため、天王山へ退却した。この鷹司邸の戦闘で久坂は銃創を負い、鷹司邸が燃え上がるなか自刃する。

一旦、天王山に籠った真木和泉隊であったが、すぐさま会津、桑名、新選組の追討を受ける身となった。逃れることは不可能だと悟った真木和泉は、十六人の同志と共に皇居の方角を拝し自刃する。

京都の街が大火にみまわれる中、来嶋又兵衛は死んでいった。

武楽は六十半ば近くになると、稽古試合でもよく負けるようになっていた。次男の種昌は種次の名を継ぎ、三男の裕太夫は友清の養子となって活躍している。末子の雪江も剣の道に進んでいる。

武楽には、なんの心残りもなかった。あっさりと竹刀を捨てると道場に顔を出すことも無くなり、文と共にゆっくりと過ごすようになった。

春の裏山には、タケノコが生えワラビやウドが立つ、武楽は剣に夢中でそれまで山菜狩りなどしたことが無かったが、文に連れられて行くと夢中になってしまった。

畑を耕すことは剣の修行に繋がると、これは若いころから武楽の仕事だった。種まきや草取りは文の領分だったが、今は二人で汗をかいている。

そんな日々が三年ほど過ぎた。筋骨隆々としていた武楽の身体は肉が落ち背丈だけが高く、幼いころウドの大木と呼ばれていた事を思わせる様子になっていた。

ある日のこと、大銀杏の木を見上げていた武楽は眼の前が白くなっていく感覚に襲われ、うずくまってしまった。

「だんな様……」近くに居た文が駆け寄った。

「ん……、大丈夫だ」とは言ったが、なかなか立ち上がることが出来ない武楽を、文が支えて座敷に床を取って寝かせた。

結局、武楽はそのまま目を覚ますことはなかった。六十七歳だった。

枕もとで欣吾が呟いた「俺の方が先だろうが……、向こうで待っててくれ」

文は、七年後の明治三年まで生きた。

大石神影流は、種昌に男児がなかったために、武楽の末子雪江が引き継いだ。

小説・爆発赤痢

一　藤西医院

藤西医院は、大正十一年に大牟田市勝立町の一角で内科・小児科の看板を掲げた小さな病院だった。藤西医師、三十五歳だった。

藤西医師は大阪の大手医院に勤務していたが、この間永らく肺疾患を患っていた妻を亡くしていた。看病の影響か、彼自身にも発熱や咳、体重減少がみられるようになると、病院長がこう言って勧めてくれた。

「藤西君、今、大阪郵船会社が船医を探している。しばらく、きれいな空気を吸って規則正しい生活を送ってみたらどうだ。いまなら重篤化させずに済ませることが出来るかもしれん」

藤西医師は、この提案を有難く受けた。

そして、二年間の海上勤務での比較的穏やかで、清澄な大気や安静と適度な労働、充分な栄養と、結果として良好な養生環境に恵まれたのか、体重は増加し発熱、咳等の症状も消失していた。

会社は新たな勤務として欧州航路を打診してきたが、もともと何れは福岡か熊本市内に開業したいと考えていたこともあり、これを機会に九州に帰り開業することを決意した。

しかし、いきなり大きな都市に開業するだけの資金の持ち合わせは無く、一旦、亡き妻の実家の近くに借家を借りて開業した。

大正十一年、この辺りは大牟田の場末で一般の人家は少なかったが、少し離れたところには三井鉱山の社宅が立ち並び、鉱山病院の分院が三か所、他にも四軒の開業医院があった。

そんな訳で、ぽっと出の貧弱な病院に好んで来る患者は少なく、一カ月経過しても、看板の内科・小児科の患者が一日に数人、あとはこの頃流行していた眼科のトラコーマで洗眼を希望する患者のみであった。この為、一時は随分困窮したと書き残している。

開業から五カ月を過ぎたころ、近くで傷害事件が発生した。怪我人を運び込んできた男達が、喧嘩のすえ出刃包丁で、首のあたりを切られたと言うのだ。急いで診察室に担ぎ込んでみたが、一目見て出血量が夥しく外科への搬送を考えなければならない状況だった。

しかし、この近辺には外科医は少なく距離もある。藤西が怪我の程度を診てみると、傷は右頸部の耳の後ろから鎖骨に達し外頸動脈が見えるほどに深いもので、搬送中の出血を恐れた藤西が、十五針を縫合し止血を試みたところ出血は次第に治まり、幸い化膿も免れてやがて完治した。

これが噂になると、近所の怪我人が外科治療に来院するようになった。このおかげで、開業から一年にもなると、ようやく困窮することもなくぼつぼつと暮らしていけるようになった。

そのまた半年ほど後の事だった。

上官町に住む胃潰瘍を患っていた男性が大量の吐血をした。市内の内科医に運ばれて、止血剤、リンゲル液注入、強心剤投与などの治療を受け帰宅したのだが、出血量が多かったためか高度の貧血状態で体の衰弱が著しく、件《くだん》の医者は往診を頼んでも来てくれないと、藤西に訴え往診を頼んできた。

大正十三年のころは、輸血はまだ一般的に広まっていない頃だったが、研修医として若いころアメリカで輸血を経験していた藤西は家族にその事を話し、思い切って輸血を行った。一日目に百五十、二日目に二百cc、すると病状が少しずつ回復し、やがて全快した。

面白いことに、上官町の患者がまだ療養中であったが、今度は勝立の社宅に住む男が十二指腸潰瘍でこれも大量出血後、同様の経過をたどっていた。

この男も全快すると、これらが喧伝されたのか内科の患者が急増し、開業から五年も経つと非常に多忙となって、ようやく生活に余裕が出来のだった。

二　昭和十二年九月二十五日

開業から十五年が経った昭和十二年九月だった。

二十五日の夕方、まだ七時前であった。藤西が診療を終えて夕飯に取り掛かろうとしていると入り口の引き戸を開けて、男が声を掛けてきた。

「先生、喉が痛くて……、ちょっと診て下さい」

「どうしたんだ……」

事情を聴きながら診察室に連れて行くと、

「さっき、六時ころだったけど、七浦の化学工場の近くを自転車で通っていたら爆発事故があってね……」

大きな音と共に黄色い煙が舞い上がったと言うのだ。だいぶ離れてはいたが風下だったので、臭いも感じたので少し煙を吸ったのだろうと言う。喉を診てみると炎症をおこし赤くなっている。たいしたことは無いと、塗り薬を処置しうがい薬を渡して帰した。

ところが今度は、翌二十六日の早朝玄関の硝子戸をガタガタと叩く音で目を覚まされた。玄関に出てみると、ガラス越しに小さな男の子を抱きかかえた女が「子供が……子供が……」と大声をだしているのが見えた。中に入れると子供はぐったりとしており、一目でただごとでは無いと分かった。脈拍が百五十を超えている。熱があることは直ぐに分かったが、体温を測ると四十度あり顔面蒼白で既にチアノーゼが診られた。

「これは……、家ではどんな様子だったんだ」

ただならぬ状況を感じながらも藤西は、オロオロと佇んでいる母親に諭すような口調で聞いた。

「夜が明けぬ前に腹が痛いと言いだしたら……、水みたいな下痢をしだして……」

水を取り替えながら頭をさましていたら、次第に意識を失ってきたので慌てて連れてきたと言った。

「昨日の晩に何か変な物を食べなかったのか」

「別に……いつものような晩飯を」

「判った、とにかくあなたもしっかり手を洗って看病するように」

藤西は疫痢だと目星をつけ、脱水もひどく、ひとまずリンゲルを打つなど応急手当てをしていると、

「先生……お願いします」と言ってまた一人駆け込んできた。そしてまた一人と、十時過ぎまでの四、五時間に十三名が担ぎこまれてきた。みんな三から五歳の子供で基本的な症状は変わらないが、既にぐったりとしている者、不安を訴える者、興奮して暴れだす者、うわ言、麻痺と様々な症状を見せている。しかし最初に運び込まれた子供ほどの重症者はいなかった。狭い病院内は喧騒に包まれた。

「集団発生か……、発生源はなんだ」と、藤西は呟いた。藤西が聞いたところでは、原因になりそうな同じものを食べた様子はなかった。

症状は赤痢と思われるのだが、患者の何名かは喉の痛みを訴えている。しかし赤痢以外には思い浮かばなかった。

市の衛生課に電話をした方が良いだろうと考えていた時、電話が鳴り響いた。電話機の横の柱時計を見ると十一時を少し過ぎている。電話は七浦の前田商店からだった。

「もしもしどうしました。えっ、近所の子供が何名も高熱を出したんですね。判りました直ぐ行きます。おい、リンゲル液と解熱用注射液、あとは、強心剤、鎮痛剤、下剤、ヒマシ油、あっそれから浣腸器も用意してくれ」

藤西は看護婦に向かって叫ぶように言った。赤痢に対する特効薬はなかった。解熱、抗炎症、鎮痛などの対処薬であるビタカンやノブロンなどの薬を大量に用意させ、診療カバンを提げ玄関横に置いている自転車に向かった。

変わっている。「先生……薬です」看護婦も大変なことが起こっていると分かって、緊張で顔つきが
「さっき感染症病院と連絡が取れたが向こうも大変らしい。動ける者は帰していいが、手をこまめに洗って看護は一人でやるように、家でも隔離するように言うんだ」と言って自転車に飛び乗った。

二十分ほどで前田商店に着くと、医師を呼んだということが広まっていたものと思え、近所からも母親に抱かれた子供たちが数名待っていた。藤西が解熱剤などの投与と看護のやり方を話して外に出ると、五、六軒先の家から小さな子供を抱きかかえた女が走り出てきた。病院へ駆け込むつもりだったようだが藤西の姿を見ると、「先生ー」と大声を出して片手で子供を抱き支え、もう一方で手招きをしている。

その子は瀕死の重症で、頻脈、不整脈、意識は無く、未消化物の残る液状の粘着便を出し、昏睡状態であった。さっそくリンゲル液を注射したのだが、その最中、数名の患者がこの家の玄関に集まってきた。

その中の一人が重症らしく、その子を抱きかかえた母親が、

「先生、その注射中のリンゲルを半分、この子に分けて下さいー」と叫んだ。

「あわてるな……、順番に見てやるから安心しなさい」と、言いながらも応急手当てしか出来ず、基本的には子供の体力と症状の勝負だ、頑張るんだぞと、心の中で叫ん

でいた。

　この前田商店の周りだけでも、十五人ほどのいずれも幼い子供たちが感染していたのだ。藤西は、新たに薬を取り寄せながら応急の手当てをし続けた。この間にも、藤西は何とか発生源のヒントになる情報は無いかと、治療の合間にも親たちに昨日からの暮らしの様子を尋ねていた。

「近所の皆でどこかに出かけたとか、何かをたらい回しにして配ったとかなかったか……」

「先生……」

　藤西に、膝に抱いた子供の治療を受けている女がボソリと言った。

「この子と何時も遊んでいる隣の子だけど、その家は三人いるんだけど誰も罹っていなくて……」

「そんな事もあるだろう……」

「うん……でも周りの子は皆罹って、その家は良い水が湧くからと言って井戸を使っていてね、もしかしたら水かなと思って……」

「水道水……」

　藤西は嫌な予感がした。もしそうなら大変なことになる、この地区だけでは済まなくなる。赤痢では水は最も注意をしなければならないのだ。

「井戸水だろうが、水道水だろうが必ず沸かして飲むようにと皆に伝えるようにしてくれ……」

胸に湧いた不安を抱いたまま、その家での応急手当てを終え外に出ると数軒も行かないうちにまた患者が現れるという状態だった。そして午後二時ころに七浦の山田商店で電話を借りると、市役所の衛生課に集団赤痢発生の連絡を入れる事にした。

「勝立の藤西ですが……、実は集団赤痢が発生したようです。今七浦で治療に当たっていて……」と、藤西は患者が多数発生している地区で、自宅の井戸を使っているところは患者が出ておらず、水道水が原因かもしれないという話が出ていることを告げた。

「先生……、今日は日曜日で役所は休みでした……」

「アッ……」藤西は息を呑んだ。市の衛生課が機能しなければ疫病の全体像をつかむことは出来ないと思ったのだ。

「今……市長が対策本部を立ち上げているところです……」

職員の話では数時間前に、別の医師が衛生課に連絡をしたが通じず、警察に電話をし、市長への連絡を依頼してきたのだと言った。

既に複数の医師からの連絡で大変なことが起こっているとの認識で、市内の内科小児科の医師への調査を開始しようとしてると言った。

「先生も逐次、報告をお願いします」と言って先方は電話を切った。

藤西には、どのような経路でこれほど大勢の人に感染する量の赤痢菌が、しかも水道水に入り込んだのか考えが及ばなかった。否、水道水だけとは限らない、水は確かに一番に疑ってかかる必要がある。

藤西が、七浦から大牟田川を渡り宮浦地区に入ったのは午後四時ころだった。宮浦坑の正門前には、おそらく会社幹部が利用するのだろうが、タクシーの溜まりある。その一台を雇って、看護婦に準備するよう連絡していた何種類かの注射液や薬剤、それに水筒にお湯を入れて持って来てくれるように頼んだ。

「生水は危ないからな」と呟いた。

運転手は、「分かりやした……急いで取ってきやす」と、この非常時に役に立てるのが有難いと言って飛び出していった。

実は、大手財閥が経営する三池炭鉱では明治四十年代には既に内科、外科、耳鼻咽喉科、小児科、産婦人科等を配した地方では稀にみる総合病院を設置していた。そして各社宅地区にその分院が配置されていた。宮浦地区にもそれがあり、その分院の医師と藤西の二人でこの地区の患者の治療に当たった。

二人で手分けしアチコチの患者宅を回り食事を摂る事さえ忘れ徹夜となった。翌日の二十七日は前日に増して次々に患者が、まさに湧いて出るという様相となった。病院に電話をしては薬を取り寄せながら治療を続け休む間もないありさまだった。

「先生おにぎりです。召し上がって下さい」

薬と一緒に持ってきてくれた食事も喉を通らなかった。腹がすかないのだ。医師の使命感というか、次々に現れる患者を少しでも楽にしてやりたいと身体が勝手に動くという感じだった。

翌二十八日の朝五時ころにようやく上官町までたどり着いた。

上官の三池炭鉱管理職社宅に、炭鉱病院本院医師が詰めているという事を知り、情報を知りたいと訪ねることにした。藤西自身は既に百人以上を治療していた。目の前の患者の対応で全体がどのようになっているのか皆目わからないのだ。案内を乞うと、出てきた夫人が少し驚いた顔をして奥の主人の元に取次ぎに行った。

「さあー、お上がり下さい……、大変なご様子で」

夫人の様子から、藤西はおそらく酷い顔をしているのだろうと思った。応接間へ案内される途中に洗面台を見て、

「申し訳ないが洗面台を使わせてもらえないか……」

「ええーどうぞ」と言って新しい手ぬぐいを出してくれた。

早朝の洗面と応接間に通されて出された温かいお茶を飲んで、ホッと一息つく思いがした。

本院の医師の話は驚愕するものだった。

「正確な数字は把握できていないが、市内の内科、小児科医およそ三十名が一人当たり百人を診たとしたら、三千人だ」と叫ぶように言った。
二十六、二十七の二日で、少なくとも二千を超える患者が出ており、死者も二百は超えている、それも二十七日に集中している。赤痢の潜伏期間は少なくとも一週間は続く、このままだと患者数は一万人を超えるかもしれないと言った。
「我々も全力で対応しています。市には福岡県と熊本県の医師会に応援の要請をするようにお願いしています。潜伏期間は一週間、何とか患者を隔離して二次感染を防がなければなりません。お疲れでしょうが、宜しくお願いします」

自分もこれから現場に戻ると言って、その医師は幹部宅を後にした。

藤西は、午前八時頃にようやく自宅に帰りついたのだが看護婦が、

「向かいの雄太君が重症です……、夜中には先生が帰ってくるのではと待っていらっしゃいました」と言う。

これまで風邪や腹痛、怪我まで何度も治療をした門前に住む五歳の男の子が赤痢に罹ったというのだ。

藤西は家に上がる余裕もなく道を横切った。

「雄太は……」と、母親に声をかけた。

布団に寝かされた子供の枕元に座って俯いていた女は、藤西に気づくと堪えていた

涙を絞り布団にすがって、

「六時ころに死にました……どこの先生にも連絡が取れなかった」と、声も途切れ途切れに話し出した。

「そうか……すまなかったな。可哀そうにな……」藤西は女の背中をさすりながらも慰めの言葉が出なかった。

実は藤西はこの日往診の途中、ある病院で多くの患者が殺到し病院に入りきれずに、親に抱かれて玄関に並んで待つ間に、ケイレンを起こした子供を見て走り寄ったが、手の施しようもなく死なせてしまっていた。そして、このように医師の治療も受けられずに死んでいった例が、多数あったことは後になって分かった。

藤西が帰ってきたと知った人達が次々に病院を訪れた。二十六日から二十九日までの四日間は、次から次へとほとんど不眠不休での治療となった。

二十八日の午後であった。注射液のアンプルをガラス切りで切り落とし、アンプルから注射器に薬液を吸い込ませようとするのだが眼がかすみ、なかなか針が中に入らないのだ。気はしっかりしているつもりでも身体が思うように動かない。藤西は四十時間以上一睡もしていないどころか、一休みもしていない事に思い至った。使命感からか気は張っていて眠気は感じないが身体がまいっているのだ。

「まだ数日は続く……、まり子くん、玄関に往診中の札を出してくれ、ひと眠りする。

三時間たったら起こしてくれ」そう看護婦に言うと寝室に入った。

「先生……」

呼ばれた声にパッと目が覚めた。

「三時間経ちましたが、大丈夫ですか」

「寝たと思ったら……、起こされた」

よほど深い眠りだったのか目覚めは良く、その日はスッキリとした体調で診療を続けることが出来た。

この日、夕方近くになって市の衛生課から連絡が入った。

「昨日、軍の医師団が調査に入って来て赤痢防疫体制を取りました。赤痢予防薬として赤痢血清を市民に配布しています。ご協力ください」と言った。

「そうか、軍は赤痢予防薬を開発していたのか」

特に陸軍は、衛生環境の悪いところに転戦するため疫病の発生には気を使い予防薬の開発を進めているとの話は聞いていた。

しかし確かに症状は赤痢だが、初期の患者は喉の痛みや違和感を訴えていたのだ。まだ検便の結果の報告も無いが、赤痢と決めてしまっていいのだろうかと、ほんの一瞬頭をかすめた。

翌二十九日には、医師会から戸別診療にあたってくれるようにとの要請があり、街頭から患者宅へ再び飛び回る事となった。しかし、この日から市が要請していた熊本、福岡から応援の医師達も治療にあたってくれ、少しは楽になった。

もっとも忙しかった二十六、七日は処方箋には、氏名と年齢と薬名のみを記して家族を直接医院に取りに行かせた。後で、どこの誰にどの薬を投与したのか分からず、集金のしようもなかったが、そんな事を考える余裕もないほどの事態だったのだ。

二十六日から始まった大発生は二十七、二十八日と猛威を振るったが、この日を境に次第に収まっていった。十月一日からは回復者も次第に増えていった。一般に罹災から一週間で主要症状は消失したが、全治まで凡そ三週間を必要としたため伝染病院が満員となり、警察の柔剣道場、公会堂、更には各校区の学校の講堂には病床、運動場には臨時の建屋を建て収容した。

それでも収容しきれなかった患者は、一時的に自宅で隔離することが認められた。

藤西は十月二日に時間をみて友人の藤井医師を見舞った。藤井医師は二十八日の夕暮れに突然昏倒して病院で養生をしていたのだ。藤井は重い糖尿病を患っていたのだが過労で倒れた後、なかなか体調が戻らず入院先の病院で十月六日に病状が一変し翌七日の昼に息を引き取った。

そしてもう一人、富永小児科医は数日に亘る激務のため二階で眩暈《めまい》を起こし、踊り場から階段を転げ落ち骨を折っていた。

「一番忙しい時に戦線離脱とは情けないよ」

「何を言うんだ……、あの三日目はもう皆限界だったんだよ」

「結局、今はどういう状況なんだ」

藤西は、十月三日ころから新規の患者は出ていない。罹災者が完治するには三週間ほどかかる為まだ隔離されている患者も居るが、ほぼ終息したと言った。

「子供がかわいそうだったな……、まだ正確な数字は出ていないが罹災者は一万二千人を超えそうだ。死者は七百人以上に……、そのうち五歳以下の幼児が半分以上だ……」

藤西は目に涙を溜めて声を詰まらせた。

人口十一万人強の都市で、その一割の市民が感染するという歴史に残る大惨事に見舞われたのだった。

三　大牟田市消防署

大牟田市消防署の大崎は、九月二十四日の朝から翌朝までの勤務になっていた。零時の交代で火の見やぐらに上った。空は曇り星のひとつも見えなかった。民家の灯りは消され街灯の灯りが点々と見えるだけであった。

交代して数時間が経ったころ七浦の方角がパッと明るく光った。市の中心街から七浦方向へはなだらかな上り坂があり、火の見やぐらからは直接何が光っているのかは見ることが出来ない。場所的には化学工場のあたりであることは、工場の照明が薄暗く反射して見えていることから見当が付いた。その中で明るく光った灯りがゆらゆらと揺れているのが分かった。

「火事だ……」呟いた大崎は伝声管に走り寄った。

「七浦方向に火の手、化学工場のあたりと思われる」と、大声で叫ぶと階段を駆け下った。

消防車二台が工場の正門に到着し、守衛に火災現場への案内を請うた。守衛の電話で正門に出てきた数名の社員たちは皆、ゴーグル、防毒マスクや合羽状の防災服で身を包み消火にしては異様ないで立ちだった。

「まもなく鎮火する。消防は引き上げてくれ……」

「何を言うか、まだ炎があがっているじゃないか、それに火災の原因も調査する必要がある。」

「いや、自社の消防団で十分だ……、原因は調査後報告書を上げる。それにここは化学工場だ、変なガスが発生したらあんた達じゃ対応できんだろう」

社員たちは頑なに消防署の工場立ち入りを拒むのだ。

「消防署が、火の手が上がっているのを見ながら、おめおめと引き上げることはできん」

しばらくの間押し問答が続いたあと、工場側の責任者らしい男はポツリと呟いた。

「軍の施設なんだ……、俺に立ち入りの許可を出す権限はない」

工場で軍需品が作られているという話は既に広まっていた。当然のことだがその情報が公にされることは無い。何が作られていたかは皆目わからないのだ。

「うっ……」消防署の隊長と工場責任者は、しばらくにらみ合っていたが、

「それではしっかり消火に努めて下さい」と、言い残すと消防隊は引き上げて行った。

休日明けの二十六日の朝八時ころ、大崎は鳴り続ける電話に困惑していた。衛生保健担当など市行政の各部署が互いに連絡を取り合い、状況の把握に努めているのだ。

やがて市長をトップとして全関係機関を網羅した対策本部が設置された。

その頃は既に数千の赤痢患者が発生していた。市内には昭和七年に新築された感染症専門の若宮病院があったが既に病床は満員で、重症者は各所の病院に、軽症者は自宅で隔離するしかなかった。

この時消防署の大崎達に各所の小学校を隔離施設にするようにとの命令が下った。大崎達は寝具や介護道具等の調達に駆け回った。

「既に死者が出ているようだな……」

大崎達が小学校の体育館等に必要な設備を設置している間にも、次々に患者が運ばれてくるのだ。そして亡くなった患者は、車で火葬場に運ばれて行った。

火葬場は昭和八年、若宮病院が建設された翌年に病院の横手に新設されている。感染症で亡くなった患者からの感染拡散を防ぐために、遺体は簡単な通夜がなされた後、直接火葬場に運ばれるのだ。

死亡者は、二十六日から二十八日にかけて激増する。火葬場の火が絶えることがなかった。

「火が出たぞー、火事だー」

二十八日の昼過ぎに焼却炉の周りから火が噴出した。連続して燃焼を続けた為に焼却炉の耐火煉瓦が耐えきれず一部が溶損したのだろう。炎が噴出した穴は瞬く間に広まった。炉の天井煉瓦が崩れ落ちると炎は屋根に向かってゴーという音を立てながら噴き上げ建屋全体に火が回り始めた。

机の上の電話を取り上げた大崎は大声をあげた。

「火葬場で火災発生……、出動願います」

「えっ……」

驚きの声を上げながらも皆の動きは速かった、防災服とヘルメットを身に着けると消防車両に飛び乗った。

現地に着いた時には既に火が回ってしまっていた。消火はしたものの火葬場は全焼してしまった。

しかし、この間も続々と死亡した患者が運ばれてくるのだ。

「仕方がない……、この広場に薪を積んで火葬するしかない」と、火葬場の責任者が言った。

「消防でも出来るだけ多くの薪を調達してもらいたい、市の方にも連絡を取る」

「薪と言ってもなー」

「隊長……、炭鉱には坑木が山のように積み上げてあります。協力をお願いしましょう」大崎が言った。

「おお、そうだな」

炭鉱では坑内の落盤防止のために、丸太で柱と梁を作り天板と壁板で坑道を確保している。何キロメートルもある坑道を作るための木材は莫大な量になるのだ。

このようにして各所から順次集められた薪がやぐらに組まれ、死亡者はそこに横たえられ読経が流れる中で次々に荼毘に付された。

四　市衛生部

衛生部の部長村山は二十六日の日曜日の朝、一週間の疲れを回復するかのようにまだ布団に丸まっているときに夫人に起こされた。

「あなた、助役さんから電話よ……、何か慌てた様子よ」

村山は、あくびをしながら玄関の電話台へ向かったが、次長の話に眠気も吹き飛んだ。

「大量の赤痢患者発生！」思わず大声で問い返した。

市長は既に対策本部の立ち上げにかかったが、とにかく管理職以上を至急招集して役割を分担して対応する必要があると告げられた。

衛生部長である村山が具体的な対策案を、提示しなければならなくなるだろう。自転車で役所に向かいながら、ぶつぶつと考えられる対策案を呟いてペダルをこいでいた。

「実態の把握、近隣自治体への応援要請、隔離病棟の確保……薬は足りるのか否どんな薬を手配すれば……」

村山は考えを巡らしているうちに役所に到着した。既に半分程度の管理職は対策本部が置かれた大会議室に集まっていた。

村山を見つけた市長が手招きをして空席を指さしてる。そこに座れという事だろうと思った。正面に設えられた席には次長、消防署長、警察署長達が既に座っていた。

「よし……始めよう、すぐにみんな揃うだろう。数名の医者から赤痢と思われる多数の患者が発生しているとの連絡がなされている」

一人がサッと手を上げた、「赤痢とは確認されていないのですか」

「下痢、血便、発熱、腹痛……、幼児で意識が無い者も。赤痢の症状だが喉の痛みや、違和感を訴えている患者が居ると言って断定しきれない医師もいるようだ」

「とにかく至急、実態調査だ……発生状況、治療の実態、必要薬品、器具の見込みなどを調べろ」

「どうやって……」と、思わず誰かが声を出した。

「ばかやろー、市内の医者に聞いて回れ……、村山君、該当する医師は何名くらいだ」

「内科小児科医はおよそ三十名です。至急名簿と住所を配布し、班分けをします」

「一か所に三名、本部待機を含めて百名体制を取る。配属には関係なく招集する。三時間後に本部に集合して情報を集約後、対応策を検討しよう」

市長は状況が分からなければ県への要請のしようもないが、疫病発生の一報と、四時間後には一回目の報告を上げると県の衛生部へ連絡するように村山に指示をした。

村山は他部署の部長と部員の人数に応じて班分けをしたが、衛生部では四人の管理職を班長とした四班で八名の医師への聴取を行わせた。

二十五日の夜から患者が出ているようだが、二十時間近くが経っている。五時過ぎに、続々と情報が集まってきた。

二十五日の夕方ごろから病院に担ぎ込まれた患者を診た医師が、往診に出た後は次から次に湧くように出会う患者の対応に追われていた。診た患者の名前どころか人数さえも把握していない医師がほとんどだった。

二十五日は、国鉄の東側で化学工場の周辺、七浦、宮原方面に多発していた。連絡を受けた遠方の医師も駆けつけていた。二十六日になって国鉄の西側へも拡大していて、割り当てられた医師と接触するのが困難な班もあった。

一次の調査の時点で、医師一人が診た患者は百人に近づいていた。

「三千人……」

市長は唾を飲み込みながら呟いた。

「いえ、それでもまだ次から次に患者が発生しています。特に子供たちがやられていますし……、このままでは二、三倍になる可能性も……」村山は声を絞り出すように言った。

村山は既に久留米市と荒尾市の衛生部へ医師の応援派遣と薬品の補充を依頼していた。県からは主要大学病院と大手の医薬機関に依頼するとの回答を得ていた。

「早く来てくれ……」祈るような気持ちで呟いた。

翌二十七日の昼前に、陸軍省医務局を筆頭に久留米及び熊本師団衛生部の調査団が乗り込んできた。師団は、平時でも独立して戦闘を行える態勢を整えている陸軍の基本部隊で、歩兵、砲兵、工兵、兵站《へいたん》等、その構成は師団によって変わるものの、軍医を擁する衛生部は必ずあった。九州には久留米師団と熊本師団が編制されていた。

昭和十二年七月、陸軍は中国北京郊外の「盧溝橋」で戦闘を開始し、日中戦争に突入していた。日本は、この時から昭和二十年の敗戦まで戦時体制を敷いた。疫病発生のほんの二カ月前から、戦時厚生事業として軍部が重要な厚生衛生課題に関与していたのだ。

しかし村山は軍が民間の個別的な衛生問題に、東京の陸軍省がこんなにも早く乗り出したのかと驚いていた。責任者の襟章は黄色地に赤筋三本一つ星、少佐だった。憲兵の腕章をつけた者が三人、白衣を着たり腕に掲げている明らかに医療関係者と思われる者が六名、背広姿の事務官と思われる者五人、総勢十五名、村山は威圧感を覚えた。

「中嶋です」静かな声だった。

「市長、すぐに赤痢の防疫体制を取って下さい」軍調査団責任者中嶋少佐が命令口調で言った。

「えっ……、はっい」

市としては、赤痢の疑いはあるものの断定していた訳ではなかった。しかし、赤痢なら至急防疫体制を取る必要がある事は確かで、学校等への隔離は市としても対応中だった。軍の指示が勇み足だったにしても、市としては防疫体制を取ることにホッとしたのだった。

軍との協議で、小中学校の臨時休校、学校施設の隔離病棟化、罹災患者の徹底した隔離、発生個所への消毒、水源の塩素殺菌の徹底、水源・貯水池の警備強化、流言、暴動への取締り、罹災死亡者の火葬の徹底、市民の市外への移動禁止などが関係者に通達された。

さらに軍は赤痢血清という大量の錠剤を準備していた。

「これを至急、市民に配布して服用させるように、十万人分ある」と言った。

「赤痢血清……、しかし」村山が何か言おうとした。

「しかし……何だ」背広姿の調査官が鋭い口調で制した。

「いえ……」

村山の知識では赤痢血清の検討はされてはいるが、効果については確立していないのではないかとの思いがあった。

種痘で天然痘が撲滅したことはよく知られた事で、疫病予防にわずかな原因菌を体内に取り込んで抗体を作り、発症を予防することは理屈としては医療関係者なら理解している。しかし、具体的な方法と効果については相当な時間をかけた試験と観察が必要な事もまた事実だった。村山は、軍が既にそれを完了したというのだろうかと思った。赤痢血清は交番や医療従事者を通して市民に配られ服用した者も多数いた。

「便の採取は」

「昨日は体制を整えるのに精いっぱいで、本日実施予定です」

村山は、対応が遅いと叱責されると思ったのだが、手が回らなかったのも確かだった。

「そうか」意外に淡白な反応だった。

そんな打ち合わせをしている時に、大学の調査団が次々に到着した。九州帝国大学、熊本医大、東京帝大、京都帝大と、九大、熊大からなら車を飛ばせば時間はかからないが、東大、京大となれば少なくとも前日の早い時間に出発したことになる。

『陸軍省が動いた』、『何の為に』、調査結果に権威を持たせる為だと村山は思った。

早速、別に会議室を設け、大学側の調査班に既に軍に報告した調査結果と先ほど敷いた防疫体制の説明などを実施した後、改めて合同会議をすることになった。

会議室に移動しようとした村山に陸軍省の調査官が聞いた。

「二十日から二十四日の間に、赤痢の発症者は無かったのですか」

「報告は上がっていません」

「赤痢の空気感染は考えられん。これだけ広範囲で一斉に発症するとしたら、媒体はおそらく水だ。それも水道だと思われる。潜伏期間を考えると、二十日から二、三日の間にどこかで発症者がいるはずなんだが……」

調査官は思案気な様子で離れて行った。

会議室に入った村山の耳に入ったのは学者たちの声だった。既に二十五日以降の感染者の数、あくまでも想定数であったが、伝播の範囲などの資料は配られていた。

「三日で六千を超えているのか……、しかもまだ沈静化の様子もない」

「これだけ広範囲に及ぶとなると……水だな」

「しかし、溜まり水や川の水を飲んでいるんじゃないぞ。これだけの人数を感染させる菌が水道に入り込むだろうか」

「菌の特定、発生源を至急調べる必要があるな」

学者達に静粛の要請をした後、改めて村山はこれまでの経過を説明した。

「とにかく、我々も患者を診よう」

一人が言い出すと「そうだな……、まずそこからだな」と二人一組になって、職員の案内で市中へ入り込んで行った。

疑問点は残るものの原因は水道水だという方向に進んでいる様子だと村山は思った。村山自身もまずはそこからだろうとは考えていた。

赤痢の発生は、二十六、二十七日にかけては患者の数が一時間に五名が十名にさらに十五名にと急激に増加していた。そして二十八日に入るとその勢いは緩やかになったが、依然として一定数の患者が発生し死者の数は増え続けていた。

この二十八日、九州の大手地方紙が大牟田の疫病と四ツ山貯水池水質検査の結果を報道した。

『罹災者五千人に達し死者既に二百を突破、上水道に異常を認めず大牟田の疫病性奇病』の活字が躍った。記事は詳細な罹災状況や、今後清里源水の調査を行うことを報道していた。記事にある通りまだ疫病の原因を特定していない状況下で、二十七日に到着した調査班は到着するなり、原因は水道に混入した赤痢菌だと決定していたのだ。

同じ二十八日、発生から死亡者の数が増え続けるなか火葬場は二十六日から火を落とすこと無く稼働し続けていたが、電話を取った市職員が叫んだ。

「火葬場が火事です……」

「えっ……」本部に居る一同から驚きの声が上がった。

「消防は……」

「消火にかかっています」

『病棟に燃え移らなければいいが……幸い周辺には人家は無い、病棟もかなり離れている。消火にかかっているなら時間の問題だろう。自分の仕事に集中しよう』村山はそう思った。

羅災状況の把握、隔離病床の確保、死亡者の搬送、二十七日から始まった検便、赤痢血清の配布などと、村山は自宅に帰ることもなく指揮をとっていた。部下には適宜帰宅させる配慮も必要だった。

十月に入って、症状が回復して帰宅するものも増えていった。十月三日以降は新規の患者は発生していなかった。

この頃になって検便の結果が少しずつ集まってきた。

「何だ……、これは！」村山が呟いた。

感染症病院で検査した便中の赤痢菌の種類が患者によって異なっていたのだ、また調査団の検査結果も、九大が駒込Ｂ菌、京大は陸軍衛生部Ｙ菌、他に北里異型２、池田菌など様々な結果であった。

現在では、赤痢菌はその型及び分類法が統一され、Ａ群からＤ群の四種に分類されているが、志賀潔が志賀菌として発見後、国内では菌の分類法も多岐に亘り赤痢菌も発見が相次ぎ、発見者名や地名などで呼ばれる菌種が多数あった。

大牟田で発生している赤痢で何種類もの菌が同時に発見されるなどありえないではないか。村山は頭を抱えたが、ハッと気付いた。

二十七日から赤痢血清という錠剤が配布されている。二十八日になって赤痢発生のスピードが落ちてきたとの感覚があったのでひょっとして効いたのかとの期待感もあった。

『血清が効いたのか……』しかし、体内に入った菌は確実に排出されるはずだから二十七日以降の検便は血清の菌が反映されている可能性が高いと村山は思い至った。

複数種の赤痢菌が市内で一斉に広まるとは考え難い、血清には複数種の菌が配合されているのではないか。村山は異なる薬瓶から血清を抜き取ると菌種の分析をさせた。検便で検出された菌種はそれらにほぼ一致していた。

『これでは今回の疫病が、明らかに赤痢だと断定することは出来なくなった』と、村山は思った。

しかし、軍の調査官は水道の水に固執している。また大学の調査団も水を疑うのが疫学の常識だからとの考えにとらわれていた。しかも、初発の患者群は国道の東で発生しており、国道沿いに水道の幹線が走っている事が指摘されていた。

五　市水道局

「調査団は発生源を上水道に絞ったらしいぞ」

二十七日の夕方に水道局に激震が走った。

「何を馬鹿な……」

水道局長の田川は鼻で笑った。対策会議に参加していた田川は調査班が市役所に到着するとすぐに水道が最も怪しいとの意見で、市の水道施設の説明を求められていた。この時は、源泉の位置や幹線経路等の概要を話したのだが、その時に感じた不安が頭をもたげた。その時、軍は上水道で感染が広まったと確信しているように感じた。

巷ではスパイが水源に赤痢菌を投げ込んだのではないか、軍が赤痢爆弾を作っていてそれが爆発で広がったのではないかなどの流言が飛び交っている。軍が赤痢爆弾を作っていたなどと認める訳もないが、直接の原因が何であるかはともかくも、赤痢が拡散してこれだけ広範に広がる為の媒体として、最も疑いをもたれるのが水道なのだろう。

『水道が生贄にされる』田川の不安は確信に変わっていった。

実は、市の水源の一つは玉名郡南部の清里にあった。もともと水の質があまり良くないうえに人口増加への対策もあり、市は新たな水源として、この三池の地で明治以来大規模な炭鉱を経営してきた会社に委託して、大正三年から玉名郡の清里で水源の試錐を始めた。百メートルを超えたところで、一分間におよそ三十トンの地下水が試錐管から噴き出したのだ。たまたまその水質は上質で、水を売って食っていけると言われたほどであった。

その後七年の工事期間を経て、大正十年に一部市内への送水が開始され、数期の工事を経て普及した。

その水源の深さは百四十メートルほどで、小高い四ツ山に作られた貯水井戸までパイプでつながれ自噴していたのだが、数年前に水位が下がってきたので真空ポンプで源水配管と送水配管を直接つないで送水していた。つまり貯水井戸は残っているのだが空井戸となっていた。この井戸に何か投げ込んだところで水に影響を与えることなど出来ないのだ。

「百四十メートルの地下水を真空ポンプで直接送水しているんだ。外部から上水官に菌が入り込む機会など考えられん」田川は力強く言い切った。

調査団は源水と四ツ山配水官からサンプルを採取し、赤痢菌の分析を実施したが検出されなかった。

田川は『あたりまえだ……』と、憮然とした表情でその報告を聞いていた。

これと並行して軍は医師への調査を開始していた。

「赤痢の潜伏期間には幅があるが長い場合でも五日程度だ。九月の二十日から二十四日の間に何処かで赤痢が発生しているはずだ。赤痢と気づいていない可能性が高い。市内全ての医師にあたり腹痛、下痢で来院した患者の一覧表を作るように」と。

「中嶋少佐殿……」

調査団の一人が書類を持って報告に来た。背広姿だがそれが軍服ではないかと思わせるほどの姿勢だった。

中嶋は市内の医師から報告を受けた百人ほどの患者すべてについて聴取を行わせていた。

「何か見つかったか」

二十八日の夕刻であった。

「実は、表の中に水道関係者の子供が入っていました」

「ほう……、どんな症状なんだ」

「二歳の男の子が、二十一日に腹痛と下痢で治療を受けていますが、三、四日で回復しています。カルテは消化不良となっています」

「どこの関係者だ……」

「清里水源第三取水井の井戸番人の中田という男の子供です」

中嶋は焦点の定まらない眼差しでしばらく中空を見つめていたが、やがて意を決したように言った。

「よし……、明日聴取に行ってきてくれ。判っているな、高橋……」

「はい……」高橋は緊張した様子で答えた。

四ツ山の配水管から水のサンプルを採った時、空井戸で配管が通過するだけの個所と分かった。ここから菌が混入したと主張するには無理がある、ならば源水に混入したという確証、いや少なくとも可能性を掴んでおく必要があるのだ。これだけ大きな疫病が発生しているのに、原因を特定しないで済ませられる訳が無いのだ。調査団の中には早々と陸軍省から調査団が来ていることに、何か事情があるのだろうと推察する者もいたのだが、水以外の可能性を口に出すことも憚られる雰囲気だった。もっとも水以外の原因を具体的に特定する事など出来ようもないのだが。

清里水源に陸軍省の調査団が調査に入るので立ち合いをしてもらいたいとの連絡が入った。

「明日、陸軍省調査団が清里を調査すると言ってきた。松本……立ち合いに行ってくれ……」

田川は水道局課長の松本に告げた。松本は沪過機の特許を取るなど水道技術の専門技術者で仲間内での信頼も厚かった。

翌二十九日の昼過ぎに松本は、高橋をはじめ陸軍省調査員、学者、憲兵など十名近くを連れて清里を訪ねた。

ポンプ小屋のすぐ隣に、井戸番人の家屋が建っていた。

「中田さんはおられますか」と、松本は引き戸を開けて声をかけた。

「はーい」出てきたのは割烹着を着た婦人だった。濡れた手を手ぬぐいで拭いている。洗い物でもしていたのだろう。

「ご主人は……」

「ポンプ小屋のほうですが……」と指さした。

数十メートル離れたところに小さな小屋と、直径三メートルほどの井戸が見えた。井戸には屋根がかけられている。敷地はだだっ広い空き地で井戸の周りを除いて草が生えていた。井戸に近づくと男が一人、井戸の周りの草を抜いていた。

松本に対し後は自分たちがやると言わんばかりに、「中田さんですね」と、高橋が尋ねた。

男は黙って頷いた。

「陸軍省の者ですが……」

怪訝そうに耳を傾けている中田に、二十一日に下痢で診察を受けた時の子供の様子を聞きたいと切り出した。

「えっ……、どういうことだ」中田もいま疫痢が蔓延していることは知っている。

その時、小走りで走り寄った小さな男の子が中田の足にしがみついた。高橋達は気づかなかったが、そこらで遊んでいた子供が来訪者に興味を持ったのだろう。

高橋はかがみ込むと、「坊や…いくつ」と声をかけたが子供は父親の後ろに隠れてしまった。

「母ちゃんのところに行ってろ」と、中田は子供を追いやった。

「今のお子さんですね」中田は頷くと治療した時の状況を話しはじめた。

二十日の夜に腹痛を訴えて泣き出し、泣き疲れては眠るという様子だったと言う。その間、二度ほど下痢でオシメを取り替えたが血便ではなかった。翌朝の八時過ぎに病院に連れて行った。

医者は「特に心配することは無いだろう。消化不良だな、腹薬を出しておくから少し様子を見てみよう」と、言った。

「それから三日もしたら、下痢も収まり元気になりましたよ」

「赤痢が蔓延していることは知っているね。その時はもしかしてとは思わなかったのかね」

「冗談じゃない、赤痢が流行り出した後ならともかく、二十一日には赤痢のセの字もなかったんですよ」

高橋は市内の医師全員に当たったが、水道関係者でその期間に下痢を発症しているのはこの子供だけだと言った。現実に赤痢が広範な地域で蔓延している。通常は町内の行事で配った弁当などが原因で、特定地域で発生することはあっても、市内全域に広がるとしたら、媒体は水道以外には考えられない。

「そして、その水源で子供が下痢を発症していたとしたら疑うのが当然だろう。医師の話ではひどい下痢だったそうじゃないか」

「ちょっと、待ってくれ……」松本が仲に割って入った。

中田は高橋を睨み返した。腹の底から怒りが込み上げているようだった。

「赤痢じゃないと医者が言ってるじゃないか」松本が言った。

「そうじゃないだろう……、赤痢とは疑わなかったと言っているだけだ。保菌者でも軽症の者もいる。検便もしていないのに保菌者では無いとは言い切れんだろう」

「ん……」松本は言葉に詰まった。

「ところで中田さん、汚れたオシメはどうしました」

「どうしたって……、洗ったさ」一瞬、何を馬鹿なことを聞くんだと思った。

「洗った水は畑にぶち撒けるんだろう……」少し離れたところにある小さな菜園を見ながら言った。当時の下水は生活雑水と雨水を停滞させないように簡易な溝で川などに流していた。高橋は糞が混じった水なら下水に流すより畑に撒くだろうと思ったのだ。

「つまり、この辺りで赤痢菌が増殖していた可能性があるということだよ」

雨に流されて井戸に流れ込む可能性、風に吹かれて菌にまみれたほこりが入り込む可能性と、高橋は中田の子供が保菌者であったという前提で追及し始めた。

「何の根拠があってそんな事を言うんだ。それに先日源水を取水し分析した時、菌はいなかったじゃないか」松本は抗議するように拳を振りながら強弁した。

四ツ山配水井戸サンプルから赤痢菌を発見できなかった後、直ぐに清里源水井の水も分析されていた。

「潜伏期間だよ、我々は赤痢が発生した後に取水した。赤痢菌の入った水を飲んだのはその数日前という事だよ。毎日大量の水が流れているんだ、いつまでも一か所に滞留しているわけがないだろう」

高橋はそう言いながら井戸に近づいて行った。井戸には屋根がかけられているが、人が入れる点検口が設けられている。その扉を開けて高橋は言った。

「水が溜まっているじゃないか」

井戸は直径約三メートル、深さ約八メートルで、中央には地下百四十メートルに及ぶ取水管が立ち上がり四ツ山まで走る送水管とエルボフランジで繋がれていた。その底に数十センチほどの水が溜まり枯葉が浮いていた。点検口の開放時間、隙間からの雨漏りやフランジからの漏れ水などだろう。

「この溜まり水が配管の外側を沁み込んでいくんじゃないか」

「沁み込んだ水が百四十メートルも流れるとは思えんが……」

松本は本気でそんな事を考えているのかという調子で言った。高橋はジロリと睨むと「この水が底まで流れるというのではない……」と言った。

つまり、菌を運ぶ媒体として地下まで小さな水みちが通じているはずだと言うのだった。

「そんな……」難癖ではないかと喉から出かかった。

高橋はもう一度繰り返した。

「現に広範な地域で赤痢が発生している。媒体は水しか考えられない。可能性があるのは源水しかないのだ。後はどうして証明するかだと思っている。君は二十五日に四ツ山に遠足に来た熊本の小学生たちが集団赤痢に罹ったのを知っているだろう」

九月の二十五日、熊本の小学生百八十九人が遠足に来て四ツ山配水池の見学をした。二十七日になって四十九人が下痢を発症し十三名が保菌者と分かった。陸軍省の調査官達は、それは四ツ山配水池の水すなわち清里水源の水を飲んだからだとの疑いを持ったのだ。

引率の教員は炭鉱の見学が目的で貯水池はついでだし長時間滞在した訳ではない、弁当と水筒を持参していたので配水池の水を敢えて飲ませたことは無い、生徒が勝手に飲んだ可能性はあるだろうとの反論には、それは判らないが自分は確認していないと証言した。

この小学生たちの赤痢発生が、後に清里源水が発生源だと決定する参考事実として報告書に記載される事になる。

高橋達が立ち去って直ぐに松本は田川に電話をかけた。一応の経緯を話した後で言った。

「このままでは、ここが原因だと強引に押し切られてしまう気がする……」

「分かっている、彼らは何らかの結果を報告する必要に迫られているのだ、直ぐこちらに来れるか……」潔白を証明する方法が無いか検討することになった。

「俺が生水を飲んで証明してやる。何が赤痢菌だ……分析でも出てないじゃないか」

松本が吠えるように言った。

「まあー待て、昨日それは既に俺がやった」

田川は調査団が水道だと言い張った時、ここの水には絶対の自信があると言って蛇口からコップに注いで何杯もの水を飲んで見せていた。

「それで……」

「鼻で笑いやがった。これだけ大量の水が流れているのにこの蛇口にたまたま菌が発見される確率は低い、潜伏期間もある。四、五日前に感染した可能性が高い、事実発生のスピードには陰りが見えている」と言われた。

「うーん……」松本は唸った後、ハッとしたように顔を上げた。

「局長……、船、船ですよ」

三池港に寄港する船は第三源水、すなわち四ツ山の配水官から給水して出港する。二十日から二十五日に出港した船に異常が発生していないか連絡を取ろうと言うのだった。

「そうだな……、直ぐリストを作り電信を打とう……」十隻の船が選ばれた。

翌日の九月三十日、久留米師団の軍医によって、六か所の清里源水井と四ツ山の水道関係者の家族全員に対する保菌者調査が行われたが、全員陰性であった。

十月一日からは順次回復者が現れ始め、三日からは新たな患者の発生は見られなくなった。しかし回復には三週間ほどかかるため病床は満杯の状況が続いていた。十月二日からぽつりぽつりと船からの返事が着きだした。問い合わせには特に詳しい状況を説明した訳ではなかった。返信は、特段の異常無しなどとそっけないものだった。

船からの返事で船内に異常は発生していないという返事があり、これが十月三日に一部新聞に報道されたにもかかわらず十月五日、内務省防疫官が「赤痢は空気感染をしない、市内で広範に感染をもたらすのは水道水以外にない」という内容の声明を発表した。そして市民に対しその事を十分に理解するように諭し、水道の塩素消毒を続けながら連日水質検査を行っているのでしばらく不便に耐えてくれるよう要請した。

さらに今回の事件は何人にも責任はなく、責任の追及に時をつぶすべきではなく、二次感染を最小に止める努力を全市民が一致協力すれば疫病を克服できるだろうと、市民に訴えた。

この段階で水道原因説は確定した。いや事実を追及することに蓋がされた。それでも市長はじめ市側の関係者は水道説を否定し続けた。そして何人にも責任は無いといった内務省の言は覆され、後に市長、助役、松本課長等が、引責辞任を科せられた。

六　報道関係

小田は、福岡市内で住まいを兼ねたアパートの一室に事務所を持つ、フリーの記者である。フリーの記者と言えば聞こえはいいが、何社かの新聞や雑誌の編集者とのつながりを利用して取材した記事を売り込むのである。九州で発生した大きな事件の裏ネタなどを東京や大阪などの雑誌社に持ち込むことも多かった。得体の知れない男でいわゆる裏情報に通じており、どこからそんな情報を仕入れたのかと思われることが度々あった。

その小田が舌打ちをして呟いた。

「ちくしょう……、幕を引くつもりだ」小田の手には一枚の手紙が握られていた。それは赤痢発生の翌年、昭和十三年に開催された水道事業関係者の記念講演会で、日本の細菌学・公衆衛生学の第一人者で大牟田の赤痢蔓延の調査にも参加した、東京帝国大学教授の講演内容の報告であった。

水道原因説に疑問をもつ小田は赤痢発生直後から、このおよそ半年の間情報収集に苦心していた。その水道原因説を強く主張する教授が記念講演をすると聞いた時、東京にいる知り合いの記者の一人に、講演内容の調査を頼んでおいた返事だった。

赤痢の蔓延は収まったものの、水道原因説については各方面から疑問の声もくすぶっており、何より市長以下関係者が納得していなかった。

手紙には『水道管理の問題で大牟田の例を取り上げて、戦時体制の中においてこの様な事で銃後の者が擾乱《じょうらん》するような事があっては、上は陛下に対し、下は市民に対して、その罪は万死に値する』と、市の関係者を痛烈に批判する内容であったと記されていた。

陛下まで持ち出して指弾するという事は、関係者に水道原因説を認めて潔く身を引けと迫っているのだろう、おそらく今後、どこからか市に対して圧力がかかってくるだろうと小田は思った。

この手紙を受け取った夜、小田は記者仲間の橋を誘って中洲へ繰り出した。小田たちの行く店は安い居酒屋だが、小田の素性も分かっているようで何を話しても気にすることもないところだった。

「やっぱり……、力ずくで押し切られた感じだな」

小田のコップにビールを注ぎながら橋が言った。二人だけではなかった。報道関係者の中には内務省の赤痢原因説に疑問を持っている者が他にもいた。

昭和十二年九月二十八日、市内で疫病が蔓延しているなか橋が勤務する九州の大手新聞が一報を報じていた。その見出しは『罹災者五千に達し　死者既に二百を突破上水道に異常を認めず　大牟田の疫痢性奇病』と、赤痢と特定するものではなかった。

小田と記者の橋は取材を続けるなかで、二十七日に来牟した陸軍省主導の調査団が到着するなり赤痢としての防疫体制を敷いた事を知った。

橋の社内では市が赤痢と認定したのなら、『赤痢発生』で行くべきだとの意見もあった。しかし二十六日、疫病が広まるなか取材を続けた二人は、多くの医師が赤痢かどうか迷っている事を知っていた。特に軽症の大人で喉の痛みを訴える者が多数いることが疑問視されていたのだ。しかも至急実施された配水所の水に異常がないことが発表されるとなおさら赤痢と書くことを躊躇した。何も奇をてらって『疫病性奇病』と書いたわけでは無いのだ。

しかも、二十五日夕方頃から患者が急増しているのだから、陸軍省に連絡が入っても帝国大学の学者までの陣容を整え出立できるのは、二十六日も遅くなってからだろう。そもそもまだどれ程の被災程度か分からない地方都市の疫痢対策に、陸軍省医務局が大層な陣容を従えて来るには何か事情があるのだろうとの思いがあった。何かあると直感した小田は、事あるごとに何時もつるんでいる橋に言った。「少し探ってみるか……、面白い記事になるかもしれんぞ」

小田と橋は、昭和十二年十月五日に内務省防疫官が「赤痢は空気感染をしない、市内で広範に感染をもたらすのは水道水以外にない」という最終決定宣言に近い内容が発表された日の夜、繁華街の居酒屋に居た。

「これで終わったな……、真相は闇の中ってわけか」

「恐らく事故直後に陸軍省に連絡がはいり軍の誰かが動いた。軍の連絡網を使った陣容体制作り、軍機による移動、軍が研究中の赤痢血清の確保……、一日もあれば整えられるって訳だ」

「赤痢血清って、陸軍は持っていたのか」

「いや、判らん……が、現に十万人分が配布された。実は大正時代に軍はコレラ、赤痢、腸チフスなど十種の伝染病を取り上げて陸軍の対応を取り決めてる………」

上陸作戦を展開する陸軍にとって疫病への対策は永年の課題だった。大正年間に優秀な医官を選抜して疫病に対する様々な方策の研究を展開させていた。

「陸軍医学学校を中心に予防、治療法が研究されたのは事実だ。その中に赤痢血清が入っているのは確かだろう。現にこうして手元にあるんだからな」

小田は、三粒の錠剤が入った小瓶を軽く振った。


それから、およそ半年経った昭和十三年に、東京で開催された水道関係団体総会の記念講演で、大牟田の爆発赤痢が断罪されたのだった。


この三池の地は室町時代に国内で初めて石炭が発見されたところだが、明治時代に至る四百年間に亘って細々と石炭産業が営まれてきた。明治政府は富国強兵の名のもとに産業を発展させるため、殖産興業政策として政府自ら紡績・製糸、官営鉄道、汽船、製鉄、鉱業などの基幹産業を経営した。そして自ら立ち上げた産業を民間に払い下げることで民間産業の育成を図った。明治八年には官営三池炭鉱が大手財閥に払い下げられ平成九年の閉山まで営々として操業されてきた。

「大正時代になると、財閥をあげてここに石炭化学コンビナートを作り上げたんだ。カーバイドの生産が大正五年に始まっている」判るだろうと言うように小田は橋を見つめた。

「アセチレンか……」橘が答えた。

カーバイドはコークスと石灰を二千度ほどの温度で反応させると生成される。このカーバイドを水と反応させるとアセチレンが発生するのだ。アセチレンは有機反応で合成されるエチレン、ベンゼン、塩化ビニル等の主要原料である。

「そうだ……、アセチレンに水素を合成するとエチレンになり、エチレンと二塩化硫黄を反応させたものが……、マスタードガスだ」


マスタードガスが初めて戦争に使われたのは第一次世界大戦であった。第一次世界大戦はオーストリアの皇太子がセルビアのサラエボで暗殺された事件のあと、オーストリアがセルビアに宣戦を布告して開戦となった。

これが世界戦争となったのは、当時列強が二つの勢力に分かれて均衡を保っていたことが要因のひとつであった。

オーストリアはドイツやハンガリー等と同盟を、これに対しイギリス、フランス、ロシアが連合国として対峙していた。そしてオーストリアが開戦するとドイツがオーストリア側としてこれに参戦し、対してロシアがセルビア側に付いて均衡が崩れていく。同盟側はオスマン帝国、ブルガリア等が、連合国側にはイギリス、フランスが加わり後にはアメリカを始め多くの国が参戦し、世界規模の戦争になってしまう。

当初中立を貫いていたベルギーにドイツが侵攻すると、ベルギーの都市イーベルが両軍防衛の要として三次に亘り戦闘が繰り広げられた。両軍は北海からスイスに至る千キロメートルの長さに及ぶ塹壕を作り、互いに睨み合い戦闘を繰り返した。これが西部戦線と呼ばれ第二次イーベルの闘いの時に、ドイツ軍がマスタードガスを使用したのだった。


「マスタードガスは……」小田が続けた。

マスタードガスは遅効性でそれを吸っても気づくのが遅れる。また皮膚のみならず消化器官の粘膜を侵す。

「つまりだ……、潜伏期間、血便など赤痢と症状が似ているという事だ。呼吸器官への影響を除いてな」

「つまり、初期の患者が喉の痛みを訴えた訳か……、しかし化学工場でそんな物を作っている証拠でもあるのか」

「ある訳がないだろう……、しかも原料のひとつ塩素ガスは黄色い色をしている。化学工場の爆発の時、黄色い煙が上がったのを見た者は多い。そして塩素ガスの爆発だったとしても防毒マスクを着けて作業をするだろうな……、つまり防毒マスクを着けていた事を目撃してたからと言って、毒ガスを作っていたとは言えないという事だ」

「爆発といえば、最初の時に二十数名の負傷者が密かにトラックで搬送されるところが目撃されたという情報があったな」

　九月二十五日の夕方、工場爆発のあと慌ただしい動きが目撃されていた。防毒マスクを着けた大勢の社員が怪我人にもマスクを着けさせながら、次々にトラックに乗せて走り去らせていた。二十三人だという証言もあった。彼らはどこかに隔離されたと思われた。

「化学工場火災に出動した消防隊員が、死にたくないなら帰れと言われたとの証言もあるな」

「ああ……、運ばれたのは軍の医療施設だろうな、もちろん丁寧な治療が出来る事もあるが、結果として医学的なデーターも得ることが出来る」

「状況証拠は真っ黒か……、しかし今は戦時体制が敷かれている。軍が相手ではバタバタしても証拠を得ることは出来ないだろうな……」

　橘は半分ほど残っていたコップの酒を飲みほした。

「それに……」小田が橘のコップに酒を注ぎながら言った。

「面白い話があってな……、清里の子供たちが赤痢に罹り隔離されただろう。あの時隔離された子供たちの様子を取材したんだがな……」

小田はニッと笑った。

九月二十五日に百九十人の熊本県の小学生が三池炭鉱の旅行に行った。その旅程の中に四ツ山の貯水池見学が含まれていた。子供たちはその翌日から普通に登校していた。

「二十八日に赤痢血清剤を配っていた警察官が、遠足に参加した生徒百九十人分の薬を持って行ったんだ。大牟田の赤痢騒動は聞こえていたが、この小学校近辺では一件の発生も無かったのに薬を渡された校長はびっくりしたと言っていた」

「で……、結局飲ませた訳だ」

「そう……、それで二十九日に検便という事になって、保菌者が四十九人出て隔離された訳だ」

便から菌は発見されたが発症した様子はなく至って元気だった。小学五年生の子供だ、外へ出ては木登りするは、腹が減ったと騒ぐわと大変な騒ぎだったと小田は言った。

「つまり……どういう事だ」

「赤痢血清中の菌は微量という事だ。多数の重傷者が出たのは二十五日から二十八日にかけてだ、九月三十日には終息に向かっていた、血清は二十七日から配布されている」

一見すると血清が効いたようにも見えるが、そもそも初期の感染が収まりかけていた時に血清が配られたのだ。血清を飲んで発症するほど大量の菌が入っているわけではない。しかし飲んだ菌は便で排出される。

「それみろ……、赤痢だ。と言うことだよ」

　小田は九月二十九日付の各社新聞を広げた。それらは二十八日に実施された清里第三水源井の調査結果を一斉に報道した橋の新聞社を含む九州三紙、大阪の大手新聞社一社の紙面だった。

「既に知っている事だとは思うが……九州の三紙は源水から赤痢菌は発見されなかったとはっきり書いている。が……」

　小田は薄笑いを浮かべながら呟いた。

「大阪の一紙だけがそれに触れていない」

「ああ……、あそこは軍部べったりだからな、戦争推進派が実権を握っているんだろうな」

　昭和十二年七月に柳条湖事件を起こし中国に侵攻し南京を陥落させたあと、しばらくは新たな作戦の展開を控えていた陸軍だったが十三年に入ると徐州作戦など本格的な侵攻を開始した。昭和十三年四月には国家総動員法が公布され、日中戦争の長期化を見据えて国家の全ての人的物的資源を政府が統制運用できるという法律を制定施行した。

このような世情背景の中で開催された水道事業関係者の記念講演会で、大牟田で発生した爆発赤痢の関係者に対し「戦時体制の中においてこの様な事で銃後の者が擾乱《じょうらん》するような事があっては、上は陛下に対し、下は市民に対して、その罪は万死に値する」と指弾されたのだった。

「東京で開催される何の変哲もない会議の記念講演で関係者へ圧力をかける、軍の関与などの噂の片々も許さないという事だろうな」

小田は自嘲気味に笑いながら「これは読んだだろう」と、タブロイド判の紙面を広げた。大阪の大衆新聞がスッパ抜いた十一月十九日付の記事だった。

紙面には『噫《ああ》!!　五百有余の精霊　財閥はデマを一掃せよ　市当局はすべからく責任を負え　市民は真因を追窮すべし』との見出しが躍っていた。

デマとは例の大阪大手新聞社に載った十月十九日付の記事を指していた。

『一万余名の患者を出した大牟田市の赤痢の伝染系統につき、県衛生課では発生以来慎重調査を進め県衛生課長も大牟田に出張、水源地の構造状態ならびに周囲の状況を調査した結果、未曽有の疫禍の原因は、熊本県清里村所在の大牟田市第三源井の側壁が一部破損していたところへ同所の番人家族に九月十九日より二十五日までの間に赤痢患者および保菌者があり、井戸端において洗濯をした事実が明瞭となり病毒が水道に混入したものと断定されるに至り、その旨県当局より内務省に報告した』

タブロイド判ではこの記事をデマと指摘し、更なる見出しで『某有力者憲兵分隊でこの記事を否定す』と記し某有力者の証言を掲載した。

『彼は「結局弱い者が犠牲にされますね」と言って次のように語った。

私も実地検証に行ったが番人の家族に赤痢患者を出したというのは嘘です。尤もほかに保菌者が二人ほどいたんですが、それがこのような影響を及ぼすとは思われない。井戸端で洗濯した事実等も認められないし、番人も子供が危ないので井戸端では絶対に洗濯などはしないと言っていました。……』

との証言を載せていた。

「この新聞では化学工場の爆発が関係しているのではないかとの疑問は呈してはいるが、軍の動向には触れられるはずもないしな……、まあ精いっぱいの記事だろう」と小田はかすかに笑った。

「あなたが……、ネタ元か？」橘は思わず言った。

小田は、はぐらかすように話題を変えた。

「発生からもう半年以上も経っているのに、くすぶり続ける疑惑に終止符を打ちたかったんだろうな、帝大の大先生は……、しかしな、学者でもあれはおかしいと言う人もいるんだ。大牟田の開業医で赤痢発生当初から、しかも最も大量に発生した七浦、宮原地区で治療に駆け巡った、藤西という人の証言だがな……」

藤西医師の友人に熊本大学の細菌学博士太田教授が居る。太田は赤痢禍が収まった後、仲間に「水源番人の子供から水道に混入したと公式発表されているが、これだけの犠牲者を出したほどの大爆発赤痢には、十分培養された菌が少なくとも一、二合は必要だと思う。しかも流動中の水道水では赤痢菌は繁殖しないという定説がある」と疑問点を投げかけていた。


小田と橘はこの晩、徹底的に飲み回った。

「これから日本は日清、日露につづく外国相手の大戦争をやろうとしている。この爆発赤痢もその中に埋没してしまい忘れられてしまうだろうな」

「しかし、面白い仕事だったじゃないですか……」

二人は空が白みかけたころ手を振って別れた。

鎮魂（小説　三川坑炭塵爆発の謎）

一

皆さんは三井鉱山という会社を覚えていますか。石炭がエネルギーの中心だった時代、国内最大の石炭鉱山として、特に戦後は全国から職を求めて、三鉱三万と呼ばれるほどの鉱山関連労働者がひしめき、勤め、ひと時は日の出の勢いであったが、石油へのエネルギー転換の時代、業容変革に遅れ二〇〇三年から始まった産業再生機構の支援を受けたが、企業解体に追い込まれた会社である。

六年前に病死した私の祖父はその会社に勤めていたようなのだ、と言うのも、母親と祖父の仕事について話したことなど無かったから祖父の会社についての知識はなかった。

夫を亡くした母が祖父のいる実家に帰り、十年以上も祖父の世話をした後、今年亡くなり、無人となった家の整理をしたのだが、祖父の書斎にある多くの書籍に交じって、三井鉱山関係の書類が数多く残されていたのだ。

書類の種類は、労使関係、賃金関係資料等が多く、恐らく事務系でも労務関連の仕事をしていたのではないかと思われた。

その中に大型の茶封筒があり、表に黒のマジックインキで小さく「炭塵爆発」と書かれていた。

三井鉱山三池炭鉱の「炭塵爆発」といえば、私が小学校に入る前の幼い頃のおぼろげな記憶が甦ってきた。

私の実家は三川町一丁目で、諏訪川に架かる祇園橋近くの二階建ての一軒屋であった。

そこは炭塵爆発が起こった三川坑の正門が面している三川通りの東側の一角である。

昭和三十八年十一月九日夕方頃だったと今になれば分かるのだが、けたたましくサイレンを鳴らして行きかう、子供にとっては無数とも思える消防車と救急車やパトカーを興奮気味に見ていた記憶が残っている。

炭塵爆発は、その日の午後三時過ぎに起こり、大きな爆音と地響き、そして真っ黒い煙が二段、三段と大きな渦を巻いて数百メートルにも高く、もくもくと立ちこめていたという。

三川坑近くの地域では、家は爆風で窓ガラスが割れたり屋根瓦が飛んだり、地震のような振動が伝わったと、後では聞いたことがあるのだが、私の記憶に有るのは、無数の消防車や救急車とパトカーが一日中走り回っている様子だけなのだった。

二

三池炭鉱三川坑炭塵爆発については、多くの報道があるので改めて書く必要は無いのだろうが、話の順序としてその概略を述べておく必要は有るだろう。

昭和三十八年十一月九日十五時十二分、炭塵爆発が発生した。その時間帯は一番方と二番方の交代時間で、千四百余名もの労働者が坑内に居た。

爆発は三川鉱坑口からおよそ千六百メートルの箇所で起こったが、爆発の起こった第一斜坑は、併設して掘られている第二斜坑とともに、主要な入気坑道であったため、爆発の結果発生した一酸化炭素ガスがこの二本の斜坑に充満して全死亡者数四百五十八名の内、四百三十余名が一酸化炭素中毒死という痛ましい結果となった。

問題の原因だが、石炭を満載した炭車が斜坑を上昇中に、炭車の連結部が外れて爆走し坑内に積もっていた微粒な炭塵を巻き上げ、脱線の際に発生した火花によって引火爆発したものと推定した見解を発表する学者もいたが、警察の調査による結果は「原因不明」と結論付けられた。

爆死したのは、この爆発地点近くで働いていた二十名であった。

しかしこの炭車暴走が流布され真実味を帯びて語られる。

祖父は、では何故炭車の連結部が外れたのだろうか、いや、炭車の連結部がそう簡単に外れるものなのかと考えたようだ。

祖父の残した資料の中に祖父が書いたと思われるメモが入っているが、その中にはポツリポツリと祖父の思いが記されていた。

「会社の姿勢がいかに生産第一でも、最低限の安全確認は怠っていなかった。連結器部品の劣化や疲労破壊が原因のように言われているが、連結器が外れていたと言う事実からの最も常識的な帰結が述べられているだけで、それが証明されたものでは無い。坑道の鉄柱が折れ曲がるほどの現場なのだ、爆発の衝撃で炭車が外れていても何の不思議も無い。それに昇降中に連結器が切れるほどの衝撃があれば、その前に昇降用のロープが切れるはずではないか」

では祖父は何を考えていたのか。それは残された資料を読めば明らかだった。

祖父は、連結器に人の手が介在して、それを外したと考えていたのだ。

いやそれは祖父だけではなかったのだろう、残された資料は、祖父が一人で集めることが出来るような情報ではない。組織的にしかも問題が問題だけに慎重に情報を収集したが、結局、公にするだけの証拠には至らずに秘匿していたのだろう。

では何故、祖父はそんな考えを持ったのだろうか。この資料を目にした後、私はその事が気に掛かり、当時の状況を調べ始めたが、それにはどうやら三井鉱山が抱えていた労働問題が大きく関係していたようなのだ。

今の時代には不可解なことかも知れないが、一企業の一事業所が政治的対立の舞台となっていたようなのだ。アメリカとソビエト連邦を筆頭とした東西の対立と冷戦の図式が、日本の一企業の内部で縮図化され、左翼政治活動の拠点となり、本来あるべき一企業としての経済活動の支障となっていたと思われた。

尤もそうなるには、当然それなりの歴史的な経緯がある。

三

もともと三池は国内で最初に石炭が発見された土地とされ、明治政府が国営鉱山として経営する以前は柳川立花藩の家老を含む数人の名義で細々と採掘し、塩田などの燃料として使用されていた。

三井組が三池炭鉱の経営に乗り出すのは明治二十二年に、政府より払い下げを受けてからであった。

湧水問題の解決や積出港である三池港の建設など事業環境が整い出すと、「三井の富は三池から」と言われるほどの位置付けになっていく。

そして戦後、アメリカの占領政策のひとつである財閥解体で、三井鉱山は石炭部門に特化した一企業として再出発をする。

戦後復興政策として、国は「臨時石炭業管理法」第一章第一条で「この法律は、産業の復興と経済の安定に至るまでの緊急措置として、政府において石炭鉱業を臨時に管理し、以て政府、経営者及び従業員がその全力をあげて石炭の増産を達成することを目的とする」という法律まで作り、石炭の増産に必要な労働力、資金、資材などを優先的に確保し、官民一体の石炭増産体制を確立する。

この時期、昭和二十年後期における三池炭鉱労働者数約一万六千人の内、勤続年数半年未満の労働者の比率が、約三十五パーセントであったというほどに新入社員を増やしている。終戦直後、三池炭鉱に行けば白い飯が食えると言われ、周辺地域はもちろん全国各地から六千人近い労働者が集まってきたことになる。

その中には、学徒出陣した引揚者や、食うに困って職を探していた、所謂インテリと呼ばれた高学歴者も大勢交じっていた。

そして彼らの中から、当時すでに九大講師でマルキストとして著名であった学者の指導で「空想から科学へ」などの勉強会を始める十名か二十名ほどの一団ができた。

またこれとは別に、九州産業科学研究所の日共細胞による学習活動も活発に行われ、そこから枝分かれした研究会が各支部へとしだいに広がっていき、組合結成後の昭和二十四年には正式に三池労組の活動として取り上げられ、約二百名を擁する研究会が発足するまでに大きくなる。

四

一方、昭和二十一年には、アメリカ占領政策の一環である民主化政策により労働組合の組織化が促進される。

もとより国内に労働組合作りに精通した人材が居るわけでも無く、組織された組合は、特に国営企業、大手企業の企業内の労働者を対象に、しかもそれも事業所単位で、盛んに組合が組織された。

唯一例外的に、戦前既に産業別単一組合を組織していた船員達は、この時に全国日本海員組合として、ある意味労働組合の基本である産業別組合を組織している。

当然この時期、三井鉱山三池炭鉱でも、組合結成の機運が高まった。もっとも三池は戦前から、三井鉱山を核として、化学、製錬、機械などの各大手企業がコンビナートを作り、戦前から存在する労使協調路線をとる組織があり、これを中心に組織作りが始まる。

しかし、三池炭鉱三川坑で、その動きに先駆けいち早く左翼的な組合が結成された。これは、三川坑の開山が最も新しく、機械化も進み、古い鉱山に比べれば鉱員の企業への帰属心も薄く、更に新しいが故に、労働運動を指導する人材も含まれていたという事情があった。

三川坑組合の結成に続き、三池炭鉱では四山、宮浦、港務所、製作所など、その拠点別に組合が作られていった。

そしてその後の三池炭鉱労組の動きについては二つの流れが生じた。

もちろんひとつは統一化された三池炭鉱労組を作る動きであり、これが結成された当初は労使協調派の勢力が強く、これは労働争議などには消極的な組織だった。

もうひとつは、会社と対立的な立場を取る三川坑労働組合を母体とする組織であり、この二つの組織の対立が、組合統一後も続いていくのである。

この地方労組内の二つの流れは、その後に結成される上部組織の二つの大きな流れについても同じ構造となる。

すなわち、左翼的思想に基づく組織の指導方針は、資本主義社会に於いては、資本家階級と労働者階級には、絶対的な対立のみが存在し、共通点は有り得ない。したがって、あらゆる問題を戦いで処理するというものである。

他方、中立的思想に基づく組織の指導方針は、雇主と従業員、資本家階級と労働者階級などそれぞれの立場の相違により対立があるが、それは絶対的な対立ではなく相対的なもので、利害を共通する面も認めていくという立場に立ち、したがって闘争だけが総てを解決する手段ではなく、時と場合によっては経営層と労働者層とのあいだで相互協力を図り、問題を解決する場合もあるという考えであった。

この両者間の溝は深く、左翼系の考え方の者は、「お前達は、資本家の犬だ、反動だ……」と罵り、中立系の者は「共産党フラクには支配されるものか……」と言い返して、つかみ合いになるほどの激しさで、この溝は結局、三井鉱山が解体されるまで埋まることはなかった。

五

また壊滅状態だった日本の経済は朝鮮戦争特需が五年ほど続き復興の軌道に乗るが、エネルギー業界では動乱終結後の昭和三十年には、すでに石油の輸入量がエネルギー供給量の十七パーセントを超え、その後急速に増え続け昭和三十五年には、国内石炭を上回るようになる。

このようなエネルギー転換の流れを受けて、朝鮮動乱終結後に石炭不況が始まり、好景気時に一時的には持ち直すことはあっても、石油への依存度が増すなかで次第に石炭業界は追い込まれていき、昭和二十八年から三十年にかけて深刻な石炭不況に陥る。

昭和二十七年には千山を超えていた炭鉱は、二十九年までの二年間で二百鉱山が閉山に追い込まれた。

このような情況の中、三井鉱山は昭和二十八年、経営合理化を進めるため、希望退職を募った。

いわゆる「英雄無き百十三日のたたかい」と言われた労働争議の始まりである。

三井鉱山は八月七日に、三井鉱山傘下の田川、砂川、美唄などの廃坑を含む合理化案で、五千七百三十八名の余剰人員が発生するため、希望退職を募集する旨の申し入れを行った。

これには、三池炭鉱の千七百二十二名が含まれていた。

そして会社は希望退職の受付期間で、所定員数に満たない場合は、退職勧告基準を設けて指名解雇をするとの姿勢にでた。

もちろんそれまでにも、毎年のごとく労働条件の改善のための戦いが実施されていたのだが、この時期の劣悪な労働条件を改善する為には左翼的で戦闘的な運動が必要でもあった。

　政治的にも、昭和二十四年の選挙では日本共産党が三十五名もの代議士を当選させるなど、左翼的勢力の浸透は目をみはるほどで、三池炭鉱労働組合に於いても、左翼的勢力が主流となっていく。

　三池では九州大学の教官等が勉強会を開催し左翼思想を植え込んでいき、このような雰囲気のなかで中立的労働運動は次第に影を潜めてしまっていた。

　二十八年の争議では、長期に亘るストによる石炭の減産で、会社の損失は四十億円に上ると言われ、冬場の需要期の出炭が、生産能力の五％程度と低迷し、早々と合理化を達成した同業他社との経営競合で不利になるなど、会社側に厭戦気分が広がる一方、組合側、特に三池では、闘争資金の借入なども達成し、志気が弱まる気配は無かった。

　こうしたなか、二十八年十一月二十七日に指名解雇撤回でこの争議は妥結する。

　しかし、会社としても非効率鉱山の閉山や、希望退職や退職勧告に応じた者が三千八百六十二名、また闘争終結後に退職した者を含めると四千百余名に至るなど、当初想定の余剰人員五千七百三十八人に対しては計画未達に終わったが、一応の合理化を進めた結果となった。

　指名退職勧告を拒否し復職した者は、三池で三百十一名、他山で千五百三十名であった。

三池の三百十一名は、十二月五日に労働会館で開かれた職場復帰者大会など、盛大な歓迎行事に迎えられて就労復帰し、組合幹部と共にその後の組合活動の主導権を握り、左翼革命活動を主体とする闘争至上主義の組合に移り変わっていく。

そして、この年の年末、三池労組本所支部で九大経済学部教授による「資本論」の学習が始まる。指導の中心となった九州大学経済学部からは、教官、助手、大学院生達が続々と三池に駆けつけ、製作所支部を除く全支部で、あるいは社宅単位の地域分会などで勉強会を開催した。

後に三池労組の中から中立的労働運動の先端を切るのが、この時勉強会を組織しなかった製作所支部となる。

六

二十八年の争議に勝利した三池労組はその後、攻勢を強め、曰く「会社は潰れても山は残る」、曰く「会社がつぶれるのが一日早ければそれだけ早く社会主義社会に近づく」と、この事は、労組が自社の発展よりも左翼政治活動を重んじ、三池炭鉱を社会主義革命の拠点と考えていたことをよく表している。

そういう雰囲気の中、一部の活動家が連日のように職員に対し集団吊るし上げを行い、末端の職制機能は麻痺し、労働者自身が仕事の割り振りを決める制度を作るなど、職場は労働者の自治区のような様相を呈するようになる。

他方、二十八年の争議以来、経営合理化の進まない三井鉱山の経営状況は、次第に厳しさを増していった。神武景気と呼ばれた昭和三十一、二年は、さすがに五億円程度の営業利益を上げているが、累積赤字は思うようには減らず、昭和三十三年度のなべ底不況時には三十一億円の赤字となり、三十四年度末の累積赤字が五十億円にも膨らむ。

危機を感じた三井鉱山は、三池炭鉱からの活動家の一掃を決意し昭和三十四年に再び六千名の希望退職を含む会社再建案を組合に提示し、千四百九十二名には退職勧告を出し、これに応じない千二百七十八名に対し指名解雇を通告する。

三池大争議の始まりである。

会社は、まず各山の所長の責任で山別に希望退職者を募集した。

これに対して、三池を除く各山では、九州の田川、山野でいち早く予定人員を超す希望退職者が出、遅れて北海道でも砂川、芦別が再建案を達成し、三池と似通った労使関係の情況で、左翼的勢力の強かった美唄でも、遅れはしたものの再建案を飲み妥結した。

残るのは三池炭鉱だけとなった。

先の二十八年の争議では、三池労組と歩を同じくした職員組合は、その後の組合から受けた仕打ちから共同歩調を取るはずも無く、職員に対する再建案を受諾して妥結する。

また、三池労組の一組織だった製作所労組が脱退、分離する。もともと、製作所は坑内機械の製造修理を主体とした、機械製作修理部門で、坑内労働重点の闘争至上主義に批判的であった。

そしてこの十年間に亘り三池労組からの独立を主張していたが、力で抑えられてなかなか受け入れられなかったのだ。しかしこの期に全従業員千四百七十七名中、容共勢力といわれていた二十二名を除いて、新組合を作り分離独立する。

会社としても炭鉱以外の仕事は、別会社として切り離す構想は持っていても、労組との間にユニオンショップ条項を設けており、三池労組の組織員を擁したままで会社を分離させるには無理があったのだ。そして今回分離独立した新組合を擁して、会社としてもおよそ一ト月遅れで、製作所部門を株式会社として分離独立させ別会社とした。

七

このような離反が始まるなか、三池労組はますます強力な闘争続行を決定する。

会社は、三池炭鉱について、二千二百十名の減員を計画し、希望退職を募ろうとするが、組合側は、会社が張り出したり、配布したりする希望退職募集のビラを全て回収、焼却し希望退職条件などを、一般労働者に一切知らせない状況を作り、組合による統制を強化し、希望退職の道を閉ざしてしまう。

この間、「生産点での対決」との名目で、過激分子や集団による係員に対するおぞましいばかりの各種暴力、傷害、脅迫、不法監禁、器物毀損等の暴力的対決が行われる。三十四年半ばから凡そ半年間で、暴行、傷害の不法事犯として検挙捜査されたもの三十件、内、起訴されたもの十件、検挙者四十四名に上った。

労組による組合員への締め付けは、真に希望退職を望んでもできないようにあらゆる手段が取られた。

しかし企業存亡の危機を招いた無秩序な生産妨害と生産点対決という職場統制を欠いた闘争手段に、一万数千もの労働者全員がいつまでも盲従しているはずも無く、暴力的威圧的統制で発言を封じられていたに過ぎなかった。

そして、この抑えられた反動として、あちらこちらから次第に具体的な行動が現れてくる。

まず団体交渉の過程で提示された、配置転換要請に於ける交渉決裂の翌日から、会社側は三川、宮浦、四山の各坑別に配置転換希望者を募る。

組合は応募拒否の指令を出すが、それにもかかわらず、ひそかに応募する人たちが現れる。

特に四山坑では設定定員の七十余名にほぼ達し、業務命令に従う態度を表していたが、三池労組は千数百人もの動員をかけ、これらに対し恫喝的な説得にあたる。それでも七名は会社の業務命令に従い就労する。

同じような情況が、最も強固な組織力があると思われていた三川坑でも発生した。

三池労組は、これらの者を監視、吊るし上げなどで追い込む。

社宅を離れ家族を疎開させ、子供に学校を休ませたり、あるいは市外に転校させたり、本人は転々と他を泊まり歩きながら通勤するというような異常な情況が、これら批判勢力が組織化され一応の勢力となるまで続くことになる。

八

団体交渉が難航するなか、会社は三十五年一月二十五日よりロックアウトを敢行、これに対抗し組合側は無期限ストに突入する。

これを機に労組による組合員のへの締め付けはますます厳しくなり、特に批判勢力を封じるための緊急指示が出された後は、指名解雇指定者による監視など、常軌を逸する活動が始まる。

その内実は、批判勢力がこれらの実態を市民等に訴えたビラに詳しい「組合の機動部隊、ふくろ部隊を編成して、社宅はもちろん市中までも警戒し、いやがる婦人まで深夜警戒につかせ、来客の不審尋問、二人以上の集会の届出のある地域では、第三者を交えぬ会話の禁止や、映画、パチンコなどの娯楽も禁止になるなど、憲兵政治以上のことが公然と行われている」と。

そして、これらの行動が、批判勢力と呼ばれる者が、組合執行部批判を公然と行う動機ともなり、批判勢力の拡大を招く結果ともなった。

しかし、これら批判勢力が組織化される為には、いくつかの情勢変化が必要だった。

そのひとつは、石炭産業斜陽化の実態が次第に浸透していったことである。労組は石炭産業の斜陽化は、合理化実行のための会社の宣伝文句だと言いつのり、会社は潰れても山は残る、妥協なき闘いが必要だと唱え続けた。

しかし、会社の実態は耳を塞がれた労組員ではなく、市民、特に商店主の間に知れ渡り次第に労組員の耳にも届くようになる。

このままの闘争方針では、本当に会社は潰れてしまうとの認識が広まった。もっとも組合幹部は、それでもかまわないという方針で闘争をしているのである。会社が潰れた後の会社幹部人事を、組合幹部が占める案が声高に話されていた。

しかし、当時すでに中央では、昭和二十九年にマルクス主義的階級闘争主義の総評から脱退し、民主的経済闘争主義を標榜する全労が組織されており、批判勢力はその思想の下に組織化されていく。

その数は、三池労組中央委員二百五十四名の内の六十九名を占めるまでになる。労組幹部は上部団体である炭労に対し批判勢力を支持する組合員は百五十人くらいで取るに足らないとの認識を示していたが、一般組合員にどれだけ波及しているかは不明だった。

昭和三十五年三月十四日、この六十九名の中央委員が、緊急中央委員会開催を要求して、闘争方針の転換案を提示し、組合員全員による無記名による賛否投票を要求した。

　翌十五日に開催された緊急中央委員会では、全容を現した批判派支持者三千人が会場正面入り口に陣取り、開場を待つ。

　その周りを主流派七千人が取り囲み、場外周辺には、市内の商店主などが組織した市再建本部の批判派支持団体が、四十数台の自動車を連ねてスト中止などを訴えていた。

　しかし、会場の運営を実行する執行部側は、正面入り口を開けずに通常口のみを開け、執行部支持者で会場を満たしてしまう。

　辛うじて、拡声器を屋外に設置することで、議事の様子は正面入り口に取り残された批判派支持者にも知らされることとなった。

　闘争方針転換の骨子は、法廷闘争に持ち込み指名解雇者勧告内容の妥当性を裁判で争うことで、労使の妥協点を探るというものであった。

　この提案に対する労組幹部の態度は冷ややかで、現状方針の変更など微塵も有り得ないとの態度に終始する。五時間を超える激しい討議の間、何度も全組合員による無記名投票を要求するが、ついに執行部は中央委員会での議決を実施しようとした。

　ここにきて、六十九名の批判派中央委員は一斉に退場した。

　この瞬間、罵声や野次で騒然となっていた会場が、静まりかえった。三池労組分裂の瞬間を相互が意識した一瞬であった。

六十九名は支持者三千人と共に、会場を移し、「刷新同盟」を結成する。

本会場では、「刷新同盟」の中央委員の除名処分を決定する。

ユニオンショップ制のため非組合人は会社を去らざるを得ない為、新組合の結成が不可避となり、組合内部から闘争の刷新を図るという目論みは崩れ「新組合」の結成という結果になった。

この時、無記名投票をしていたらどうなっていたのかという疑問が残る。闘争方針変更案は果たして可決していたのか。

後に、新組合の幹部が語るに、組合員一万数千名の中、おそらく多くても五千名程度の賛成者で否決されていただろうと。

では何故、三池労組幹部は無記名投票拒否に拘ったのか。はっきりとした証言が見当たらず憶測するに、数千人もの闘争方針変更希望者が居ることが明らかになれば、常にその問題が俎上に上り、もはや階級闘争至上主義的な活動から逸脱してしまうと考え、むしろ脱退させたほうがすっきりするとの考えがあったのではないか。

この緊急中央委員総会の翌日、労組委員長は記者団に「ウミが出て組織はすっきりした」と言い放っている。

九

新組合を結成した者三千六十五名は、会社との折衝で組合としての認知を受け、生産再開に向けての協議に入るが、結成から一週間目に新組合員数は四千六百三十名となり、その名簿を提示し職場人員配置について協議を始めている。

その後も新組合への転向者は、日に日に増え続ける。ウミが出てすっきりしたとの発言は、残った労働者が全て闘争至上主義的組合活動に賛同しているとの過信以外の何ものでもなかったと思われる。

就労開始に当たっては、これを阻止しようとする旧労組と新労組との間で激しい攻防が繰り広げられる。

三十五年三月二十八日の就労開始に向けて慎重な準備が整えられるなか、旧労組は上部団体からの千名を超えるオルグ団を受け入れ、断固生産阻止を打ち出す。

就労開始予定日に先立つ十八日の新聞に、「会社が新労組合員により生産を開始する場合には、ロックアウトであろうがなんだろうが、坑内に入って阻止する。もちろん血で血を洗うようなことも起こるだろう」という旧労組幹部の談話が掲載された。

力ずくでも生産再開を阻むという姿勢は、入坑前の前哨戦としてさっそく実行に移された。

ロックアウトされた宮浦、四山、三川の各坑内に数百名が侵入し、投石、放水、放火などで社屋を破壊したり、幹部、職員、保安要員として坑内に就労していた数人を吊し上げたり、棍棒、青竹で殴打、足蹴にしたりと、何名もが重傷を負わされることとなる。

狼藉は、会社内に留まらず、社宅に暮らす新労組家族の身にも及ぶ。一例を挙げれば、三月二十六日、百名以上の旧労組関係者が、五十軒ほどの新労組家庭を個別に激しいデモをかけ、あげくには、土足で上がりこみ、部屋や食卓に石炭ガラや泥を投げ入れ、戸板やガラスを破壊するという暴挙も発生した。

そして、新組合発足から十日目の二十八日、いよいよ本格的な入坑が開始されるが、旧労組は入坑を阻止する為、総評、炭労からのオルグ五千人とともに、各坑入坑門に幾重にも亘るピケを張った。

四山、宮浦、三川坑とそれぞれに生産再開を目指し入坑を計画するが、数千人ものピケ隊に取り囲まれた門を突破することで大混乱が想定された。ピケ隊は、手に手に、棍棒や青竹、あるいはピッケルなどを持ち、流血も厭わないという構えなのだ。

四山坑には海上の人工島からの入坑口があり、新組合員三百余人は、夜陰に紛れ船で島に上り無事入坑する。しかし翌日の本隊約五百名を乗せた船は、同じく船で入坑を阻む旧組合員との間で、船上間での投石等、海戦まがいの乱闘を演じた末、入坑を断念する。

宮浦坑では二十八日朝、約四百人が入坑門前でピケ隊と対峙し、二時間を超える折衝を行うが、結局入坑を断念して引き上げた。

そして、三川坑では強行入坑と流血事件が発生する。

約千人の新労組員が三班に分かれ、ピケ隊に対しデモをかけるが、こちらも短い棍棒を手に実力行使も辞さない態度で、顔色は土気色で目も血走っていたと言う。

デモをする二班にピケ隊が気を取られて手薄になったところで、残りの一班が三メートルほどのコンクリート柵をめざし、およそ四百名が一斉によじ登り入坑した。

これを阻止しようと、背後から殴りつけたり引きずり下ろしたりの力ずくの攻防が開始されたが、三百九十六名が入坑に成功した。

悲劇的な流血事件がおきたのはこの直後である。

入坑した新労組員の後を追って、二百人近い旧労組員が門を越えて入坑し、この内六十人ほどの者が、手に手に鉄パイプやスパナーなどの凶器を持ち、繰込み場に待機していた無防備の二百人ほどの新労組員に襲いかかった。二百人は頭を抱え、尻を旧労組員に向けてスクラムを組み身を守ったが、瀕死の者を含め二十六名が重傷、百二十名が負傷という惨事となった。

又この時、別の約八十名が鉱長室に殺到し、内二十名が室内に乱入し、室内にいた鉱長をはじめ職員十五名に鉄棒、シャベル、棍棒で襲いかかった。ほんの十二、三分間のことだったが、職員たちは血に染まって打ち重なった。

取材のため傍に居て、追い立てられた報道関係者が後に、「あの時ほど、警察官の到着を待ちわびた事は無い」と報道したほどであった。

しかし、衝突を警戒して待機していたはずの警察官の到着は遅かった。坑内の異常な雰囲気に突入しようとした警官隊を地元出身の左翼系議員達が立ちふさがって引きとめたのだ。

この三川坑の流血事件における警察の対応は衆議院本会議で問題にされた。

そしてこの三月二十八日夕刻、会社が申請していた立入禁止と妨害排除の仮処分命令が出され、翌日ピケ隊との間に数時間にわたる折衝はあったが、警官隊護衛の下で執行官による公示札掲示が執行され、新組合による就労が法的には保護された。

しかし、旧労組のピケが解かれたわけではなかった。

翌二十九日、四山坑正門のピケ隊と暴力団が衝突する。暴力団百数十名は午後一時頃に集合し街宣車などに乗り込み、市内を情宣して回り、四山坑ピケ隊の前を、車列を作り気勢をあげて通り過ぎようとした。

ピケ隊の棍棒が車を叩いたところで車列が止まり、降り立った暴力団一行との睨み合いが続いていたが、ついに乱闘となり、旧労組員の一人が刺殺される。この間わずか数分間のことであった。

旧労組は、暴力団は会社と新労組が雇ったものだと宣伝するし、会社や新労組は無関係だとの声明を出すなど、この事件で両者の溝は大きく深まり、旧労組員による新労組員、特に坑内に籠城し生産再開に勤めている留守家族への社宅内での嫌がらせが、更に暴力的にエスカレートする。

家庭へのデモ、家屋や家具の破損、吊るし上げ、果ては髪を引っ張られたり、バケツを被せられたりして殴られる者など聞くに堪えないような迫害が繰り返される。

危険を感じ、三川坑流血事件から凡そ一週間のあいだに、社宅から避難疎開した家族が六百五十世帯、二千名に達した。

こうした事態を受けてか、この四月二日に福岡、熊本県警が特別警邏隊を編成し、二十四時間の警邏と社宅の要所にテント張りの駐屯場を設置し、本格的な警戒に当たることになる。暴力行為は次第に沈静化し、順次帰宅する者が増えていくが、この間の両者の亀裂が埋め難くなったことは想像に難くない。

十

会社側は、生産再開に必要な箇所への立入禁止仮処分を申請していく。仮処分が決定した箇所では、警察隊がピケ隊を排除し、生産再開に向かう新労組員が次々に坑内に入っていき、その数は二千二百名に達し生産再開の体制が次第に整いつつあった。

このままでは、なし崩し的に生産再開に持っていかれると思った旧労組は、石炭配送の要であるホッパーに目をつける。ホッパーは、掘り出した石炭を一旦貯炭し、トラックや貨車に積み込む設備であり、ここを経なければ大量の石炭を外部へ配送することは出来ないのだが、会社側は出炭再開に注力するあまり、ホッパーの重要性に気が付かず、ロックアウトの手段も取らず、僅かな監視員を配置していただけであった。

出炭再開の体制が整い始めた時、いち早くホッパーの重要性に気づいた旧労組は、二千人を超すピケ隊でホッパーをかためてしまう。

これに慌てた会社側は、四月十一日にホッパーへの立入禁止と妨害排除の仮処分を申請する。そしてそれが認められたのは二十四日後であった。

二千人のピケ隊に囲まれて二人の執行官は、警察に保護されながらホッパー足元に仮処分公示板を掲示したが、これでピケ隊が自主的に解散するという訳もなかった。ピケが続くホッパー近辺にも、警察官詰所が有ったのだが、五月十二日、長引くピケに退屈した五十名程が、この警察官詰所にデモをかけたのだ。もともと警官隊に対しては会社の手先だなどとの台詞を吐き敵対感を抱いていたわけだが、詰所に居るのが六人で、多勢に勢いを得たデモ隊は詰所を取り巻き殴る蹴るの暴挙にでた。

警官隊は必死に防戦しながら、デモ隊の内の一人を公務執行妨害で逮捕しようとした。その為、火に油を注いだように乱闘が激しくなった。警察側は五百名ほどの機動隊が、組合側は千名程のピケ隊が駆けつけ、派手な乱闘騒ぎとなり、双方に数十人の負傷者がでる始末となった。警察側はそのうち二十名余が重傷者であった。

地検は集団による行き過ぎた警察への挑戦を、革命行動の含みと社会不安を引き起こすとの判断から、徹底した捜査を開始し、十数名の逮捕状を取り法律遵守の姿勢を明らかにし、機動隊を背景に警察官がピケ隊の中に入り込み該当者を次々に逮捕していった。

この様なことが起こったホッパーは、港務所内に設置され、港や鉄道など公共設備も併設されている為、港務所はロックアウトの対象外とされていたが、解決の目途が立たない中、会社側は遂に港務所内もロックアウトをし、この地区への立入禁止の仮処分を申請し、地裁からの決定が下る。

上部団体の炭労はオルグを送り一万人のピケ体制を整える。一方、法執行の実力行使のため警察側は八千人の動員を整えた。

一触即発の状態が続く中、中央では事態収拾の工作が続けられ、流血の惨事を避けるために労働大臣が、中労委に職権斡旋を要請する。選ばれた斡旋員はホッパー休戦を労使に申し入れ、斡旋案提示までの生産再開の凍結と、ピケ解除を要請し、双方がこれを受け入れ、流血の事態は解除された。

十一

斡旋作業は長引き、斡旋案が示されたのはホッパー休戦から二十日ほど過ぎた八月十日のことであった。全国民から注目されていた争議だったため斡旋案提示の模様は、テレビやラジオで中継されるほどであった。

斡旋案は、「会社による指名解雇取り消し後、対象者は自主退職したものとし加算金が付き、指名解雇を不当労働行為として争うものは提訴することを妨げない」という内容を骨子としたもので、三池労組のほぼ完敗と言えるものであった。

三池労組は斡旋案拒否を打ち出すが、上部団体の炭労が斡旋案受諾で事態収拾に乗り出し、三池労組は重苦しい雰囲気の中央委員会で、「炭労決定方針に従い、今後はあくまで指名解雇者千二百名の条件獲得と、組織を守るために長期の抵抗闘争を決意する」との新たな闘争方針を決定する。

しかしその方針は、会社の業績をあげ労働者への利益分配を図るという今日では当然と思える方向では無く、生産再開に際し、会社が打ち出した日産一万五千トン体制を阻止するという、あくまでも革命的闘争主義から脱する事を拒むものだった。

そしてこの方針の下で、過激分子による生産阻害行為が繰り返される。

坑内電車のレールの釘や、天井、側壁の坑木が外されたり、送炭ベルトに鉄柱やレールが投げ込まれシュートが詰まり石炭搬送が不能となり復旧に長時間を要することや、ビニール風門が破られたりする阻害行為が百件以上も報告され、特に風門の損壊については、これが地上からの入気と通気を調整する大事な役割を果たすことから、大事を引き起こしかねないとして、厳しい管理体制がしかれた。

爆発事故が発生する二、三日前には、係長会議で、阻害行為が続いていることが統計的手法による解析結果として報告され、保安対策が検討されたばかりであった。

十二

このような労使関係、あるいは旧労組と新労組との対立の構図の中で発生した事故に祖父達は、これほど甚大な結果を引き起こすとは考えずに行った阻害行為の結果ではないかと考えたのだろう。

以前から収集していた情報提供者からの資料のなかに阻害活動の計画が散見することを思い出し調査を開始したものと推測される。

資料は、「昭和三十八年十一月九日三川坑災害に関連する情報資料について」との表題で始まる。

日付は、昭和三十八年十二月四日とあり、災害発生から二十五日の間にあつめられた情報という事になる。

さらに、「一、本資料の見方について、日時場所、集合人名、議事要点の欄は、全て○組織（注、或る左翼政治団体と推定されるものの、文中では組織名は全て略式で書かれている）の三川細胞委員会、班集会、或いは之に類した集合の内容を集録したものであるが、妨害関係以外は項目を挙げるに止めた。

関連参考事項、現場に於ける事象、備考の欄は左記内容に関連する事象、特に会社組合間の交渉経過、旧労内部の情報等を付記したものである」と続いている。

そして、「果たして相互関連があるか否かは速断出来ないが時間の余裕もなく現在までの分を一応羅列するだけの段階で纏めた。従って各項目の関連性の検討は今後の課題である。今後更に入手、判明する事項については都度補足していく。〇細胞（注、〇組織三池細胞の意味）情報のうち十一月三日集会までの分は、災害前に入手済みであったが、その後の分は社葬後の落着きを取り戻した時期から逐次入手したものである。本資料の取扱いについては、会社の立場としてもさることながら、社会的に極めて重要な内容を擁しているので慎重の上にも慎重を期し、担当者以外には片鱗も洩れぬ様注意したい」と続いている。


これから判る事は、災害前に既に〇細胞の情報を入手する手立てが立てられていたということだ。

災害が発生してはじめて、これら情報の中に災害に関連あると思われる情報が含まれていたことに気付き、そこから〇細胞の災害への関与について調査を始めたという経緯だと推測される。

従って、資料は二部仕立てとなっている。一部は災害発生のおよそ二カ月前、昭和三十八年の九月一日から始まり、十一月二十四日で終わる、集会や会合の内容を羅列した資料である。

もう一部は、その中から、災害に関連すると思われる内容を抽出した資料であり、最後に、○細胞の組織図と組織員の氏名、職場、生年月日、採用年月日、学齢（ママ）、住所、その他備考で構成された名簿が添付されている。

前者の資料の代表的な一例である、九月二十二日の記述は次のようになっている。

一、選挙闘争資金について
二、△細胞（○細胞とは別の左翼組織）の行動について
三、春木一派の其の後に動きについて（春木一派は、○細胞から脱退した一派）
四、社宅退去について検討
五、配転者について
六、阻害戦術について、一万五千トンの壁を破るため会社の出炭体制を妨害しなければならない。今週は実行する週である。道具その他についても種々実験をしてやれば当然成功する。
春木一派に阻害の情報が漏れている様だ。春木一派の情況を見た上で時期等は

判断したい。

七、財政について

つまり、前記のうち六項以外は、災害とは関係がないので項目の記述のみに止めているという事である。

そして、この六項に書かれているような、生産阻害計画に関する会合が、九月に四回、十月は三回、十一月は二日、三日、四日、五日、七日、八日と続き九日の災害に至る。

またこれらの会合の情報の中から、生産阻害工作について、関係があると考えられる項目を集めたものが、後者の資料である。

恐らくは、従来から〇細胞内部に放ってあった情報提供者から会合の都度、議論の内容や個々人の反応等について報告があったのだろう。

災害が起こった後、連結器が簡単に外れるはずが無いと信じていた者達が、それら会合で話し合われていた生産阻害活動計画を思い出し、炭車の暴走こそが、生産阻害活動計画の結果ではなかったのかと考え、九月からの会合記録を、しかも生産阻害計画に関連があると思われる項目を中心に調べ上げて資料にしたものだろう。

昭和三十年代は、石炭から石油へのエネルギー源転換の時期で、石炭経営は苦境に立たされ、生産性向上とコストダウンが推し進められていた。

そのため当時一日当たり一万二千トン程度の出炭量を一万五千トンまで引き上げる計画が取り進められていたが、これが災害後に、生産を優先し安全を軽視したとして非難の対象となる。

たとえ意図的に安全を怠ったわけではないとしても、結果が結果だけにその非難はあまんじて受けなければならないだろう。

祖父はメモに、「炭塵の堆積など作業環境の問題は有ったにせよ、直接の引き金を引いたのがもし生産阻害計画の実行であったのなら、その事実が明らかにされなければ四百五十八名の霊は浮かばれないだろう」と記していた。

十三

後者の資料は「昨年十一月九日の三川坑災害当時点の現場労働事情、組合情勢と坑内に於ける生産阻害の事実（情報）は次の如きである」と始まる。

一、三十七年末の現場労働事情は政転闘争余波に乗った秋季闘争が活発になり遂に十二月八日以降の無期限ストに発展し、十二月二十日スト解除に至るまで不安定の情況下にあったが、それに加えて旧労幹部十名に対する違法争議行為の責任追及懲戒解雇の実施が具体化してきた一方、合理化問題が急速に進展しつつある現状で、組合は組合員に対する情宣、意思の集約に躍起になっていた。

二、三十七年十二月二十八日旧労幹部十名に対する責任追及懲戒解雇の協議申し入れが行われた、その直後の十二月二十九日以降、三川鉱坑内に於いて、主として運搬系統、電気部門に対する生産阻害の行為が頻々として起こった。その具体的事例については別紙の通りであるが（別紙は資料に見当たらず）以下は阻害行為に関する○細胞情報からの抜粋である。

①

三十八年一月三日、大牟田地区委員会に於いて。

地区委員会は出産点の対決は出炭阻止行動以外に無いことを強調する一方、三池労組に対し本件について共闘することを要請したがこれに対し組合は「出炭阻止に変わりは無いが坑内で妨害するのは保安上重大であるし、組合員に与える影響も大きいので、組合自体の統一した生産点の対決をする」と、○細胞と対立した旨を報告している。

つまり、三池労組は、○細胞から生産阻害行動の共闘を呼びかけられたが、「断った」と、三池労組の委員会にて報告があったという事である。

② 三十八年一月十三日、○三川細胞委員会（○細胞の三川部隊）において。会社は「いたずら事件」で慌てている。この問題については△細胞（△組織の三池細胞）と多少の喰い違いはあったが、○組織は、△細胞を支援するという事で意見統一を行い、地区委員会の掌握下で具体的行動に入っている。

「いたずら」の意図は会社の構えを知ることと、組合の活動を生産点の対決で統一的にさせることにある事を強調し、更に、

「三池での生産点の対決は我々細胞（○三川細胞）でやらねばならない」また、

「現在、三川細胞では、△細胞担当の六名に直接指示を与え行動している」

「機具等を坑内に携行することは危険であるが多少はやむを得ないことを指示し、具体的な阻止妨害行為の方法について検討がなされている」と続く。

つまり、この段階で、全国的な組織基盤を持つ「○組織」は、その三池組織である

「○細胞」が、○細胞の三川部隊である「○三川細胞」を通じ、別の左翼的集団である△組織の下部組織である「△細胞」と共に阻害活動を行う事を把握していたことになる。

③　三十八年一月十六日、○三川細胞委員会に於いて。

選挙戦を有利にして行くために、地域職場で○組織独自の活動を行う。特に「いたずら」については△細胞に積極的支援を行い、阻害行為を全鉱に及ぼす論議が行われ、それに対する具体的行動を検討した後、地区委員会に報告されている。

その具体的方法について○三川細胞は、

「三川鉱坑内で行われている行動を全坑（当時、三川坑のほかに、四山坑、宮浦坑が稼動していた）に広げるため、細胞委員会は陣頭指揮をとる」

「坑内行動を隠密化するために△細胞と○組織との合同会議を開く」

「主たる行動は、運搬関係において、斜坑のベルトとドラムの間に石や鉄類を投げ込む。排水関係には、ポンプ機械の中に石や砂を投げ込む。スイッチを切る。方別ストの時を利用して行うこと」等を指示している。

こうして、阻害行動の準備が進んでいたが、一月十八日に緊急委員会が開催され組織間の乱れが報告されている。

④　三十八年一月十八日、○三川緊急細胞委員会に於いて。
三川坑内に於ける行動については△細胞との意見が合わなかった。それは○組織が△細胞に協力して支援する約束であったが、○組織が積極行動に出るようになった為、○細胞から次のような不満が出ている。

「地区○組織の指示に従えとの、上部△組織からの指示を△細胞は受けていない」
「地区○組織の積極行動によって入党者が減少する」
「地区○組織は△細胞に器具の使用を要請したが、これは運搬系統を乱し、出炭を阻止するには違いないが、上部△組織の指示は、炭車の行先札を切る程度のものである」

ここにきて、○三川細胞と△細胞を中心に動いていた阻害行動に、上部○組織の三池地区部隊が積極的に係わっていていることが窺われるが、後に阻害行動の主体が、△細胞から○組織に移ることになる前兆が現れている。

⑤

三十八年一月二十日、○三川細胞委員会に於いて。

坑内の妨害行為について、○組織地区委員会が行動方針を次のように出した。

一月二十一日から一月二十六日は、運搬系統、車道ポイント、荷札の行先変更、スイッチ妨害、電車運行妨害。

一月二十八日から二月二日は、運搬系統、電気関係（実績がないので資料を出し、二十七日に検討をして指示する）

更に上記期間のメンバーを割り当てている。

また妨害行為について細胞長は毎日点検を行う。妨害行為は別途指示があるまで続ける。一週間に一度成功させればよいので毎日妨害をする必要は無い。水曜日に重点を置くこと等を指示している。

また、隠密行動の目的は、坑内を破壊するのではなく、あくまで抵抗を示し、共闘についての反省を求めることにあると強調している（先に共闘を申し入れ、断られている事は既に記している）。

また、その委員会の席上、細胞員から現場の事情（係員の監視等）個々の妨害行為の具体的実施内容を纏めている。その内容は次のようなものである。

「監視が厳しく隙はあるがタイミングが合わない。また発見されようとすることが多い」

「電気関係をやれば、組合員に迷惑をかける」といった意見が出て、結論は、実施は困難であると述べている。

従って、指示をすると責任を感じて無理をするので、指標等を与えて行動を束縛しないように要請がなされた。

⑥　三十八年一月二十七日、○三川細胞委員会に於いて。

三池労組は、「いたずら」問題で腰を上げ、三川支部として会社に抗議するというとこ迄、発展してきた。近日中に合理化の提案がなされるであろうから、職場集会で更に突き上げて行動を活発化したい旨強調し、続いて現在までの「いたずら」の結果報告が行われたが、警戒の目が厳しくなったのは行動がもれていることが考えられるとして、三川に於ける「いたずら」をやめ、四山、宮浦で実施したらどうかについて論議され意見の集約が行われた。

⑦　三十八年二月三日、○三川細胞委員会に於いて。

△細胞と○組織は妨害行為についての考え方で意見の一致を見た。△細胞の意見は、妨害の中断については反対であるし宮浦、四山に於いても三川同様に行動す

ることが提案されたと報告され、これに対し○組織としては、早く学習をして実施へ移すべく指導する方針を明らかにしている。

ここに来て、妨害行為の主体が完全に○組織に移っているが、実施部隊はあくまでも△細胞である構図は変わってはいない。

⑧　三十八年二月十日、○三川細胞委員会に於いて。
三川の「いたずら」行為は、△細胞がやっていると、多くの組合員が考えているが、これは会社のテコ入れである。と説明があって、○組織としては弾圧共闘委員会の名前で会社に抗議する様、共闘委員会に申し入れたと報告されている。

⑨　三十八年二月二十四日、○三川細胞委員会に於いて。
三井鉱山の合理化反対闘争を対外的に活発化する為、△細胞の「坑内いたずら」は今後やめる様指導したい旨の意思表示をしている。

二月十六日会社より第三次合理化案が提示された為、○組織としては合理化反対闘争に取り組むために、前記の⑨の内容通り妨害行為は次第に減少した。

このような経緯で一旦は収束したかに思われた、妨害行為は、この後、△細胞要員の個人的な行動から○組織を中心とした組織的な動きへと変貌する。

十四

三、三月以降の○組織の行動は内部の機構改革（独立分会の分離）、四月に入って更に選挙対策、合理化反対闘争に没頭していたが、六月六日の○三川細胞委員会に於いて再び坑内に於ける生産阻害の行動方針を、○組織大牟田地区委員会の指示として打ち出した。

① 三十八年六月十六日、○三川細胞委員会に於いて。
「組合は、六月十六日の中央委員会に於いて合理化の対決策として生産点の対決を決定したが、それは○組織の目的である生産阻害を意味するものではなく職制対決であるので、○組織は生産阻害を目的とした種々の行動を進めたい」ことを明らかにし、数ケ月前に行われた「いたずら」事件の反省が行われている。

それによると現在までの「いたずら」行為は成功であったことを強調し、唯、反省すべき点は、個人に責任を負わせすぎた。今後は統一して行い準備態勢を整えたい。と述べ更に具体的方法として以下を指示している。

「実施の時機（ママ）は緊急細胞委員会で決定するが、如何なる態勢にも応ぜられる様徹底しておくこと」

「行動の指標は生産には直接ひびかない箇所（電気、車道、ベルト）を選び、これに引っ掛けて保安問題をアピールする」

「具体的指示は前回行った行動を批判してやりたい」

「今回の行動は計画性が必要である。唯単にポイントに石を入れることで満足せず全般的に電車が通れない様にしたい」

「当然、器具などが必要であるから検討したい」

「△細胞に対しては、生産点の対決の重要性を学習的に教育し、特に相互間の連絡を密にする様にしたい」

以上の要望がなされた後で、妨害行為の党としての重要性を強調し、更に破壊箇所の具体的検討、監視の目についての調査等について論議があって、最後に計画を発展させる為に牛歩戦術の徹底、党員の沈着冷静な行動を望んで終わった。

ここで判るように、三十八年六月の段階で、従来、個人的、単発的に行っていた所謂「いたずら」と称された生産妨害行為を、〇組織が主導する組織的な生産妨害行動とし、自らが引き起こす事故を引き合いに、会社側へ保安問題を突きつけるという、マッチポンプ的な戦術を採用している。

② 三十八年六月二十五日、〇三川細胞に於いて。

阻害戦術の問題を論議した地区委員会の報告がなされたが、その内容は次の様なものだった。

「実施の時機（ママ）として、第二組合の改選を巡って不満が出ているので現時点が一番適当である」

「各支部共、阻害行為を成功させる為の建設的意見が支配していた」

「阻害行動は、党規に基づき実施するもので断然決行すべきであること」

「県委員会としても現地での抵抗戦術を期待していること」と、

以上が述べられ、具体的な内容として、

「抵抗行動によって会社の弾圧を受けた場合の保証」

「行動に当たっての具体的方法」

「対象物件並びに調査、計画」

「行動に当たっての注意事項」

以上の説明があった後、再び△細胞との意見の相違が論議されている。


そして、この六月二十五日には、しばらく絶えていた妨害行為が四件発生している。

③　三十八年七月七日、〇三川細胞員会に於いて。
阻害戦術を表面切って打ち出し選挙戦に直結させたことがかえってマイナスであったとの批判がなされている。

そしてこの頃、会社と第二組合との第三次合理化協定が調印される。旧労は遂に調印をせず飽くまで反対闘争を継続したが、会社の調印された協定に基づく就業規則改定の実施により、旧労は対策に苦慮していた。

④　三十八年八月十六日、〇三川細胞集会に於いて。
阻害戦術の実施に当たって、△細胞との対立感情をなくす為の論議が行われ、そ

の方法として、△細胞指導、教育に当たっては○組織二名に△細胞二名を割り当てて、協力して阻害を行うよう要請し、再び時期についておよび犠牲者の保障についての説明がなされた。

特に本集会に於いては、会社の採炭要員募集に当たって、抵抗を強化する意味から、直接部門の妨害戦術も打ち出している。

又行動に当たっては、沈着に充分計画を立て、実施に当たっては単独行動が伴うので、孤立しないよう注意がなされている。

⑤

八月二十三日に会社より出された、旧労幹部十名に対する違法争議行為の責任追及懲戒解雇通告を受けた同日の○三川細胞委員会に於いて。

幹部不当解雇通告を巡っての論議があった後、通告が予想外に早かった為、阻害行動の検討が不十分であったことを述べ、第三次合理化をはね返し、不当解雇を粉砕する為、○組織は「一発的に成功させる抵抗」を打ち出している。

その具体的内容は次のようになっている。

分散した阻害行動をやめ、一つに集中してやる。例えば、電気関係としては各切羽にある変圧器を総ての力で破壊する。運搬ではポイントを狙って、数日間運行不能にする。坑外においては石炭の搬出ルートを狙う等、具体的事例を列挙しての説明がなされ、更に必要道具、実施の方法、実施時期の検討、その他行動者の心構えについて要望されているが、特に道具については、小型バール、スパナ、切断機等が話題になっている。

又、坑内に煙草、マッチを散らして置いて神経戦術を狙った提案も出たが、◯組織としては、これに対して注意をしている。

このように阻害行動計画が、組織的、計画的、大規模化していることが窺われる。

⑥　三十八年九月一日、◯三川細胞委員会に於いて、次の二点の方針が話し合われた。
【職場闘争について】

組合（旧労・筆者注）は数部門を選択して職場を中心とした職制に対する抵抗行動を行うことになった。組合は◯組織とは共闘をしないと言いながら、組合問題となると抵抗活動を積極的にやってくれと申し入れがあっている。

具体的には、

「繰込み前、又は昇坑後、保安上の問題で職制に対する追及行動を展開」

「執行部の責任の枠内で行動する」

「繰込み前の行動として◯組織構成員は、第一脱衣場と第二脱衣場の間に集まって追及するための会合を持つ」とある。

【阻害戦術について】

問題の阻害戦術について、輪番制を以て柵内に各班毎に入坑、場合によっては、集団入坑し当日配置された者と連絡をとって意見統一を行う。

帰路、三港食堂に集合し、会社の動きを検討し、来々週に備え器具を検討整備する。

ここに来て、坑外での具体的計画が立案されていたようだが、九月七日に、会社用地に無断建築を企画していた団結小屋の工事に対して工事差し止めのための占有移転仮処分が決定され執行される。

⑦　三十八年九月十五日、〇三川細胞委員会に於いて。

先に計画された、柵内行動については、会社の警戒が厳しく好結果を得られず、また我々の行動に気づかれているようだから、一応柵内入坑を中止し坑内の妨害を実施することにした。

つまり、坑外での活動の活発化を警戒した会社側の監視体制が厳しくなったため、坑外での妨害行為をやめて、坑内にその活動をしぼったのだ。

そして、坑内妨害行為に関して、〇組織地区委員長より、次の発言がある。

「坑内に於ける阻害戦術を完遂するよう要請する。進め方としては困難性はあるが、之には数人の犠牲者を覚悟すべきで之に対し万全の支援をしたい。宮浦でも配転問題を巡って破壊の決意が燃え、決定を見ている。主力は三川細胞で過去に種々の成功をあげているので、実績を阻害戦術で表してもらいたい。行動は摘発されることを防ぐため単独行動がよいが、単独では完全破壊が出来ないので、最小限でも二人の行動とする。阻害行動の綿密な計画は阻害戦術委員会で行う」と、さらに器材、器具の整備について、

「今週は器材を中心とした研究を行って練習し、決行に当たってまごつかない様、体制を整えたい。また器材は道具袋に入る小さい物で、ガソリン、バール、ペンチ、針金、五センチ直角の鉄板、スパナ等、宮浦ではマイトを用意した。今週は何処の箇所に何の器材がよいか、又人員の配置を考えたい」と続く。


このように、妨害行動計画は、次第に具体性を帯びた内容となってきている。そして次には、具体的な人選、役割分担へと進んでいく。

⑧　三十八年九月二十日、〇三川細胞委員会に於いて。
「一応五人の本線関係、後の五人が電気関係を担当させる。道具保管責任は本村同志にやってもらう。器具はガソリン一缶、バール四丁、モンキー五分と六分、スパナー五本、切断機、ゴム手袋、その他若干。行動は決定次第直ちに会合し、検討の上実施したい。その間職制の動向、作業現場の実態を調査のこと」との指示がでた。

⑨　三十八年九月二十二日、〇三川細胞委員会に於いて。
「一万五千トンの壁を破るため会社の出炭体制を妨害しなければならない。今週は実行する週である。道具、その他についても種々実験してやれば当然成功する」と、今にも決起する勢いであったが選挙戦との関係で決行が延期される。

次からの記載には、日にちのみで、発言された場所が省かれているが、今までの流れからは、何れも〇三川細胞委員会での発言だと考えられる。

⑩　三十八年十月六日。

「決行する時機は選挙の中盤戦まで延期する。会社の生産体制は最近上昇しているが、増産も選挙戦が間近になれば低下する。その時機に行うことも効果がある。抵抗戦術をするに当たって家族の実状を検討しておくこと、妻の支援がなければ行動が動揺化し成功しない。既に本村委員の処に諸道具が持ち込まれた時、妻が不審に思い藤田同志の妻に事情を聞きに来ている。先にも言ったが、前回の決行指示は延期をする」

一旦、突沸するかに思えた情況が、再び従来の小さな妨害行動に戻っていくのだが、この背景には、十月十三日から十月末の記載から、中央上部団体が打ち出した拠点闘争の方針が影響をしていると考えられる。

⑪　三十八年十月十三日。

「〇組織は、職場闘争を活発化するため、生産サボタージュの働きを更に検討、一時中断していた妨害戦術を打ち出したい。明日より職場内で妨害箇所を、独自で行って妨害戦術の足場にして行動は小さくても妨害戦術に出なければならない。

決意は強く持つこと」

更に、

⑫　昭和三十八年十月二十日。
「中央上部団体は、三川支部を拠点支部として積極的行動を指導し更に拠点部門を採掘、開発、三方採炭に選定し、職場闘争の壁を破る行動を考えている。〇組織は他と共闘をもち妨害を展開するため充分な連絡をとり拠点部門を指導し職制との対決を図る。

職場闘争は、毎日行い、そのやり方としては、常一番で職場闘争をやれば、二番三番で妨害戦術、二番で職場闘争をやれば、一番二番で妨害と絶えず展開させねばならない」と。


つまりこの時期、三川を重点拠点として、中央からの指示による、従来からの職場闘争が展開されたため、〇三川細胞による独自の妨害行為が封印されたかたちになったものと考えられる。

しかし、この中央指示の拠点闘争の情報が会社に漏れた。

資料にはこの事に関して次の記述がある。

「拠点闘争の内容を十月十五日頃、組合情報並びに〇組織情報によって察知した会社が、妨害行為の伴うことを懸念して先手を打って繰込み場に於いて採掘部門に主席から注意を促した。

之により常一番採掘が一時間余り入坑を遅延したため、山田分会長が責任者として懲戒解雇の申し入れを受けた。この拠点闘争の情報暴露に対して、旧労内部と、〇組織は何処から情報が漏れたかに、極度の神経を使うと共に会社側に対して非常な怒りをみせていた。」

中央が音頭をとった拠点闘争がこのようにして中断をした。そしていよいよ、十一月に入り、再び〇三川細胞は独自の妨害戦術を展開することになる。

⑬　三十八年十一月二日。

妨害戦術について今までの実績を再検討し、今後妨害行動に万全を期するため綿密な計画を立てて行うことを指示した。

特に器具の取扱いについては厳重に管理して欲しい。

次いで、〇三川細胞としての結論が出され、要は致命的に生産軌道を低下させる具体的な妨害箇所、並びに方法が論議され、選炭機もその対象物件となったが事情が判らないとして、最終的に車道が対象となった。

そこで、吉村が坑内図面を取り出して説明し、役割分担をする。

電気、原動機は、吉村と村田。車道は、本村と川堀と決めた。

十一月に入り、〇三川細胞は、具体的な目標と、実行者の決定、器具の準備を整えたことが判る。

⑭　十一月五日。
致命的な損害を与える重要な拠点箇所として、ケーブル、車道、変圧器等を思い切って決定する。四日より就労者分会で集中して検討がなされるであろう。

⑮　十一月六日。
選挙戦の見通しも明るく進んでいるし、闘争分会を守る為、妨害戦術を打ち出し生産体制に対処する。今までの妨害戦術は我々の出来る範囲内で行動することにしていたが、今回は積極的に実施したい。

箇所はケーブル原動機座を中心として細胞委員会が取り組んで会社に致命的な損害を与えたい。

電気係の細胞は、実施日、計画の意見統一を行え。

妨害戦術については、班員の意思統一が必要であり箇所の選定を急ぎ、突破口を造って徹底化していく。

妨害工作は○組織独自で行い、妨害で出た犠牲者の保障は結論付けておく。

妨害行為実行に当たっての、意思統一が図られ、実施の日が近いことが窺われる。資料には、以前より何度か犠牲者という言葉が記述されているが、これは、妨害行為が発覚し、会社から何らかの処分を受ける犠牲者という意味で、妨害戦略の中に、それに対する保障を確立しておかなければならないという事だ。

⑯

三十八年十一月七日。

妨害戦術は、選挙終了後でもよいではないか、又やれないとの意見もあったが、岩本の説得で再び具体的方法の検討が行われた。

村田は、致命的な損害を与える箇所は切羽よりも本線坑道であり、警戒も薄い。

そこで、西洋紙に書いた計画図を出した。

それによると、一坑、二坑より信号所までの処で、坑底にあるポンプ座、及び特高変圧所は除外、そこは赤線で消されていた。

本線のケーブル、原動機座は図示されていた。但し、何ボルト、何馬力は記入されていなかった。

村田は図面で、

「信号所よりチップラまでは、炭車が絶えず通っている」

「それで、原動機座とケーブルを狙え」

「出来ない場合は車道が二番目だ」

と、説明をし、最後に器具の件、時期は昇坑時、生産サボの徹底化が指示された。

十五

こうして、十一月九日午後三時過ぎを迎えた。大音響と黒煙、地震を思わせるような地響き、炭鉱近くの民家の窓ガラスは粉々に砕けた。

災害発生から三時間後、第一次の救援隊が災害現場に向かったが、彼らはその坑内で凄惨な光景を目の当たりにする。

「飴のように捻じ曲がった炭車のレールが宙に浮いたようにブラブラと垂れ下がり、破裂した排水ポンプからは水が溢れ、斜坑を土石流が坑内に向かって激しく流れ下っている。

一歩坑内に踏み出すと、土砂に埋まった大勢の人、人、人。土砂から、手だけを、あるいは足だけを出して埋まっている人、頭だけを突き出している人も居た。はらわたをパイプにぶら下げて死んでいる人、坑内電車に座ったまま死んでいる人も居た。（救援隊員の手記より）」

この後、資料は九日前後に発生した、関係者の不審な言動の情報を羅列している。これらの情報が、果たして事故に関連があるのかどうかは結局検証が出来なかったようだ。

それも無理からぬ事で、捜査権もない者がそれらの情報に関し、関係者へ尋問をする術も無いのだ。

一、九日の午前十一時頃つまり災害発生の五時間ほど前、旧労三川支部労働部長と会社副長が三十六坑人員配転の件で話し合っていたがその席で、その労働部長が、「昨日予定されていた、採掘山田分会長の解雇協議が行われていれば、今日は一番方から二十四時間ストの筈でした。

しかし、三十六昇坑再配転の関係で解雇協議が来週に延期されたので、本日のストも延期された」と言った。

なぜこの発言が問題と思われたかは、前日八日に○三川細胞採掘職場集会、それに引き続き、同分会の活動者会議、更に三川支部当直室で会議が行われていて、その結果を以て、旧労三川支部長より旧労本部長へ対し、「実力行使（前述の二十四時間スト）の件については統一行動を具体的に考えるから九日を十四日まで待って欲しい」との要請があっているのだ。

つまり、もし九日に妨害行為を計画していた場合、その日がストともなれば入坑は出来ず、計画は中止せざるを得なくなる。

すなわち、○三川細胞が妨害行為遂行のために、スト中止を働きかけたのではないかと考えられた訳だ。

二、災害当時、情況報告を聞く家族の中に居た、○組織構成員の動きと其の後の動向。

爆発後、相当数の家族が安否を心配して正面前及び人事々務所、両組合（旧労、新労）前に集まった。この家族に対し、情報速報を説明するため社副長は、正門前にある講堂で、第一回目は二十時十五分から約二十分、第二回目は、二十二時から約三十分、第三回目は、二十三時三十分から約三十分、そして第四回目は、二十四時四十分から一時間十分の、計四回壇上に立った。

その際、説明を受ける家族に紛れていた○組織構成員の岩本と仲間四、五人が、副長の説明に対し「会社は千二百人の首切りで飽き足らず、今度は生首を切った」「馬鹿野郎、叩き殺すぞ」等の罵声、野次で説明も通らず、真に心配をして聞き入っている家族は、迷惑そうにして副長の傍に近寄り安否を求めて質問していた。

この岩本構成員は、十一月七日の○三川細胞委員会で、「妨害戦術は、選挙終了後でもよいではないか、又やれない」との意見があった際に、彼の説得で、再び具体的方法が検討されたことは先に記述した通りである。

そして、彼らの態度が三回目の報告時には一変する。○組織の構成員達の顔は相変わらず見えていたが、全く野次も無く罵倒も飛ばさず、家族とともに静かに説明を聞いていた。

そして、この時間になると既に相当数の遺体の搬出もされ、坑内の被害も想像を遥かに超える、大災害の様相が判明しかけた時間帯である。四回目の説明時も同様であった。

結局、二回目と三回目での○組織構成員の態度の急変が極端に印象に残ったばかりではなく、それ以来、○組織の表面立った動きが見られなくなる。

災害弾及のビラ配布や貼付なども、△細胞数名によってなされているが、従来の事故や災害が発生した際の○組織・細胞の動きから比べると、今回は極端に避ける様な態度をとっているとしか考えられないのである。

尚、災害発生から数日後に、離職した○組織構成員が「今度の原因は絶対に突き止められる筈がない。今が会社攻撃のチャンスだ」と話していたとの情報が、もたらされている。

つまり、今まで○細胞を中心に展開されていた抗議行動が、逆に災害後一時的に鳴りを潜めたとみられたのである。

三、事故発生前の怪情報。

十一月一日金曜日、三川坑定例係長会議に於いて、会社副長が三十六昇人員配転と採掘山田分会長の懲戒解雇協議の経過について報告した際、「近い内に三川坑が再起不能になる様な事故が起こるとの噂がある」と説明している。この点、○組織構成員の吉村、村田が同様なことを話している事が判明している。

この資料が示すように、組合関連情報が相当の精度で会社側に流れていた事は確かなようだ。妨害行為が頻発する中で再起不能になるような事故が起こるとの情報があったとしても、どれ程の規模かも、方法もわからないでは具体的な対策は打てなかったと思われる。

結果は、恐らく妨害行為を行った者を含め、誰の想像をも遥かに超えた規模の災害となった。

四、殉職者、○組織構成員正木徹の当日の動向。

正木は本来なら、常一四番人車で、同僚とともに三百五十メートル、十四目貫《めぬき》に於いて、同僚六名と共に殉職していなければならないのに、正木の遺体は坑底で発見され、しかも本人の工具札も同じく坑底で拾得された。

当日一緒に作業した一人は次のように供述している。

「ゲートのブラケット取り付け作業に正木と共に配役されたが、正木は作業が終わる前に、今日は早く帰るから係員に言ってくれと言って、自分より早く現場を出たが、上り着到をしたかどうかは判りません。私は作業を終わって竪坑を降りようとしたら停電したので歩いて人車に乗ったが、後で意識を失ってしまって、その後のことは判りません」と。

又、正木の父親も採炭工であるが、十一月十日の午前二時過ぎに、組合から聞いたらしく係員詰所の三十六昇関係テーブルへ来て、「俺の息子は死んだ筈だ。組合に判っていて何故会社で判らんのか」と喧しく言ってきたことがある。

会社がまだ正木の罹災を確認する前に、父親は正木の死亡を確信する情報を握っていたという事は、本人が予定していた行動が罹災につながる可能性があると認識していたという事になる。そして、その行動は妨害行為である可能性が高い。

五、三川町の田畑組における組合員の言動について、T夫人からの情報。

十一月十五日、お茶の教師会が天領町の江口氏宅で開催され、偶々T夫人と席を並べた田畑組の六十七歳の婦人が、T夫人を会社関係者とは知らなかったようで次の様な話をした。

「こんなことは、会社の人には言えないが、私の家にはよく新労や旧労の若手の人達が出入りしているが、事故の前日十一月八日夜も家に集まっていた。その連中が『会社もあてにならん、この際ドカンとやろか』と話していたのを聞いていました。

ところが、翌日爆発したので吃驚すると、同時にそこに居合わせた連中が『やったな』と言うので、私が連中の所へ行って『お前たちは何と言うことをするか、お前達が仕掛けたのだろう』と怒鳴りつけました。

そうするとその連中は『冗談のこつ、俺達は知らん。こんな話は聞かなかったことにしてくれ、他へ聞こえたら大変なことになる』と慌てていました。

その後、連中の話の中で、『確かに下りの電車に仕掛けた筈だが』『変電所はちゃんと封印してあった』とか、更に『最初電車が止まって電気が消えて四、五秒したら爆発した』とか話していました。

最初は爆弾を仕掛けたとの話でしたが、二時間ぐらい経ったら炭塵爆発と話が変わりました」

正木の父親の話やT夫人の話から窺えるのは、妨害行為の計画がかなりの人に知れ渡っていたということである。そのことは、取りも直さず、これほどの大惨事を引き起こすとは思ってもみなかったということであろう。

六、大牟田ロータリークラブに於ける話。

十一月十五日に投函された、三川坑災害に対する所長への見舞状の追伸に、「先日のロータリークラブの席上、三人の医師が無理に休業診断書を書かされたと、クラブの副会長から公式に発表されました。偶然の一致かもしれませんが一報しておきます」とあった。

つまり、妨害行為を行った者以外に、少なくとも三人は、その日に何かが起こることを知っていて、休業する工策を行った可能性があると、投函者は考えたという事だ。

七、停電と爆発の時間的関係。

爆発時第二斜坑の人車の中で罹災後救出され、入院中の高田升を新労三川支部副支部長が見舞った時、彼は「第二斜坑を昇坑中、人車の中で突然六目貫から物凄い黒煙が噴出し、その直後に斜坑の電灯が消えた」と語っている。

何故このことが不審点なのかだが、最初の爆発箇所が六目貫で発生していること、つまり爆発が二度起きた可能性があることを記したものかも知れない。

後にもあるが、爆発の瞬間マイト臭を嗅いだという証言があり、これが二度目の炭塵爆発を誘発したと推定する意見の根拠のひとつと思われる。

八、ナンバー九原動機座での死亡者。

次の三人は内機工で（坑内機械工）、十一日十五時頃に収容された。

木島、村田、町田の三名の当日の作業は、ナンバー十一と一のベルトコンベアの掃除、ナンバー二のベルトフィーダーのブラシ取替、ナンバー八ベルトのキャリアー取替えであった。

爆発前に昇坑した新労の石田が、一坑を昇坑する時、この三名がナンバー八ベルト付近に居たことを確認している。

この三人に関する不審点として次の四点が述べられている。

「三名が原動機座内で固まって死亡している点」

「原動機座の中からガソリンらしき油入りの五百ミリリッターの瓶が発見されている」

「爆発直後から、旧労支部長が、鉱長室で何回となく、この三名を案じて『ナンバー八か九の原動機座に居る筈、探してくれ』と催促をしている。また木島は支部長直系の積極分子であると言う」

「ナンバー九原動機座の中から斜坑坑道に向かって強烈な爆風が吹出した跡がある」

又三名の内、爆死は一人で他の二人は中毒死であった。

すなわち二名の人が二次的な炭塵爆発で発生した一酸化炭素で中毒死をしたという事は、初期爆発の規模は三名を吹き飛ばす程の大きさでは無かったということだろう。

この三名の中の村田は、十一月二日の〇細胞委員会で役割分担として、電気、原動機破壊を割り当てられている。また七日の会合では計画図を出して詳細な指示をしている。

九、坑底付近で受けた爆風にはマイトの爆発臭が強かった。

大斜坑底近くのクラッシャー坑道にある電気本線詰所には、当時係員一名、巡回二名が居たが、爆発音と同時に圧風を二回程感じた。

第一回目の圧風が非常にマイト臭かったので、三人は瞬間的に坑底火薬庫の爆発と思った。従って、全然退避するという気持ちは無く、大変なことになった、早く様子を確かめて坑外に報告しようと、三人揃って火薬庫の情況を確かめるために出発した。出発に当たって工具を持っていく準備をしかかったが、係員が、様子を確かめるのが先だ、道具は後で取りに来てもよい、と指示したので何も持たずに出発した。

十九番の前を通って坑底へ行く途中、チップラー源と巻立の分岐点で係員ともう一人が倒れ、一人だけはチップラー開閉所近くまで進んで倒れ意識を失った。フト気が付くと自分の顔の前を沢山の足が通って行く。

その内の一人の足を掴まえたら、運搬の係員だった。直ちにその係員に助けられ七目貫へ出て救出された。

これは坑底電気巡回の森川の証言である。


三川坑炭塵爆発で死亡した四百五十八名の内、四百三十名以上が一酸化炭素中毒死であった。爆発の規模というより、二次的災害が大勢の命を奪った。この三名も炭塵爆発と知っていたなら、爆発現場を確かめに行かず直ぐに坑外に向かっていただろう。一酸化炭素中毒は、まず運動神経を麻痺させる。体が動かなくなっても意識ははっきりしているという。

幸いにしてこの三名は救出されたが、爆発の後、動かなくなった体に違和感を覚えながらも次第に意識を失っていった多くの人が居たことを考えると、無念の思いが耐えない。

十、村田は一旦昇坑後、再度入坑して死亡した。

○細胞構成員である村田の遺体が坑底で見つかったことは先に記述したが、十一月九日爆発後の救援隊を繰り込んでいた友野係長が「村田は一度、昇坑していたのに、又わざわざ入坑して死んでいる。運の悪いやつだ」と明確に聞いたが、その発言者が誰であったか思い出せないと言っている。

また、十二月十一日、同じ友野係長が昇坑中に、運搬工の倉本から次の様な話を聞いたと証言している。

「塚崎が『九日は自分と村田は同じ箇所に配役されて仕事をして村田も一緒に昇坑した。ところが村田は忘れ物をしたと言って、又入坑して死んだ』と社宅地域で話している」と。

村田は本資料に何度も出てくるように、妨害行為の中心的立場にあった。

爆発が発生した時刻は、一番方と二番方の交代時であったが、これがまさに村田が一番方の終了後に一旦昇坑し再度坑底まで戻り、他の二名と原動機座内で妨害行為を実行したと推測される点の一つである。

十一、斜坑分会長西岡の動き。

西岡は、旧労支部長の直系の積極分子であるが、災害前日まで出勤を続けて、九日だけ無断欠勤している。

九日夜から、十日にかけて天領病院の死体検案の場所に詰めかけ、運ばれてきた死体の特定者を選び、衣服のポケットから何かを探していた。

再三に亘って、検案担当の小坂係員が「勝手なことをするな。遺品は正規の人員で自分達が整理する。君は外に出ろ」と注意したが止めず、遂に小坂係員は西岡を室外に連れ出して口論した。

十二、解雇された非在籍者の入坑。

災害直後の九日二十時から二十二時の頃、すでに解雇されている二人が、勝手にキャップランプをつけて第二斜坑へ入坑していたのを、これも二人の班長が坑底で確認している。

十三、第一斜坑の硬函巻上げ時に硬函に細工をする機会があるか。

一坑の運搬員は全員新労員であるが、一番方昇坑時の十三時四十五分から、二番方入坑配置の十四時五十五分の間は、坑底には全然運搬工は居らず、その間、硬函線には通常四十函前後が置いてあるので、何かを工作しようとすれば、全然監視の無いところで相当の事は出来る。

且つ、この空白時間には運搬工の休息場に、一番上がりの旧労員が人車待ちの間、休息に来ているのが常態化していた。七目貫人車乗り場から休息場へは一分以内で来れる距離にある。

なお、仮に硬函に何か細工がされているとしても、運搬工が九函目のピン切りをする為、径行中の台数を数える際は、連結ピンの安全装置がはまっているか否かを点検出来る程度で、それ以上、細密な点検をする余裕は無い。

十四、荒木部長と古田氏は、爆発当時、港クラブに於いて会議中であったが、爆発と同時に坑口付近に赴いて爆臭を嗅いで「硝安の臭いが強い、おかしい」としきりに話していた。

尚、古田氏は、在職期間中、マイトに関する経験が深い仕事に従事していた。

つまり、ダイナマイトはニトロゲルと硝酸アンモニウムを混合して作られるが、炭塵爆発にそのダイナマイトがどう関係しているのかと訝ったのだろう。

十五、ナンバー十原動機座から七メートル附近の側壁から使用済みの新しい口火を発見している。この種類の口火は三川坑では使用することは無い。

斜坑開鑿当時に使用したものと比較しても極めて新しい、監督官の話では「まだ臭いが残っている」程度に新しいとの事であると。

この記述を最後に資料は終わっている。

これから推測されることは、祖父達が炭塵爆発を引き起こしたと疑っている阻害工作を絞りきれず、この段階ではダイナマイトで原動機座を破壊した衝撃か、連結器を外された炭車の暴走のいずれかが原因ではないかと、考えていたということである。

もしかすると、この後のさらなる資料があるのかもしれないが、残念ながら祖父の部屋には無かった。

事故の後、福岡地検は会社側の「業務上過失致死傷」容疑で捜索を開始する。

十六

政府の原因究明調査では、専門学者による大規模な炭塵爆発実験が何度も行われるなど徹底した調査がなされたが、一年半後に「爆発事故の原因は不明」と結論付けられ不起訴処分となった。

坑内での「いたずら行為」が頻発していたこともあり災害直後、爆破説がまことしやかに囁かれたり、炭車の連結器疲労破壊を主張する学者もいたが、専門家の結論は、「原因不明」という事が結論なのだ。

現在の我々には、自ら勤める職場内で生産妨害活動を起こすなどとは信じられないことかもしれないが、昭和四十三年の東大紛争を契機に、数年間にわたり全国の大学で学生運動が頻発するが、活動家の内実は左翼革命の希求で、ついには「よど号ハイジャック事件」が昭和四十五年に、「浅間山荘事件」が四十七年に発生する。

炭塵爆発の起こった昭和三十八年当時に、左翼革命思想に心酔して行動を起こす者が居ても何の不思議も無い時代だったと思われる。

筆者はここで、爆破なり阻害行為が災害の原因だと言い募り、犯人探しをしようというのでは無い。従って個人名は全て仮名とした。

また団体名についても、資料にも略称が用いられており、想像はつくものの断定を避け、同じ趣旨であえて記号で記した。

遠因に生産優先、職場環境での粉塵堆積など、会社の安全対策に問題があったことは事実としても、それが全ての原因だとする論調だけが喧伝されているが、一方では、災害の引き金となったのが生産阻害行為であるとの疑いを持って、当時警察も徹底した現場検証を実施したが確証は得られなかったのだ。

このように真剣に調査をした事実があったこともきちんと、何らかの形で残さなければ、亡くなった四百五十八名の霊が浮かばれないのではないかと思うのである。


合掌。

著者プロフィール

長崎 英範（ながさき ひでのり）

1947年生まれ。福岡県大牟田市出身。

著書

『山師』（2003年、小学館、2002年松本清張賞ノミネート作を改題）

『ええじゃないか』（2012年、文芸社）

『フィリピンの黄金』（2015年、文芸社）

『凶弾・小説 團琢磨』（2015年、みらい広告出版）

三池のものがたり

2023年２月15日　初版第１刷発行

著　者　長崎 英範

発行者　瓜谷 綱延

発行所　株式会社文芸社

〒160-0022　東京都新宿区新宿１－10－１

電話　03-5369-3060（代表）

03-5369-2299（販売）

印刷所　株式会社暁印刷

ISBN978-4-286-28022-6

文芸社セレクション

美人に向かうリズム

Invisible hand for beautiful

早川 玲生

HAYAKAWA REO

文芸社

文芸社セレクション

美人に向かうリズム

Invisible hand for beautiful

早川 玲生

HAYAKAWA REO

文芸社

人はリズムを想像できる

リズムは蘇生です。何故なら、リズムは瞬間の起点（vitality）から始まる一体化する流れの生命力だから。人は、この力を気力と気づき、瞬間なる気力から始まるリズムは人を蘇生し、その自然（nature）の回復と応用に価値が懸かっています。何故、人は、このリズムの蘇生を可能にできるか？　それは人がリズムを想像できるからです。つまり、想像力はリズムの力に及び、人はリズムと、その蘇生を活かすのです。リズムの活かされ方で、人は美しさに向かい美しく運ばれるのです。この時、リズムは、美しく運ぶ見えざる手（Invisible hand for beautiful）と言えます。

（『美人の秘訣』より）

《人は感性を自らの身体に出来る》

もくじ